JN307329

JA

リリエンタールの末裔

上田早夕里

早 川 書 房

6953

目次

リリエンタールの末裔

リリエンタールの末裔

風は丘の下から強く吹きあげていた。冬場の凍てつくような空気ではなく、たっぷりと潮の匂いを含んだ柔らかい空気だ。十二歳まであと一日。チャムは五メートル下の広場を見つめた。

身長の何倍もある翼を背負い、チャムは丘の上に立っていた。タザの茎で骨組みを作り、薄くて丈夫な布を張った翼だ。翼が風にあおられる感触が、鉤腕越しに伝わってくる。

鉤腕——それは、肩から伸びている普通の両腕と違って、おまけのように背中に生えている〈第二の腕〉だ。普通の両腕に加えて、二本の鉤腕も利用しながら生活するのが、この村での日常。服の後ろ身頃にスリットを二本作り、背中の腕を自由に使えるようにしている。

鉤腕の外見は鳥の脚そっくりで、ざらざらとした皮膚も鳥そのものだ。指があり、鋭い爪までついており、肩胛骨の裏側から、猛禽類が両脚を突き出しているようにも見える。外見は猛々しいが、鉤腕には独立した意思はない。それは完全にチャムの神経とつながり、チャムの意思によって動く。

チャムの鉤腕は、いま、翼の裏側にあるコの字型のメインフックを握り、翼全体の角度を調整していた。布地が余分な空気を孕(はら)まないように、チャムは鉤腕をやや前向きに倒した。あおられる感触がすっと消えた。肩から伸びている普通の腕――前腕で、チャムは前方に付属しているフロントフックを、しっかりと摑んだ。

翼が安定した。

あとは飛ぶだけだった。

眼下では、何人もの子供たちが広場へ向かって降下中だった。綿毛を持つ種が風に流されるように、斜面すれすれを滑空していく。丘に足をつけずに飛べる時間は、せいぜい十秒ほどだ。翼の操(あやつ)り方が下手だと、あっというまに着地してしまう。空を飛ぶというよりは、いかに長い間空中に留まれるか――それがこの遊びの肝だ。

飛ぶ者の体重と揚力のバランスから、飛行は、ある程度の年齢までしか楽しめない。この村では、タザの翼で飛べなくなる時期が子供時代の終わりであり、大人への入り口だ。

小柄で痩せているチャムは、十二歳の誕生日直前まで飛び続けてきた。だが、もう限界だということは自分でもわかっていた。体の問題だけでなく、社会的な意味においても。

この一年、何度も大人たちから言われてきた。

――いつまで翼で遊んでいるつもりだ、チャム？

大人になれば、もっと楽しい遊びがたくさん待っていることは知っていた。金を稼ぎ、それを注ぎ込めば、どんな快楽でも手に入るのが大人の社会だ。そこでは恋や愛すら金で取引される。

それでも、空を飛ぶ気持ちよさに勝るものがこの世にあるのだろうかと、チャムは思っていた。飛ぶことを捨てるのと引き替えに得られるものは、本当に自分を幸せにしてくれるのか。

翼が待ちきれなくなったように風に揺れた。鉤腕が自然に動き、揚力を生じさせる角度に翼の位置を保つ。子供時代に終わりを告げるため、チャムは丘から身を投げた。初心者のように斜面を駆け下りるのではなく、ほんの少しの脚力で風の流れを摑まえた。

前腕と鉤腕に強い力がかかった。

体が宙に浮いた。

黄色い小花が咲き乱れる緑の斜面を、チャムはゆるやかに滑空し始めた。

周囲の風景が、河のように流れていった。

翌日、チャムはタザの翼を抱えて叔母の家を訪れた。扉を叩いて名乗ると、いとこのセラ・ドゥーが飛び出してきた。瞳を輝かせながら翼に飛びついた。

「ありがとう。お兄ちゃん！　これ、色を変えてもいい？」

「好きな色に染めたらいいよ。布がちょっと弱くなっているから、染料に繊維を溶かし込んで、丈夫にしてやったほうがいいね」

家の奥から叔母が歩いてきた。「ありがとう、チャム。あんたも、とうとう大人の仲間入りね。これ、お祝いよ」

叔母は小さな布袋をチャムに手渡した。チャムは頭を下げてお礼を言い、ズボンのポケットに袋を突っ込んだ。

叔母が訊ねた。「〈隠者〉のところへは、いつ行くの」

「これから行ってきます。ちょうど途中だから、こちらへ寄りました。この翼はセラ・ドゥーに譲るって、ずっと前から約束していたから」

「覚えていてくれてうれしいわ。いつもらえるのって、ずっとうるさかったから」

「タザの骨組みは頑丈だから、まだ二十年は使えるはずです。大切にしながら飛んだから」

「この子にも、そう教えておくわ。次の子に、いい状態で渡せるようにね」

叔母の家をあとにすると、チャムは高台を目指して坂道を登り始めた。階段状に切り開かれた土地は、その最も高い場所に、村長と〈隠者〉が住む管理所を置いていた。村は自給自足ではなく、麓(ふもと)の海上都市ノトゥン・フルと経済的に連携している。屋内農場と食品加工工場を合わせ持つプラントの景観を眺めつつ、チャムは黙々と先を急いだ。村の大人の三分の二はプラントで働いている。もはやこの土地でも、山岳部でヤクを飼い、露天で大麦や豆や香草を育てるような時代は過ぎ去っていた。経済は海上都市を中心に回り、その輪から外れれば村には貧困しか待っていない。

管理所の入り口に吊された金属片を打ち鳴らすと、扉が開いて、書記の腕章をつけた男が姿を現した。チャムは自分が十二歳になったことを告げ、証明書を差し出した。書記は素早く目を通すと、よろしい、と言ってうなずき、チャムを中へ招き入れた。メギ村長の執務室へ案内した。

メギはチャムを優しく迎え入れた。書記が報告を終えて退室すると、チャムに向かってあらためて訊ねた。「前に、ここへ来たときのことを覚えているかい」

「はい。六歳のときに他の子と一緒に来ました。この村の生い立ちを教えてもらいました」

「翼は譲ってきたね？」

「いとこにあげてきました」

「〈隠者〉へのお願い事は？」

「決めてあります」

「よろしい。では、こちらへおいで」

　メギは部屋の奥の扉を開いた。執務室と同じぐらいの広さの部屋が続いていた。チャムは鼓動が早まるのを感じた。メギの後ろから、ゆっくりとついていった。

〈隠者〉の姿は、以前とまったく変わっていなかった。木製の台に置かれた矩形の箱。どこに生命の源があるのか、チャムには、いまでもよくわからない。

　メギがおもむろに口を開いた。「〈隠者〉。チャム・エ・ハイノキが十二歳になりました。お祝いに、本人が望む知識を与えてやって下さい」

《おめでとう、チャム。大人の社会へようこそ》箱は、少年に向かって明朗な声で語りかけた。《まずは、そこにかけなさい》

　チャムは長椅子に腰をおろした。柔らかいクッションの暖かさが、少しだけチャムの緊張を和らげた。

《私は、あらゆる知識と接続している》と〈隠者〉は言った。《何でも答えられる。十二歳のお祝いに、おまえはどんな知識を望む？》

「僕が欲しいのは飛行に関する知識です」

《飛行？》

「タザの翼は、いとこに譲ってきました。でも、僕は、それ以外の方法で空を飛びたいのです」

　メギが厳しい声を出した。「チャム、いまさら何を……」

《村長、待ちなさい》〈隠者〉の口調は穏やかだった。《祝いの儀式では何でも聞く約束になっている。第三者が止めてはならない》

「しかし、翼を捨てたあとも飛びたいなど……」

《うむ。私も初めて聞いた。この村ができて以来、初めての質問ではないかな》

〈隠者〉はチャムに向かって訊ねた。《チャムよ。答えることは簡単だが、その前に、なぜそんなことを考えたのか教えておくれ。何か理由があるのだろう》

「晴れた日に空を見ていると、ときどき不思議なものを見かけます」チャムの目は〈隠者〉を見ていたが、脳裏に浮かんでいるのは別の光景だった。「野生の鳥ではありません。翼だけあって首がないのです。だから、生き物ではないことはすぐにわかります。三日月のような形をした真っ白な物体で、村の上を滑空しています。羽ばたいて、速度や方向を変えることもあります」

《それは麓の人間が使っている人工観測鳥だ。大気の成分を分析し、地形を撮影している》

「はい。父に訊ねたところ、同じことを言われました。――あれはいったい、どれぐらいの高さを飛んでいるのか。あそこまで飛んだら、どんなふうに感じるのか。どんなものが見えるのか。僕は知りたくてたまりません。〈隠者〉。人間にも、あそこまで飛べますか。

飛べるとしたら、どんな翼を用意すればいいのですか」
《知識は持っているだけでは意味がない。おまえはそれを知って、どう使うつもりだ》
「自分で飛ぶつもりです」
《それは何の役に立つ?》
チャムは少しの間黙り込んだ。やがて答えた。「たぶん、何の役にも立たないでしょう。僕が飛びたいというだけの話なので……」
突然、チャムの目の前に立体画像が投影された。以前も見た、〈隠者〉の機能のひとつだった。虚空には、ギザギザに尖った不思議な羽根を持つ機体が、鮮明に映し出されていた。
〈隠者〉は続けた。《人類は空を飛ぶことに憧れ、それを可能にする技術に取り憑かれてきた。この飛行装置を描いたのは、ルネサンスの時代に生きた芸術家レオナルド・ダ・ヴィンチだ。鳥が飛ぶ姿から着想し、人間が飛ぶための装置を考えついた。だが、これが実用化され、彼が本当に飛んだという記録は残っていない。その後、彼の遺志を継ぐかのように、人間は飛行装置を作り続けた》
さまざまな画像が、チャムの前に現れては消えていった。《最初の着想が「鳥の仕組みを真似ること」だったから、初期の飛行装置はすべて羽ばたき型だった。翼を打ち振るえば、機械も空を飛べると考えたのだ。けれども、誰も成功しなかった。なぜ成功しないのか、誰も理解していなかった。科学が発展途上の時代だったからね。やがて、十九世紀の初め、ひとりの男がついに飛行の理論を打ち立てた。推力・揚力・抗力・重力。このバランスがとれると機体が浮き、飛行が可能になることを突きとめた。ジョージ・ケイリー。イギリスの工学者。後に「航空学の父」と呼ばれるようになった男だ。彼は、飛行機は羽ばたかなくても空を飛べるということに気づいた。十歳の少年をグライダーに乗せて飛行テストを行い、成功。後には大人の飛行にも成功している。ただ、自分でグライダーに乗って飛ぶことはなかった。研究の成果は、“On Aerial Navigation”という本にまとめられている》

ケイリーのグライダーが表示された。ダ・ヴィンチの鳥形飛行機とは、まったく形が違っていた。翼は一枚の木の葉のようで、翼というよりも凧の形に近い。その下に小舟のようなものが吊り下げられていた。人間はここに乗るのだという。

《さて、ケイリーの研究の後、自分でグライダーに乗って飛ぼうと考えた者が現れた。プロシア王国生まれのオットー・リリエンタールだ。彼はケイリーの飛行理論を踏まえたうえで、グライダーの形を大きく変えた》

リリエンタールのグライダーが映し出された瞬間、チャムは歓声をあげた。「これ、タザの翼にそっくりです！　体につける位置が違うけれど、ほとんど同じ！」

《高地の民以外は、背中に鉤腕など持っていないからね。特に、この時代の人間は皆そうだった。背中に翼を背負えないから、翼の上に頭を出し、垂直にぶら下がる形で飛ぶことになる。翼の下のバーを両腕――君たちの体で言うなら前腕だな――で握り、翼を安定させる。リリエンタールは何度も飛んだが、この形のグライダーだけで満足せず、改良を重ね続けた。ある時点からは、固定式の翼に羽ばたき機能を追加することを考え、その方式で特許も取った。だが、新型グライダーの実験中に風をうまく摑めず、墜落。脊椎（せきつい）が折れたせいで、翌日に亡くなった。四十八歳の若さだった》

身長の何倍もの長さを持つ翼を左右に広げ、すっきりと背筋を伸ばして丘の上に立つ男。モノクロの写真。大規模海面上昇（リ・クリティシャス）以前の文明。

《リリエンタールの死後、現在の飛行機に近い装置で飛ぶことに成功した者がいる。アメリカのライト兄弟。すでに始まっていたエンジン付き飛行装置による競争の中で、彼らはアメリカ政府が手がけていた実験を追い越し、初飛行に成功した。以後、人類は凄まじい勢いで飛行技術を発展させていった。人や荷物を運ぶだけでなく、戦争にも使うようになった。爆弾を落としたり毒物を撒いたり、空中でお互いの飛行機を撃ち合ったりした。やがて、大気中を飛ぶだけでなく、宇宙を飛ぶ技術まで獲得した。無人探査機ボイジャーは、太陽系の外まで飛んでいった。人類は、月や火星に住む技術まで打ち立てた。リ・クリティシャス以降は、残念ながら、そちら方面の研究は凍結されているがね。大規模海面上昇を起こした地球環境への適応を優先して、人類は遠い宇宙へ出て行くための技術を捨てた。

通信衛星や観測衛星は管理しているが、有人宇宙飛行の研究は中断したままだ》
〈隠者〉は虚空から映像を消した。
人類の飛行史を一気に駆け抜けた〈隠者〉の講義は、チャムの頭をくらくらさせていた。
《人間とは、このように飛びたがるものなのだ。だから、おまえの望みも決して変なものではないし、異常でもない。ただ、いまの世の中で人間が飛ぶには、財力と特殊な機材がいる。そろえる方法はわかっているか》
「働いて、お金を貯めればいいんですね。それで機材を買う」
《学問のない人間を雇ってくれる場所は少ない。勉強が必要だ》
高地の麓には海が広がっている。中型・大型海上都市が、いくつも展開されている。東経八十度から百度、北緯十度から三十度あたりは、汎アジア連合の管理下にある。ここからずっと南に進んで赤道を越えるとオセアニア共同体の管轄に変わり、人工藻礁に彩られた荒々しい外洋が広がる場所となる。
そこは海といっても陸上民が住んでいる世界ではない。
巨大な生物船――魚舟と呼ばれる生き物と共に暮らす海上民が蝟集する場所だ。
汎アジア連合領域の最南端は、リ・クリテイシャスの影響でかなりの土地が海に没している。東経九十度・北緯二十度あたりの穏やかな海は、陸上民にとって、豊かな海上都市を発展させるには最適の場所だった。土地の水没と共に離散した人々と入れ替わるようにして、周辺の連合や共同体から〈新しい時代〉に適応した〈新しい人類〉が大量に流入した。旧時代の人間とは何らかの形ですでに体の構造が違う人々である。副脳を持ち、常時ネットワークで人工知性体と結ばれ、情報の沃野を自由に行き来しながら生きている。

彼らはここに新しい社会を作った。金銭と商品が行き来し、富が蓄積され、にぎやかな文化が咲き誇る猥雑な社会を。

ノトゥン・フルは、その中でも最大級の規模を誇る海上都市である。そこでの華やかな暮らしを、チャムは出稼ぎ経験を持つ大人たちから耳にしていた。

〈隠者〉が再び画像を映し出した。《海上都市、ノトゥン・フルだ》

チャムは目を見張った。都市は奇妙な形をしていた。中心部の高台にさまざまな建築物が密集し、その周囲を花びら状の壁が取り囲んでいる。壁の内側には植物がびっしりと植えられていた。その様子から、壁の表面はつるんとしたものではなく、階段状になっていることがわかった。

《この都市は、睡蓮(すいれん)をモチーフにデザインされた》

「睡蓮?」

《暖かい土地の水域に咲く花だ。水に浮いたように見える形で花が咲く。葉は花の周囲に広がる》

睡蓮の花にあたる部分が都市、葉の部分が海洋牧場——。

ノトゥン・フルの上空には、羽虫のようなものが舞っていた。画像が拡大されると、それがいまの飛行装置だとわかった。斜辺の長い三角形の翼。その下に人間がぶら下がっている。チャムの胸は興奮ではち切れそうになった。「これもグライダーの一種ですか」

《ハンググライダーというものだ》〈隠者〉は答えた。《おまえたちの翼と似ているが、乗り方は違うだろう？》

「翼に対して平行にぶら下がっていますね。袋を吊り下げて体をそこへ入れている。まるで蓑虫（みのむし）みたいだ。この格好でバーを握るだけで、翼を制御できるんですか」

《体重移動で翼の角度を変え、旋回している。海上都市は熱を発しているし直射日光を浴びるから、都市の規模が大きければ、強い上昇気流（サーマル）が上空に発生する。毎日、決まった時間帯にな。彼らは、それを摑まえて飛んでいるんだ。海上都市の娯楽のひとつだ。裕福な層が機材を買い、クラブを作ってメンバーを集め、飛ぶことを楽しんでいる》

「じゃあ、お金を貯めれば、僕もこのクラブに入れてもらえるんですね」

《クラブには入会基準がある。飛ぶための知識を持っていること。飛ぶための充分な資産があること。第三者からの推薦を受けられること。つまり、飛ぶ権利を得なければ、機材があっても飛べない。それに、表から見える条件はこの三つだが、実際には言葉にされていない制限があると見たほうがいいだろう》

「会員の好き嫌いで、入会が決められるとか？」

《差別はどの社会にもある。目に見えないから、言葉にされていないからといって、ないと思い込むのは愚かなことだ》

「高地の民も都市の民も、みんな陸上民なんでしょう？　海上民じゃなくて──。なのに、差別があるんですか」

《同じ者同士だからこそ生じる差別、というものもあるんだ》

チャムは言葉を切り、うつむいた。〈隠者〉は問うているのだ。それでも飛びたいのかと。何を選択するのかと。

ノトゥン・フルへ行っても、失望しかないかもしれない。お金を貯めることはできても、飛べないかもしれない。

だが、機材さえあれば、都市以外の場所で飛べる可能性もある。充分に風が吹く場所を、あちこち探して回ればいい。風を探す旅。それもいい。リリエンタールが死ぬまで飛ぶことをやめなかったように──いや、飛ぶことによって死んだように、そういう人生を自分も選べばいい。

チャムは口を開いた。「わかりました。海上都市で働きます」

《ハンググライダーを買うには、とてもお金がかかる。多くの出稼ぎ民が家族のために稼いでくるのに、おまえはそれをせず、自分の翼のためにお金を使う。それがどういう意味を持つのか、他人からどう見られるのか、よくわかっているかい》

「はい」

《よろしい。では、海上都市へ行くための方法を大人から教えてもらいなさい。おまえが自分で決めたことだから、村長も私も反対はしない。誰も反対しない。あとはおまえの努力次第だ》

チャムは父親に頼み、海上都市で働くための申請書類を取り寄せてもらった。必要な事柄を書き込むと、自分で発送した。

登録を済ませても、すぐにノトゥン・フルで働けるわけではない。永住権を持たない出稼ぎ民は、都市における居住割合に制限がある。出稼ぎ民の中に欠員——故郷へ帰る者が現れたときに初めて、待機中の人材に声がかかる。

会社は若くて体力のある労働者を欲しがる。働きの悪い人間や歳をとった人間は、いずれお払い箱になる。チャムは自分の順番がまわってくるのを待った。その間に大人から街のことを教えてもらった。都市で使われている言語を勉強した。ノトゥン・フルで仕事に使われている言葉は汎ア公用語と英語だ。村の言葉とは全然違う。

三年間待ったが、就職の機会はまだ巡ってこなかった。チャムは村のプラントで働き始めた。海上都市での生活資金を貯金するには、ちょうどいい仕事だった。

十八歳になったとき、チャムにも麓へ降りる順番がきた。ノトゥン・フルの運送会社から、村へ大量の採用通知が届いていた。

出発前、チャムの母親は、新しいデザインの服をチャムに手渡した。「都市ではこれを着るのよ。あそこでは、鉤腕を他人に見せてはダメだから。注意してね」

新しい服には背中のスリットがなかった。一枚の後ろ身頃で作られ、内側には、鉤腕を背中側へ押さえ込むための厚布が縫いつけられていた。外見上、背中に何もないように見せる工夫だった。

「街で買った服を着るときには、こっちのコルセットを使いなさい。コルセットで鉤腕を包み込んで、胸のところでベルトをしっかり留めるの。そうすれば、シャツの下に鉤腕があると知られないから」

母親はチャムを強く抱きしめた。「気をつけてね。街には怖いことがたくさんあるから。命を大切にね。一年のうち三日ぐらいは、里帰りするのよ……」

「僕が里帰りしても誰も喜ばないと思うよ。父さんも、みんなも……。僕は自分勝手に働くだけだから」

「そんなことはないわ。考え方が違うだけで気持ちがバラバラになるほど、私たちの民族は冷ややかではないし、弱くもないわ。あなたもよく知っているでしょう。私たちの歴史を」

「うん」

「お金のことはいいから。元気な顔を見せてくれるだけでいいの。怒っているように見えても、父さんはあなたを絶対に許しているわ。だから信じてあげて。ほら、泣いちゃだめよ。自分で飛ぶって決めたんでしょう。父さんや母さんや、他の誰もが見たことのない景色を、あなたはしっかり見てくるのよ。そして、それを私たちに話して聞かせて」

「……わかった。約束するよ。必ず、空から見たものの話をするよ。だから、何年かかっても、ここで待っていて——」

　チャムは荷物をまとめて家を出ると、大人たちと一緒に、ノトゥン・フル行きのトラックに乗り込んだ。幌で覆われたトラックの荷台は、埃っぽい匂いと、革と油が混じり合ったような甘い臭気に満たされていた。エンジンがかかり、荷台が揺れ始めた。不愉快な振動が突きあげてきた。運送中の野菜や果物のように跳ねながら、チャムたちは運ばれていった。

　幌の隙間から流れ込む空気が、樹木や土の匂いから潮の匂いに変わる頃——揺れはようやく落ち着いてきた。チャムは幌の隙間から外を覗いた。平坦な道路が、陸地から海上都市へ向かってまっすぐに伸びていた。外壁を貫く形で都市の内部まで続いている。陸地と海上都市をつなぐ連絡橋だった。

　やがて、トラックは都市の中心部に至り、止まった。

　大人たちは誰かの指示を待つまでもなく、勝手に荷台の外へ降りていった。チャムも、そのあとをついていった。

荷台から出ると、暖かい空気が押し寄せてきた。湿った濃い大気に、チャムは喉が詰まるような違和感を覚えた。生まれてこのかた、平地の空気など呼吸したことはない。いがらっぽい匂いや、熟した果実や強い香辛料の匂いが、周囲から一気に押し寄せてきた。

チャムはあたりを見渡した。〈隠者〉が映像で見せてくれた都市の景観が、生々しい実感を伴って迫ってきた。花びら状の壁は都市の中心部から放射状に広がり、ゆるやかな傾斜を描きながら空に向かって伸びていた。おそらくただの壁ではなく、内部に、居住空間や都市を管理する部屋が詰め込まれているのだ。表面に生い茂る植物が、潮風にさらさらと揺れていた。

職業斡旋所から出てきた職員が、追い立てるようにチャムたちを登録所へ案内した。係員に書類を渡すと、チャムは職員に向かって左手を差し出した。手の甲に埋め込まれたタグの情報が機械によって読み取られた。

一週間、チャムは運送会社の研修を受けた。

海上都市で永住権を持つ人間と違って、高地の民はアシスタント知性体を持っていない。アシスタント知性体は思考補助AIだ。ワールドネットと常時接続し、ユーザーにあらゆる情報を伝達する。だが、維持費がかかるので、チャムの村では、個人で所有している者はいなかった。一台だけ置き、個人接続しない形で共有していた。村では、それを〈隠者〉と名付けていた。

　都市の永住権を持つ住民は、子供の頃からアシスタント知性体を使いこなしている。だが、チャムたちが仕事で荷物を配達するには、視覚で確認するナビゲータ装置に頼るしかなかった。その操作法を覚え、装置がうまく働かないときには紙に描かれた地図から配達先を確定する――そのための技術を厳しく叩き込まれた。加えて、顧客への対応、トラブルが起きたときの対処についても、みっちりと仕込まれた。研修についてこられない者は、この時点で採用を取り消された。

　研修が終わった翌日から、チャムは懸命に働き始めた。冬越し前の蟻のように。せわしく蜜を集めてまわる蜂のように。海上都市と陸の施設を行き来し、海上商人(ダックウィード)とも荷物のやりとりをし、都市中の住民に荷物を届けた。

　血管の中を駆け巡る血液のように、都市の物流は絶えることがなかった。チャムは休むことなく配達を続けた。休日には起きあがれなくなるほどの激務だったが、それでもやめなかった。一日も早く慣れれば、効率よく仕事を回せるようになる。苦痛はあったが、体力と気力でしのいだ。実際、荷物を運ぶだけなら、それほど複雑な仕事ではなかった。

　この都市で複雑なのは、社会機構そのもののほうだった。

　手の甲のタグを機械にかざせば、チャムは、ノトゥン・フルのどこへでも出入りできるはずだった。それが一般施設であるならば。だが、門前払いを食うレストランや喫茶店があることに気づいた。遊べない施設があった。ものを売ってくれない店があった。すべて、入店前のデータ走査ではじかれた。

見えない壁があるんだ……。

何度目かの入店拒否で、チャムは溜息をつきながら店の前から離れた。仕方ない、また露店で食事をしよう……。そう思って歩き出したとき、後ろにいた人物とぶつかってしまった。

チャムはすぐさま謝り、その場から立ち去ろうとした。だが、相手は鋭い口調でまくしたてながら服を摑んできた。聞いたことのない言語だった。チャムはこの街で働くために、大急ぎで汎ア公用語と英語を勉強してきただけだ。それ以外の言語は操れない。公用語で謝れば済むと思っていただけに、相手の激情に面食らった。

チャムは道路に突き飛ばされた。尻餅をついたまま顔をあげると、体格のいい男が五人、こちらを取り巻くような形で見おろしているのが目に入った。肌や目や髪の色はチャムと同じだった。同郷の者と言われたら疑いなく信じるほどに、民族的な特徴に差異はなかった。

——何なんだ、こいつらは。高地の民とそっくりなのに、言葉も違うし、妙に殺気立っている……。

チャムは、さきほどよりも丁寧な言葉で、もう一度謝ろうとした。だが、口を開く前に、相手の靴の先がこめかみに飛んできた。

　衝撃で一瞬意識が飛んだ。ふわっと体が浮いたような気持ちよさを味わった後、突然の激痛によって、チャムの意識は現実に引き戻された。鳩尾や脇腹や顔面に次々と蹴りが叩き込まれた。チャムは背を丸め、亀の子のように手足を縮めて道路にうずくまった。少しでも衝撃から内臓を守るためだったが、骨まで響く痛みに何度も吐きそうになった。鼻血が喉まで流れ込んできた。男たちは罵声をあげながら暴力をふるい続けた。ときどき英語で、「鶏は山へ帰れ」とか「二度と来んな、ボケ」と嘲った。通行人の中にチャムを助けようとする者はいなかった。そのまま通り過ぎるか、遠巻きに眺めているだけだった。

　背中を強く蹴られ続けているうちに、シャツの下に隠した鉤腕の爪が皮膚に食い込み、血が滲んできた。鉤腕全体に、熱い血が激しく流れ込み始めたのをチャムは感じた。

　鉤腕を使え！　とチャムの本能は叫び声をあげた。このままだと殺される。鉤腕の爪で抵抗しろ。勝てずとも逃げられるはずだ！

　だが、抵抗したいという意思はあっても、すでに体のほうが動かなかった。チャムは髪を摑まれ、体を引きずりあげられた。両腕を押さえつけられた。シャツの前身頃がナイフで切り裂かれた。出発前に母親が作ってくれた服が、ずたずたにされた。刃の先は肉を抉り、血の筋をチャムの胸元に刻みつけた。チャムは声にならない叫び声をあげた。誰か、誰か、誰か――。誰でもいいから、こいつらを止めてくれ！

上半身を裸にされかけたとき、雑踏の中から「警察が来たぞ!」と大きな声があがった。暴力をふるっていた男たちは手を止めた。舌打ちしてチャムを投げ出し、大急ぎで駆け去った。

うつぶせに倒れ込んだチャムを、群衆の中から走り出たひとりの男が抱き起こした。高地の言葉を使って、チャムの耳元で囁いた。「大丈夫かい、兄ちゃん」

「……あなた……警察の……?」

「いいや。さっきのは嘘だ。ああ言って騒ぐと、連中、すぐに逃げ出すんだ」

チャムは紫色に腫れあがった顔で、自分を助けてくれた男を見た。壮年の男が、微笑しながらチャムを見つめていた。肌の色は桃色がかった薄い色で、目が一瞬だけ青色に輝いた。出身地は違うようだが、身なりから出稼ぎ民であることがわかった。

「病院、ちょっと遠いけど大丈夫かい」

「いいんです……。薬屋で、いるものを買えば……」

「そうか。ま、病院は金がかかるからな。待ってな。おれが買ってきてやるよ」

薬局で治療セットを買うと、男は道ばたでチャムの手当を手伝った。

死の恐怖から解放されたせいで、チャムの全身からは力が抜けていた。痛みが、いまさらのように増してきた。両目に涙が溢れた。薬を塗りながら嗚咽し始めたチャムに、男は心配そうに声をかけた。「どうした。痛みがひどいのか。やっぱり、病院に行ったほうがいいんじゃないか」

「違うんです……。こんな怪我をして、明日から、ちゃんと働けるのかなと思って……。一日休んだら、そのぶん給料が減るから悔しくて……」

男は何度もうなずきながら、チャムの背中を優しくさすった。「露店へ行こう。何か食べて体を温めるといい。怪我の治りも早くなる」

「ありがとう。でも、口の中が痛くて……」

「粥（かゆ）なら食えるだろう。うまい魚の粥があるんだ。案内するぜ」

都市の中心部には、いたるところに露店が展開されている。タグの走査ではじかれてしまう人々——つまり出稼ぎ民が食事をする場所だ。値段は格段に安い。都市の気候は暖かいので、野外で食べても料理はうまい。

チャムも、ここへはよく来ていた。魚や豆のカレーを食べ、人工肉のカバブを囓（かじ）るのだが、今日はとても喉を通りそうになかった。男に勧められるままに、香辛料をあまり使っていない薄い粥をすすった。口の傷にしみると激痛が走ったが、味はよかった。体が温まると、少しだけ元気が戻ってきた。

「兄ちゃんは鉤腕持ちだろう？」と男は訊ねた。

チャムは少し躊躇（ちゅうちょ）したが、やがて曖昧（あいまい）にうなずいた。さきほど手当してもらったときに、気づかれているに違いない。隠しても無意味だろう。

男は「心配すんな。誰にも言わないから」と言い、続けた。「あの連中は、出稼ぎ民に因縁をつけちゃ暴力をふるっているんだ。注意しな」

「そんなに危ない連中なんですか」

「自警団を名乗っているが、実際にはただのゴロツキだ。本当の標的は鉤腕持ちだけだが、外見では区別をつけにくいから、適当にあたりをつけて襲っている。鉤腕持ちを都市から追い出したがっているんだ。おれが助けなかったら、いまごろ兄ちゃんは、絞め殺された鶏みたいに、裸で街路樹に吊されていたところだ」

「あなた、鉤腕は――」

男はチャムの手を、自分の背中へそっと導いた。チャムは驚きのあまり目を見開いた。外見的には別民族に見える男の背中には、確かに、自分と同じ器官の肌触りがあった。同郷でなくても、鉤腕を持つ人間がいるのか――。

チャムは溜息をつくように訊ねた。「……この都市では、僕たちは殺されても文句を言えないんですか」

男は苦笑いを浮かべた。「ちょっと前、この都市では、鉤腕持ちが都市の住民と揉めたことがあってな。鉤腕持ちが、爪で相手に怪我をさせたんだ」

「原因は？」

「わからん。いきなり街中で喧嘩を始めたらしいから。もともと、出稼ぎ民と都市の住民は仲がよかったわけじゃない。みんな、自分の都合でここに住んでいるだけだからなあ。相手はナイフを振り回していたそうだから、鉤腕持ちは自己防衛のつもりで爪を使ったんだろう。だが、この騒ぎがあちこちに飛び火した」

男は、ミルクと香辛料がたっぷり入った紅茶を追加で注文した。やけどをしないようにゆるゆると飲みながら、話を続けた。「出稼ぎ民を快く思っていなかった市民の一部が、おれたちを見境なしに襲うようになった。そうなると、やられたほうも黙っちゃいない。暴力で抵抗した。それだけじゃない。労働者同士でも、鉤腕持ちとそうでない者に分かれて諍いが始まった。『鉤腕持ちのせいでおれたちまで被害を受けている、鉤腕持ちは都市から出て行け』という声があがってな。反対に、平和的に解決すべきだと叫ぶ住民もいた。ノトゥン・フルはさまざまな民族が集まって暮らしている、他者との違いを理由に争い始めたら、ここは血みどろの街になると。だが、そう言って和平交渉に走り回っていた連中は、まっさきに殺された。犯人は不明。こうなると、もう何もかもぐちゃぐちゃだ。誰が敵で誰が味方なのか、さっぱりわからなくなった。本格的に暴動が始まった。都市の住民も、鉤腕を持つ奴も持たない奴も、何かと理由をつけては暴れた。警察は、相手が誰であろうと暴れる者は力でねじ伏せた。治安部隊との衝突で、負傷者・死者合わせて五百人を超える被害が出たとき、ようやく人権擁護機関の働きかけが実って、都市を支配していた暴力的な空気は消えていった……」

チャムは背筋がぞくりと冷えたのを感じた。清潔で先進的に見えるこの都市が、まるで戦場のようになった事件。古い歴史の物語ではなく、それは、つい最近あった日常だというのか。

だが、何よりも恐ろしいのは、自分の中にもその種の衝動があることだ。暴力をふるわれていたとき、自分の中には確かに、「鉤腕で闘え！」という声が猛烈に湧きあがってきた。相手を傷つけても身を守れと。生物としての本能——それがすべての発端なら、自分たちの未来には、殺し合いしか待っていないことになる。

男は言った。「本当はこの時点で、鉤腕持ちはノトゥン・フルから一斉退去を命じられても不思議じゃなかった。だが、都市は安い労働力を欲しがっていた。鉤腕持ちは、他のどんな出稼ぎ民よりも数が多い。本来はとても穏やかな民族だ。鉤腕持ち自身も、食品加工プラントより儲かる仕事に就きたがっていた。両者の打算が、これまで通りの共存を選ばせた。だが、鉤腕が武器になることを都市の住民は知っちまったから、そこから、ぎくしゃくした関係が始まった」

「一部の店に入れなくなったんですね……」

「鉤腕持ちは、あえて沈黙した。もともと、都市の文化には、たいして愛着もなかったし」

「でも、それがいままでは、暴力まで許容する空気につながっているんだ……」

「正しい主張をして殺されるなんて、つまらないだろう？　少々の差別はあっても、金が手に入るほうがいいと思わんか？」

男の理屈には納得できなかったが、チャムは追及しなかった。後ろめたさはあった。だが、確かに、収入源を失いたくないという気持ちは強い。

男は明るい口調で言った。「まあ、こういうのはどこの都市でもある話だし、海上民同士だって、しょっちゅう揉めてるし。リ・クリテイシャスが始まった頃には、もっと残酷で恐ろしい歴史があったんだ。それと比べれば、いまの世界はとても暮らしやすいだろう？　危ないところに足を踏み入れなければな。踏み込まないようにする方法は……もうわかったな？」

手を振って立ち去った男の後ろ姿を、チャムは長い間ぼんやりと眺めていた。

じっと抱え込んでいた器を屋台に返すと、チャムは痛む体を引きずるようにして歩き出した。

もやもやとした感情が胸の奥に居座っていた。本当は世界に向かって大声で叫び、全速力で駆け出したい気分だった。それをしなかったのは、さきほどから前へ進むたびに全身を苛む痛みに、気力を削がれ続けているせいだった。

時間が経ってみると、大勢の男から暴力をふるわれたときの恐怖よりも、見て見ぬふりをして通り過ぎていった人々のほうに、より強く恐怖を覚えている自分に気づいた。しかし、彼らは赤の他人だ。最初からあてにできる人々ではない。向こうにも助ける義務はない。いま自分が抱いている恐怖と怒りは、あくまでも、自分の都合を中心にしたときに生じるものでしかない。

にもかかわらず、何かが変だ、おかしい、とチャムは感じていた。

こうやって見て見ぬふりをすることが、この街の人間にとっては最善の選択なのだろうか。出稼ぎとはいえ、いまや僕自身も「この街の人間」だ。たとえば、どこかで誰かが今日の僕と同じ目に遭っている場面に出くわしたとき、他の人と同じように僕もその人を見捨てるのが最も正しい選択なのだろうか。それが、この海上都市に必要以上の混乱を招かないようにする方法なのか？　あるいは、さきほどの男のように智恵を使ってその人物を助け、そのあとに、この街で器用に生きていく方法を教えてやることが正しい行動なのか。この地球という星は、どこへ行ってもこんな場所ばかりだ、自分たちはそんな社会も未来も変えられない、だから適応するしかないのだと——力なく笑って。

——それは違う。絶対に違うはずだ。

腹の底から、荒れ狂うような激しい感情が噴きあげてきたのをチャムは感じた。

ひどいことしかできないのが人間ではないはずだ。故郷の大人たちや〈隠者〉は、子供たちに対して、決してそんなことを教えはしなかった。この海上都市だって、過去の混乱だけが歴史のすべてではないだろう。こんなに美しく華やかに繁栄しているのだから。

憎悪と暴力は、追い出そうという意思がなければ——いや、意思があってすら、追い出すことは難しいのだろう。あの男から聞かされた話は、そんな思いを引き起こす。何よりも、僕自身の中にも、怒りと簡単に直結してしまう衝動がある。

けれども、繰り返し繰り返し否定し続けなければ、いつしか、それがあたりまえの存在になってしまうじゃないか。

あたりまえになってしまったものは、〈そこにあっても見えないもの〉に変わってしまう。危険がはっきりと見えている世界よりも、数倍恐ろしい社会を生み出してしまう。〈在る〉ものが見えないと言われ、大勢の人間から「放っておけばいいじゃないか」と笑われてしまう世界——。

僕はそんな世界には住みたくない。

何もしないで放っておくことで、世界をそんなふうにしてしまうのは嫌だ。

運送の仕事に慣れ、休日に社員寮の外へ出る余裕が生まれるようになった頃、チャムは海上都市の最外縁部——海との接点に位置する公園へ出かけた。公園は、花びら状の壁の内側に点在していた。広場から上空を見あげると、期待していたものが見えた。斜辺の長い三角形の翼。滑空するハンググライダーだ。本物の鳥が翼を広げて飛んでいるように見えた。そびえ立つ建築物の群れを越えて飛ぶ機体は、チャムの心を久しぶりに震わせた。

じっと眺めていると、ハンググライダーは同じ範囲を旋回しているだけでなく、どんどん上昇していた。ノトゥン・フルの上空には、確かに上昇気流(サーマル)があるようだ。発進台は都市の高層建築物に設置されているはずだ。発進の際に他の建物と衝突しないように、海側に突出した形で作られているに違いない。ハンググライダーはいったん海まで滑空した後、旋回して都市上空へ戻ってくるのだろう。風をうまく摑まえれば、都市全体を見おろすほどの高度まで昇れるに違いない。

滑るように飛ぶ機体に見惚れていたとき、視界に別の飛行体が入り込んできた。チャムは思わず息を呑んだ。大きくて白かった。プロペラがないので、動力を使わないタイプのグライダーだとすぐにわかった。人間が翼の下にぶら下がるのではなく、機体に乗り込む機種だ。桁外れに長い翼、細長く膨らんだ胴体前部。胴体は後方へゆくにつれ細くなり、ピンと立った尾翼は魚の尾そっくりだった。

機影を追って、チャムは駆け出した。

グライダーは、ハンググライダーよりもさらに上空を飛んでいた。お互いの衝突を避けるため、利用高度を使い分けているらしい。機体は上昇気流に乗って、みるまに小さくなっていった。白い機体は太陽の光を浴び、発光するように輝いていた。

――すごいな。金持ちは、あんなものまで持っているんだ……。

足下から震えが這いあがってきた。

ハンググライダーの先には、いったい、どれほど広大な世界が待っているのか。

街角の公共情報機器で、チャムは、ハンググライダーの販売店を探し始めた。飛行する機体の数から、それが、ごく限られた裕福層の遊びであることは一目瞭然だった。需要のないところには供給もない。五つの店舗が、すべて、工房と販売を兼ねていることがわかった。つまり、受注生産態勢を取っているのだ。たいていの店では、ハンググライダーだけでなく、自転車や電動バイクを同時に扱っていた。店の売り上げを安定させるために。安い商品を置き、しかも客を騙さない店。高地の民を馬鹿にしない店。そんな店は、あるのだろうか。

ここはダメ、ここも近寄りがたい——と、ひとつずつ訪ねて候補から外していくと、最後に、古びた看板をあげた小さな店に辿り着いた。雨と潮風に晒されてきたせいか、看板の文字は色褪せ、かすれ、読みづらかった。じっと目を凝らすと〈Ｓｈｅａｒｗａｔ〉と読めた。

——セアウァット？

正しい読み方もわからぬまま、チャムはガラス戸越しに店内の様子をうかがった。中を見るなり、チャムは目を見張った。これまで巡ってきた店では、自転車や電動バイクが必ず一緒に売られていた。だが、この店には、そういう類のものが何も並んでいなかった。

代わりに店内を埋め尽くしているのは、数々の飛行機模型だった。完成品が、ショーケースに並べられたり、天井からテグスで吊られたりしていた。整然と棚に積み上げられているのは、組み立てキットの箱だった。

——本当に、空を飛ぶものしか扱っていないんだ……。

チャムは扉に手をかけた。扉を押した瞬間、ちりんと涼しいベルの音が響いた。見あげると、扉のてっぺんで小さな鉄製のベルが揺れていた。

音で店員が出てくるのかと思ったが、誰も出てこなかった。何の物音もしなかった。

——留守？　だったら、鍵をかけて行くはずだが。

チャムは店内をゆっくりと歩いた。天井から吊られた模型は、客の頭とぶつからないように、ちょうどいい高さにしてあった。〈隠者〉に見せてもらった大昔の飛行機が、本当に空を飛んでいるかのような姿勢を保っていた。鳥のように翼を広げた美麗なデザインの飛行機。戦争に使われたという複葉機や単葉機。

ショーケースに視線を移すと、小さな模型がずらりと並んでいるのが目に入った。これだけのものが、自由に世界中の空を飛び回っていたなんて！　とチャムは思った。かつての世界では、いったい、どれほどの燃料が毎日消費されていたのだろう。いまは飛行機といえば、政治家や官僚や資産階級だけが使うものだ。昔は誰もが飛行機に乗れたなんて、そんな社会は想像もつかない。

「それ、すごいだろう?」

突然頭上から降ってきた声に、チャムは飛びあがった。声の主は、二階から姿を現わした。

よく見ると、ショーケースの奥には二階へつながる階段があった。店員らしき中年男が降りてきた。肌の色はチャムよりも少し濃く、頬から顎にかけて無精髭が生えたままになっていた。頭髪は飴色で、目の色は黒っぽい。半袖のシャツの胸元が半分ぐらい開いたままで、昼寝でもしていたのかズボンは皺だらけだった。

男は眠そうな声で続けた。「過去の画像データから模型として再現した。この都市の店では、うちしか扱っていない」

ショーケースの前へ立った相手を、チャムは、自分よりどれぐらい年上なのだろうかと考えた。十? 二十? あるいは、もっと上か。近くで見ると、無精髭に白いものが見えた。四十歳は超えているかな、と予測してみた。

「設計会社はエアバスS.A.S.」男は訊かれもしないのに模型の解説を始めた。「これ一機で五百人以上の乗客を運べる」

「五百人以上!」チャムは驚きの声をあげた。「どんな大きさなんだ、これ……」

「全長七十三メートル、翼幅七十九・八メートル、全高二十四・一メートル」

「重さは」

「運用時重量は二十七万キログラムを超える。最大離陸重量は五十六万キログラムだ」

「すごい。こんな大きな飛行体が存在していたなんて……」

「大きさだけで言うなら、もっとでかい飛行体もあった。試験飛行しただけで、実用化はされなかったがな」

男はショーケースの上に置かれていた装置を指先で撫でた。立体画像が浮かびあがった。

「特注で模型を作らされたことがある。ヒューズH-4ハーキュリーズ。翼幅が九十七メートルを超えている。世界最大の航空機——というよりも、怪物飛行機と呼ぶのが相応しいな。〈唐檜の鵞鳥（スプルース・グース）〉と揶揄した奴の気持ちがよくわかる」皮肉っぽい調子で続けた。「おれも、こいつはあまり好きじゃない。だが、依頼があれば何でも作るのがおれの仕事だ」

「あの、この店は模型屋さんなんですか」

「一番よく売れるのは模型だが、それがメインじゃない」

「ハンググライダーは？　模型じゃなくて、本物のハンググライダーのほう」

「受注生産で作っている。修理やメンテナンスも含めて」男は眉をひそめてチャムを見つめた。「……まさか、そっちを買いに来たのか」

「はい」

「金はあるんだろうな」

「いま貯めているところです。どれぐらいかかるのかな、と思って」

「相談に来たのか」

チャムがうなずくと、男はあらためて、チャムを頭の先から足のつま先まで眺め回した。からかうような声をあげ、それから大きな溜息を洩らした。

ここに至ってチャムは、男が寝起きでだるそうにしているわけではなく、気怠（けだる）そうな雰囲気を常としていることに気づいた。半分眠っているような細い目は、寝不足によるものではなく、生まれつきのものらしい。

「あのな」

「はい」

「ハンググライダーって、一機どれぐらいするか知ってるか」

「少しは調べました。でも、実際に、お店ではどうなのかなと思って」

「おまえ、高地からの出稼ぎだろう」

「はい」

「運送会社に勤めてるな？」

「よくご存知ですね」

「高地の連中は、たいていあそこに勤めるからな。で、おまえぐらいの年齢でハンググライダーを買おうと思ったら、最低二十年は働き続けなきゃダメだ」

チャムは少しだけ黙り込んだが、すぐに切り返した。「他の娯楽に一切お金を使わず、残業をもっと増やせば、五年ぐらいは短縮できるんじゃありませんか？」

「本気で言ってんのか」

「もともと、すぐに手に入るとは思っていなかったから。だいたいの目安がわかれば計画も立てやすいんです。材料をそろえて自分で組み立てたら、もっと安くなりますか」

「馬鹿を言うな」男は吐き捨てるように言った。「素人が組み立てても飛ぶもんじゃねぇ。構造が簡単だからって、ハンググライダーをなめんなよ」

「でも、正直なところ、少しでも安くなるとありがたいんです」

「一見客のくせにいきなり値切るたあ、いい根性だな……」

男は棚の前へ移動すると、簡単な骨組みに幅広い翼を張っただけの飛行機を手に取った。全長四十センチほどで、主翼以外に尾翼もある。男は骨張った長い指で、機首のクランクを回し始めた。動力源と思われるゴムの部分が充分にねじれると、男はチャムに向かって飛行機を投げた。

主翼が羽ばたき始め、飛行機は滑らかに室内を舞った。まるで生きている鳥のような動き方だった。蝶や蛾の動きにも似ていた。無生物が一瞬にして生物に変わったかのような驚きと感動に、チャムは目を丸くした。

動力が尽きると羽ばたき飛行機は床に落ちた。しばらくの間バタバタしていたが、やがて動かなくなった。止まり方すら、まるで生物のようだった。擬似生物の命が尽きるのを見届けたかのように、男は口を開いた。「やるよ。それを持って、さっさと帰れ」

「え？」

「オーニソプターの模型だ。いまのおまえには、そいつがお似合いだ」

「僕は、ハンググライダーが欲しいんだけれどな」

「きちんと金を払えるようになったら、またおいで」

チャムはショーケースの前から離れ、オーニソプターを拾いあげた。店を出る前に、思い出したように一度だけ振り返った。「あの、このお店の名前って、なんて読むんですか」

「〈シアウォート〉だ」

「英語？　意味は？」

「本当はShearwaterと書くが、末尾のeとrがかすれて読めなくなってから、みんなシアウォートと呼ぶようになった。水薙鳥（ミズナギドリ）のことだ」

「ありがとう。で、あなたの名前は」

「なんでおれの名が要る？」

「次に来たとき指名できないと困るから」

「この店にはおれしかいない」

「店長さんなの？」

「そうだ」

「だったら、なおさら知っておかないと」

男は眉をひそめ、面倒くさそうに答えた。「バタシュ」

「古い言葉で〈風〉という意味？」

「なんで知っている？」

「昔、聞いたことがあるから」

チャムは会話が続くことを期待していたが、バタシュはそれ以上答えなかった。海上都市に住む人間なら、名前は、ファーストネーム、生物学的な性別と性指向を表すミドルネーム、ラストネームと続くはずだが、バタシュはそれ以上は口にしなかった。

無理に訊くつもりはなかったので、チャムは頭を下げ、店をあとにした。


運送会社の社員寮に戻ると、チャムは自分のベッドに仰向けに寝転がった。手に持ったオーニソプターを、しげしげと眺めた。

二十年か、と思った。二十年たったら自分は三十八歳だ。そんなには待てない。せめて十五年。できれば十年。それぐらいなら我慢できる。死ぬほど働き続けても体力は保つだろう。

——運送会社以外に勤めるのはどうだろうか。水没都市から資源を回収しているサルベージ業。もっと実入りがいいかもしれない。あるいは、運送会社の仕事と並行してできる仕事があればそれでもいい。休みの日を少しだけ別の仕事に回して。シアウォートは信頼できる店だろう。無理に模型を売りつけようとはしなかったし、それどころか帰れなんて言った。普通の店の対応じゃないようにも見えるが、あれは、こちらの懐具合を心配してのことだろう。いわゆる意地悪とは違う。模型の説明をしていたときのバタシュは、とても生き生きとしていた。僕のことを、模型を欲しがっている子供みたいに感じたのかもしれない。でなければ、あんなに丁寧に教えてくれなかっただろう。声をかけてきたのはバタシュのほうだったし。「いらっしゃいませ」とか「何をお探しですか」ではなく、「それ、すごいだろう?」だからな。あれは同好の士を求めている人間の声のかけ方だ。何よりも、僕が高地の民だとわかっても差別しなかった……。

次の休日、チャムは再びシアウォートを訪れた。今度もバタシュはすぐに姿を現さなかった。チャムは扉の前でジャンプし、指先でベルを大きく揺すった。

二階から怒鳴り声が響いた。「うるさい！　無茶な鳴らし方をするな！」

バタシュが階段を降りてきた。今日も、うんざりしたような顔つきをしていた。「なんで来た。金が貯まるまで来るなと言っただろう」

「お金はないけれど、相談があります」

「何の」

「ハンググライダーは受注生産だって言いましたよね」

「ああ」

「ということは、客の体に合わせてサイズや構造を調整する」

「まあな」

「僕の体をうまく利用できませんか」

「何だって？」

「背中を見て欲しいんです」

チャムはシャツを脱いで、上半身を露わにした。背中を見せながら言った。「高地の民の証拠です。鉤腕。見たことあるでしょう？」

バタシュは、せきたてるように告げた。「さっさと服を着ろ」

「よく見て欲しいんです。僕たちはこれを利用して、子供の頃にはタザの翼で――」

「誰かに見られたらやっかいだ。早く隠せ」

「隠すようなものなんですか」

「この街ではそうだ。死にたくなかったら」

「知っています。暴行ならもう受けた。嫌というほど」

バタシュは息を呑んだ。

チャムは続けた。「助けてくれたのは僕と同じ出稼ぎ民です。他の人間は、ただ見ているだけだった……」

「仕方ないんだよ……それは……」

「それでも、僕はこの街で飛びたい」チャムは決然と言った。「そのために、ここへ来たんです」

チャムはバタシュのほうへ向き直った。「鉤腕の働きを計算に入れて、新型ハンググライダーを作れないでしょうか」

「何だって？」

「僕の体に合ったハンググライダーを特注でお願いしたいんです。これまでにない仕事になると思います」

「――なるほど。こちらの技術者根性をくすぐろうって作戦か」

「これまで、鉤腕持ちが、ハンググライダーの設計を依頼したことがありますか。たぶん、ないでしょう？」

「確かに……」

「僕を使えば新しい設計をテストできます。もちろん、費用はきちんと払います。その代わり、僕のハンググライダーの専任技師になって欲しいんです。他の店には一切頼まない。あなただけに頼みます。設計もメンテナンスも修理も全部。僕はお金を用意するまで、とても時間がかかるでしょう。でも、この体を使った実験をあなたに提供できる」

「納品予定日は？」

「十年後の今日が目標です。ちょっと延びるかもしれないけれど」

「運送会社の賃金だけでは無理だと教えた」

「他にも収入を得る方法を探します。知っているなら教えて欲しい」

「……あまり無茶はするな。体力が衰えたり怪我をしたりすると、空を飛ぶこと自体が難しくなる」

バタシュは手招きすると、チャムをショーケースの奥へ案内した。一階には別の部屋が続いている様子だった。薄暗い廊下を歩いていくと、広い空間に出た。一目で何をする部屋かわかった。模型やハンググライダーを作るための工房だ。

「鉤腕の力を測る」バタシュは部屋の隅から、チャムが見たこともないような奇妙な器具を持ってきた。「握力と筋力——と言っても、これ筋肉や骨はあるのかい」

「基本は普通の腕と同じです。ただ、小さいから力は弱いけど」

「なるほど」

バタシュの作業を背中で感じながら、チャムは工房の中を眺めていた。高い窓から入り込む陽射しの中で、細かい埃が躍っているのが見えた。工房は涼しく、塗料や金属や油の甘い匂いが漂っていた。器具が鉤腕に触れたときの冷たい感触に、チャムは思わず身をすくめた。

バタシュが訊ねた。「おまえは、自分のご先祖のことをどれぐらい知っている？」

「海面上昇が始まった直後の話ですか？　それなら、もちろん」

「そうか」

「何百年も前の話だけれど……。あなたもご存知なんですか」

「知識としてはな」

「僕は大人たちから、民族の歴史を何度も聞かされて育ちました。僕たちのご先祖は、海面上昇以前から山岳地帯に住んでいたそうです。いまは汎アジア連合に所属している土地ですが、ユーラシア大陸が戦争で混乱状態に陥ったとき、ご先祖たちは戦争から逃れるために国の外へ出た。高い山々をつたうようにして東西に移動していく途中で、殺戮知性体に遭遇したグループは全滅したそうです。僕は、殺戮知性体のことはよく知らないんですが……」

「殺戮知性体というのは、国境を無断で越える難民を殺すために世界中の国が作り出した人工知性体だ。最初に命令されたプログラム通りに人間を殺し、その死体を動力源にして動き続ける。政府が作った兵器の一種だ」

「見たことがあるんですか」

「資料でな」

「そうですか。村には資料がないんです。〈隠者〉も、それだけは見せてくれません。村長が、代々、情報にロックをかけているみたいで……」

「見ても気持ちがいいもんじゃないからな。で、その先はどうなったんだ？」

「かろうじて逃げ切ったグループも、他の国からの逃亡民と遭遇すると、諍いに巻き込まれることが多かったそうです。食糧や居場所の確保をめぐって。殺戮知性体がいない場所では、人間同士が殺し合っていた……。ほんの少しでも生き延びるために、僕たちのご先祖は、さらに南へ北へと散っていった。昔は人間が住んでいなかったような山まで利用して。厳しい環境に耐えるために、大陸を渡る商人から新薬や分子機械を買い入れ、飲み続けた。高地の薄い空気や低い気温、風土病、乏しい食糧――体にどんどん化学物質を入れることで、それらを何とか乗り切ろうとした。ご先祖たちは、自分たちの『名』も捨てました。名前は特定の民族の証になる。他民族と遭遇しても出自がばれにくくするために、高山植物の名前を姓として使うようになった。メギとかハイノキとか。僕の苗字は、その時代の名残です」

「薬物や分子機械は、やみくもに取り入れれば人間の体に異変をもたらす……。鉤腕が生えるようになったのは、そのせいか？」

「たぶん。RNAとか酵素とか……。難しい話を聞かされましたが、あまりよく覚えていません。でも、ハナカマキリの話は面白かったから記憶に残っている」

「ハナカマキリ？」

「南のほうへ行くと、花に擬態するカマキリがいるそうです。緑色のカマキリと違って、ピンク色の花みたいな格好をしているんです。ハナカマキリの遺伝子を調べると、そのへんてこな姿を作り出している配列が、どこにあるのかわかります。でも、実は、それとまったく同じ配列が、他の虫の中にもあるそうです」

「その虫も、花の形に擬態するのかい？」

「いいえ。まったく擬態しない普通のコオロギの中に、ハナカマキリの擬態を出現させるのと同じ遺伝子配列が存在する――。つまり、生き物の姿形は、特定の遺伝子があるかないかだけで決まるのではなく……」

「その遺伝子を発現させる『何か』が、働くか働かないかで決まる？」

「ええ。だから、コオロギの中にあるその配列を『何か』で刺激してやれば、花に擬態するコオロギというものを人工的に作れるそうです。よそから別の遺伝子を足さなくても、普通のコオロギを別の生物みたいな姿に変えられる」

　チャムは測定器具の感触に、体をもぞもぞさせながら続けた。「僕たちのご先祖は、望んでこの体になったんじゃない。鉤腕は、本当はなくてもいいものです。でも、あると使いたくなるのが人情でしょう？　僕たちのご先祖は、背中に鳥の脚が生えたことを否定しなかった。これも生物の一形態と受け入れました。手術で切り取るには薬も道具もいるし、体への負担も大きい。貧しい社会集団に、そんなことをする余裕はなかったんです。だったら、このまま日常的に使えばいいじゃないか――ということになって。汎アができて、大陸内の政治が安定して、海面上昇が止まって高地に永住できる土地を見つけてからも――僕たちの民族は鉤腕を捨てなかった」

「逞しくて、懐の深い民族だな……」

「そう思うでしょう？　鉤腕は僕たちにとって、民族の誇りそのものです」

バタシュは計測器をテーブルに置き、紙に書き留めた数字をじっと見つめた。「面白いものができそうだ」

「よかった！」

「身長と体重は十年たったら変わるから、本番では測定し直す必要がある。だが、図面を引くには、いまのデータが必要だ。一緒に測っておこう。全部の計測値を電子装置に入力すれば、ハンググライダーの形状とデザインを決められる」

「計算だけで、飛べるかどうかわかるんですか」

「物体が飛行する条件は数式で記述できる。それが実機の形や素材を決めてくれる。二週間ほど待ってくれ。立体画像で、だいたいの形を見られるようにしておくよ」

「ありがとうございます！」

「その堅苦しい喋り方はやめてくれ。おれにはタメ口でいい」

「本当に？」

「ああ」

「名前で呼んでいいんですか」

「いや、店長と呼んでくれ。おれは名前で呼ばれるのが嫌いなんだ」

「なぜ？」

「おれをその名で呼んでいい人間は、この世にひとりしかいない」

「どこの誰ですか」

「もう死んだよ。いい飛行士だったんだがな。さ、おれに仕事をさせたいのなら、お喋りはこれぐらいにして、家へ帰ってくれ」

二週間後、チャムがまた店を訪れると、バタシュは約束通り、立体画像を彼に見せた。

チャムのハンググライダーは、一見、普通の機体と同じに見えた。だが、バタシュが指先で画像に触れると、両翼の先端が、内側へぐうっと曲がった。

「急降下できるハンググライダー――というのを設計してみた」とバタシュは言った。「より本物の鳥に近い飛行体だ。普通、ハンググライダーというのは風を読みながらゆっくりと下降するんだが、この機体は、飛行中に揚力を変化させることで急降下が可能になる。翼面積を変えることで風の摑み方を変えるんだ。おまえは、ハヤブサやハイタカという鳥を知っているか」

「いいえ……」

バタシュはパネルを操作し、別の場所に動画を表示した。「自然界にはもういないが、小さな鳥だからペットとして富裕層に人気がある。こいつらはグライダーみたいな滑空が得意で、獲物を見つけると、上空からものすごい早さで急降下する。翼を縮めて揚力を抑え、頭から突っ込んでいくんだ」

広げた翼をすっとすぼめ、凄まじいスピードで地上へ落下していく姿が映し出された。弦から放たれた矢が飛ぶような勢いだった。

チャムは訊ねた。「僕のハンググライダーは、これと同じことができるの？」

「理論上はな。ハンググライダーの翼は、普通は、鳥のように動く形には作られていない。むしろ強風に潰されないように、骨とワイヤーでしっかり固定されている。だが、トップワイヤーとボトムワイヤーが支えているのは、スパーとクロスバーの接点までだ。そこから先——つまり翼の先端構造は、素材次第で改良が可能だと思う。普通の人間には操れないだろうが、鉤腕を持つおまえなら操作できるはずだ」

「本当にできたらすごいな……」

「十年の歳月は、研究するには充分過ぎる時間だ。だが、おれに頼むなら、ひとつ覚悟しておいて欲しいことがある」

「何？」

「おれは前に別の都市にいたとき、ハンググライダーの事故で客をひとり死なせている。設計ミスの疑いが取り沙汰されたが、証拠不充分だったから起訴はされていない。本当の原因も未だにわかっていない。だが、責任の一端は自分にあったんじゃないかと、いまでも思っている。そういう奴が作る新型機に、自分の命をまかせる気はあるかい？」

背中に汗が滲んできたのをチャムは感じた。バタシュはチャムをじっと見つめていた。やめるならいまのうちだ、と言いたげに。

「構いません」チャムは口を開いた。「あなたにお願いします。他に頼める店はない」

「悪魔と契約するようなもんだぞ」

「一度でもこの都市で飛べるならいい。後悔はしない」

バタシュはチャムに、仕事の掛け持ちはやめたほうがいいと忠告した。それよりも、運送会社の中で地位をあげていくことを考えろと。人の下で働くのではなく、人を使う立場になることを考えろ、そうすれば新たな道が開けるかもしれないと言った。

チャムはその言葉を受け入れ、最初に勤めた会社でじっくりと働いた。仕事に慣れてくると、効率よく仕事を回す方法、自分が動くのではなく、他人を動かす方法が見えてくるようになった。出稼ぎ民は一定以上の地位には就けないと聞いていたが、肩書きなしの形で重要な仕事を回してもらえることもあった。そういう仕事はボーナスが出た。

費用が完全に貯まる前から、チャムは頻繁にシアウォートを訪れた。銀行に金を預けるように、バタシュに少しずつ代金を払っていった。バタシュは、「まとめて一度に払えばいいのに……」と文句を言ったが、チャムが出向くと、いつもほんの少しだけ笑顔を見せた。

支払いを口実に店を訪れることは、チャムにとっても大きな息抜きだった。ショーケースの模型を眺め、ときには他の客と一緒に飛行機の話で盛り上がると、それだけで仕事の疲れが吹き飛んだ。

バタシュはチャムをせかさなかった。他の客からの注文でハンググライダーや模型を作りながら、ゆるゆると新しい機種の研究を続けていた。

シアウォートの店内で、甘い紅茶を飲むだけでなく、夜には酒も酌み交わすような間柄になった頃――ある日、バタシュはチャムに訊ねた。「おまえ、いくつになった？」

「二十三歳」

「そうか……」

雨がよく降っている日だった。睡蓮の花の形をしたノトゥン・フルは、空から落ちてくる真水をすべて受けとめる。真水は貴重な資源だ。都市全体の汚れも洗い流してくれる。さらさらと降り続ける雨音は、音楽のように心地よかった。

「――恋人も家族も作らずに……」とバタシュはつぶやいた。「おまえは何をやっているんだ、この街で……」

「ハンググライダーを買うまでは全部保留。何も考えてないわけじゃないけど」

「ほう？」

「僕だって、可愛い女の子と遊んだり、温かい家庭を作ったりすることには憧れるよ。でも、何もかもいっぺんには手に入らないんだ。僕は底辺の人間だから……。ひとつずつ、根気よく待つだけだ。まあ、手に入れる前に、人生が終わっちゃうかもしれないけれど。店長こそ、いまのままでいいのかい」

「おれは、人間そのものに興味がないんだ」

「ふうん……」

それは嘘だとチャムは思ったが、あえて黙っておいた。「それもいいよね」と答えるに留めた。

椅子に腰をおろしたまま、バタシュは、サイドテーブルに置かれた樽から、金色の酒をグラスに注ぎ込んだ。「おれの楽しみは飛ぶものを作ることだけだ。それすら、未熟ではあるがな」

「昔の事故のことを言ってるの？」

「ああ」

「どんな職種でも不幸な出来事はあるよ。医者がミスで患者を死なせるように、運転手が事故を起こすように……」

「昔の仕事仲間も、そう言ってよくおれを慰めてくれたものだよ。まあ、そのこと自体はどうでもいい。問題は——おれがまたしても、欠陥グライダーを作っているかもしれないということだ」

「僕の機のこと?」

「ああ」

「何か心配事が?」

「設計は正しいはずだが、新型機は、実際に飛ばすと何が起きるかわからないから……」

バタシュはグラスを両手で抱え込むと、椅子に背をあずけ、じっと目を閉じた。実機の出来に対する不安よりも、その話を切り出すこと自体が、バタシュの精神にとっては大きな負担になっているのだと、チャムは気づいた。

もしかしたら——と思った。

バタシュが事故で死なせたと言っている客と、彼が自分の名を呼ぶことを許していた相手は、実は同じ人物なのではないか。だからこそ、バタシュは、己の未熟さがその人物から命を奪ったかもしれないことを、いまでも悔やみ続けているのではないか。

でも、それは、僕からは訊けないことだ……。

僕がこの街で鉤腕を隠し続けねばならないように、バタシュにも、壁の向こうに隠しておきたいことはあるだろう。不用意にそれに触れれば怒り出すだろうし、そんな些細なことで仲違いするのも悲しい。そして、怖い。せっかく積みあげてきたものが、一瞬で壊れてしまうのを見ることは。

チャムは椅子から立ちあがり、サイドテーブルに自分のグラスを置いた。バタシュの傍らに屈み、彼の手を自分の掌(てのひら)で包み込んだ。「心配ばかりしていたら飛べない。どこかで思い切らなきゃ」

「……わかっている。だが、やめるなら、いまのうちだ。飛ばない場合のおまえの幸せというものが、この世には、確かにあるはずなんだ……」

チャムはそのままの姿勢で、視線だけを天井(てんじょう)に向けた。祈りを捧げる者のように。テグスで吊られた飛行機模型の姿を見つめた。

オットー・リリエンタール。

僕はその名をまだ覚えている。これから先も絶対に忘れない。

「僕は飛ぶんだ」バタシュから離れると、チャムはテーブルに置いていたグラスを再び手に取った。「それ以外の人生はあり得ない。研究と実作は続けてくれ」

チャムはひたすら働き続けた。ハンググライダーの代金を貯め続けた。

自警団は、いまでもノトゥン・フルに居座っていた。動物が天敵の居場所を嗅ぎつけるように、チャムも彼らをすぐに見つけられるようになった。暴力を避け、身を隠す手段を覚えた。逃げることだけが正しい行動とは思わなかったが、いまは自分の命と未来のほうが大切だった。

十一年の歳月が過ぎ去った。

チャムは二十九歳になっていた。

その年に、ハンググライダーの費用を完全に払い終えた。

新型機なので予算はオーバーしているはずだが、バタシュはそれについては請求しなかった。値引きの代わりだと言って。いくらかかったのかも教えようとしなかった。

チャムが歳をとったのと同じく、バタシュも髪の白さが目立つ年齢になっていた。酒の飲み過ぎと仕事のし過ぎで、最近は声がガラガラに荒れていた。眼鏡をかけていることが多くなった。

新型ハンググライダーは、シアウォートの工房でチャムを待っていた。翼を広げた状態で。バタシュの案内で機体を見せられた瞬間、チャムは文字通りその場で飛びあがった。歓声をあげ、機体の周囲をぐるぐると走り回った。

翼は爽やかな常緑樹の色に染色され、純白のラインが二本描かれていた。それが、自分の苗字であるハイノキの葉と花の色だということに、チャムはすぐに気づいた。

翼の下に入り込むと、チャムはコントロールバーを握って、グライダー全体を持ちあげた。

　重かった。

　だが、その重みによって、再び、喜びが腹の底から込みあげてきた。

「鉤腕は、こちらのバーをホールドする」

　バタシュはチャムの鉤腕に手を添え、後方に設置されているスライドバーを握らせた。

それは、普通のハンググライダーには付属していないパーツだった。コントロールバーと同じく、三角形に組まれたバーが、キールから垂直に吊り下げられていた。動くのはベースバーの部分だけだ。

　チャムは、スライドバーの両端を、鉤腕を広げるようにして持った。「バーは二重構造になっている。一本のバーの上に、左右にスライドする管が二本かぶせてある。鉤腕を背中の中央へ寄せていくと——そう、鉤腕で『前へならえ』をする感じだ——これでスイッチが入る。力はあまりいらない。ゆっくり引くだけでいい」

　チャムは鉤腕に力を込め、スライドバーを中央へ寄せた。スライドバーは軽く引くだけで動いた。ほんの少ししか力を入れていないのに、両翼の先端が引っ張られてぐうっと変形した。チャムは歓声をあげた。「すごい。どうなっているんだ?」

「パワーアシストスーツというのを知ってるだろう。あれと同じ仕組みだ。スライドバーの中に力を増幅させる機械が入っている。おまえは翼の動きを操作するだけで、実際の力は、その機械のほうが出している」

「こんなに引っ張って、翼の先が折れないの？」

「曲がる部分に工夫がある。スパーの途中に関節を作って、曲がりやすい素材でつないでいる。その内部にも機械があるんだ。スライドバーからの信号を受けとめている。外側には形状記憶合金を使っているから、スライドバーをゆるめれば、翼は一瞬で元の形に戻る」

飛行テストは、海上都市ではなく陸側でやるとバタシュは言った。ハンググライダーは、折りたためば長さ六メートルほどの筒状になる。車に載せて陸へ行き、到着地で組み立て、低い丘で飛行テストをするのだという。初心者用の練習場があるらしい。

バタシュが運転するトラックで連絡橋を渡り、ふたりは陸の練習場へ向かった。

練習場は、グライダーの発着場の近くにあった。

トラックから降りて遠景に目をやると、一機のグライダーが、ウインチ曳航（えいこう）で離陸しようとしているところが目に飛び込んできた。電動モータを高速で回し、グライダーにつないだワイヤーを巻き取って離陸させるのだ。グライダーが浮きあがり、完全に揚力を得たところでフックを外して滑空に移行する。

チャムは瞳を輝かせ、グライダーの離陸を見つめていた。機体が風を摑まえるまで、その場から動こうとしなかった。バタシュは苦笑いを浮かべつつ、チャムが空から視線を外すまでじっと待ち続けた。

　ゆるやかな丘を利用して、チャムは十七年ぶりの滑空をテストした。細かく飛行記録を取ったバタシュは、もう少し調整が必要だなと言い、何度かテストを繰り返そうと言った。

　ノトゥン・フルのハンググライダークラブへの入会は、バタシュが渡りをつけてくれた。申請書を作って会費を納めるだけでなく、会長ピタ＝モリスとの面接で合格しなければ、参加資格を得られないとのことだった。

　面接にはバタシュも同席すると言った。自ら発言する自由はないが、ピタ＝モリスが質問した場合、後見人であるバタシュには回答の義務があるのだった。

　洒落たレストランの個室で、チャムはピタ＝モリスと初めて顔を合わせた。

　ピタ＝モリスはチャムが想像していたよりも年嵩だった。五十代後半に見えたが、まだ空を飛んでいると言った。ふたり乗り(タンデム)ではなく単独で。飛ぶために鍛えられた体は軍人のように逞しく、肌は濃く日焼けし、炯々(けいけい)たる眼差しは危険を楽しめる者のそれだった。

　チャムとバタシュが挨拶して席につくと、昼食はすぐに運ばれてきた。量は多くなかったが、ひとくち食べた途端チャムは目を丸くした。普段露店で食べている魚料理とは全然味が違った。薄味で、味わったことのない香辛料が舌の上でふわりと広がった。

「シアウォートには、いつもお世話になっている。うちの会員が何人も」ピタ＝モリスはチャムに言った。「店長の設計とメンテナンスの腕は一流だ。あんな小さな工房で続けているのは、もったいないな」

「恐れ入ります」とバタシュは頭を下げた。「あまり規模を大きくしても、仕事の質が落ちるばかりなので」

「それはよくわかっているが、やはり惜しい」

「そう言って頂けるだけで光栄です」

サフランのスープで煮た米と鶏肉を黙々と食べながら、チャムはふたりのやりとりを聞いていた。自分は場違いなところへ来ているのではないかという不安が、腹の底からじわりと湧きあがってきた。

「チャム君と呼べばいいのかね。それとも、ハイノキ君のほうが正しい呼び方なのかな」

声をかけられたチャムは皿に匙を置いた。「チャムで構いません。そちらが名ですから」

「わかった。では、チャム君。君の新型機は、店長からすでに見せてもらっている。あれは非常に面白い機体だ。私にも鉤腕があれば試せるのに残念だよ」

「恐縮です」

「君があれで飛べば、この街では大きなニュースになるだろう。まったく新しい飛行体、それを操っているのは鉤腕を持つ高地の民――その事実が何を引き起こすか、想像がつくか」

「いいえ……」

「感動する者も多いだろうが、高地の民が英雄になることを嫌う者も多い。君は嫉妬と羨望と攻撃の対象となり、君の同族も同じ目に遭うかもしれない。君がひとり飛ぶだけで、この街で働く同族全員が、これまで以上にひどい対応を受け、迷惑を被るかもしれない」

チャムはテーブルの上で両手を握りしめた。「だから飛ぶのはあきらめろと？」

「慌てるな。私は、その覚悟があるのかと訊いているだけだ。同族全員の運命を巻き込んでも、なお君は飛びたいのかと」

「……僕が飛んでも飛ばなくても、この街の差別は消えないでしょう。差別の本質は、民族や宗教や社会的地位そのものにあるわけじゃない。自分と他人とのほんのわずかな差――それが差別を引き起こす。仮に、まったく同じものしか持たない者同士がいたとしても、〈自分と他人〉という、たったそれだけの違いによって――やっぱり、ひどいことをするんじゃないでしょうか。だったら僕は……」

チャムはピタ＝モリスを見つめた。「飛ぶことで、いま、この街にないことになっている差別を、皆の目に見える形にしたい。鉤腕は武器ではなく、僕たちの誇りであることを皆に知らせたい。衝突が起きるなら、僕はその最前線に出て皆を止めましょう。きっかけを作った者の責任として絶対に逃げない」

「りっぱな考え方だが、衝突の最前線に出れば君はたぶん一瞬で殺されるよ。死者には、その後に続く大混乱の責任など取れない」

チャムは言葉を失った。確かにその通りではあった。他人の殺意はチャムの意思など斟酌しない。運が悪ければ、自分はそこですべての道を絶たれる。

うつむき、沈黙したままのチャムに向かって、ピタ＝モリスは言った。「半年――だ」

「え？」

「半年だけ、君にクラブの会員権を与える。君が飛ぶことで何が起きるか、様子を見てみよう。混乱が起きそうなら、その時点ですぐに退会処分とする。半年後の継続に関しては、そのときにまた考えよう」

チャムは驚きを素直に声に出した。「よろしいんですか」

「空を飛ぼうとする者は、常に危険と隣り合わせの場所にいる。そういう人間は、皆、冒険者だ。私は空だけでなく、自分が住んでいる社会においても冒険者でありたいと思っている。だが、冒険とは、常に生きて帰ることを目指すべきものだ。そういう意味で、社会の動きは慎重に見させてもらうよ」

「わかりました。半年で構いません。何かあったときには、すぐに退会手続きを……」

「君を退会させてすぐに混乱が収まるとは思えんが、そこまではこちらも責任を負おう。この道の先輩としてな。これは、クラブのメンバー全員で話し合った末の結論だ。よく覚えておいてくれ」

ピタ＝モリスはバタシュに目をやった。「会員証は後日シアウォートに送る。ハンググライダーの発進台には、君が案内してやってくれ。飛ぶ日を決めたら教えて欲しい。私は展望台からチャム君の飛行を見ているよ。あそこはルーフが開くし、外の景色を映し出すスクリーンもあるからね」

バタシュは深々と頭を下げた。「ありがとうございます。初飛行の日は、必ずお知らせ致します」


ノトゥン・フルのハンググライダー発進台は、高層展望台に併設されていた。展望台よりも下の位置にあるので、観光客は、ハンググライダーが飛び出す様子をガラス窓越しに見られる。おそらくピタ＝モリスは、そこでチャムの初飛行を見守っているはずだった。

着陸地は展望台の前の広場だ。都市の上を旋回し、最後にはこの場所へ戻ってくることになっている。うまく戻れない場合には、海へ出て着水するのが規則だ。ハンググライダーは浮く素材でできているので、機材に摑まって救援を待つのだが、そんなへまをやる人間は一年にひとりかふたりだとバタシュは言った。

発進台の後方にある準備室で、チャムとバタシュは機体を組み立てた。傘のように折りたたまれたシンプルな骨格を、テンションワイヤーでキールに固定する。翼を形づくるために、バテンと呼ばれる骨を布地に差し込んでいく。

チャムはおでこに上げていた飛行眼鏡をおろし、ずれないようにきちんと装着した。航空帽を顎の下のボタンできっちりと留めた。翼の下に入り、自分の体とハンググライダーを、ハーネスでしっかりとつなぐ。コントロールバーを握り、ハンググライダーを持ちあげた。それから、特注の飛行服の背中から突き出した鉤腕で、スライドバーを摑んだ。少し力を込め、両翼の変形を確認した。

バタシュが扉を開けた。外気が室内に流れ込んできた。海側へ向かって、幅広い板が一直線に伸びていた。

「あおられるなよ」バタシュが注意を促(うなが)した。「風をうまく逃がせ」

「大丈夫。テスト飛行で、だいぶ感覚が戻っているから」

チャムは機首を下げ、風を機体の上方へ逃がした。最後にタザの翼で飛んだときのことを思い出した。あのとき自分は、これでもう飛ぶことはないのでは――と、丘の上で暗い想いを抱いていた。なのに、いまはあれ以上の場所にいる。

「行ってくる」チャムは前を向いたまま、バタシュに告げた。「必ず無事に帰る。広場で待っていてくれ」

板の上を足早に進んだ後、チャムは虚空へ向かって水平に身を投げた。瞬間、翼が海風を摑まえたのが全身で感じられた。コントロールバーを握っている両腕と、スライドバーを掴んでいる鉤腕にかかる力の強さが、風の向きと強さを教えてくれた。

ハンググライダーは、チャムが想像していたよりもはるかに早い速度で飛び始めた。丘でテスト飛行したときとは、圧倒的に速度が違った。風は顔面に斬りつけるように流れ、航空眼鏡がなければ、目を開けていられないほどだった。ハンググライダーは都市を走る車と同じぐらいの速度を出せる。普通は時速三十キロメートルから六十キロメートルで飛ぶが、最高速度は時速百キロメートルだ。

見えない空気の層の表面を滑るように、チャムの機体は飛び続けた。右側に体重をかけると、ハンググライダーはゆっくりと旋回し、機首を海上都市へ向けた。都市上空のどこかで、上昇気流（サーマル）をうまく掴まえねばならない。でなければ、ハンググライダーは下降していくばかりだ。初飛行とはいえ、そんなみっともない飛び方はしたくなかった。

ふいに、翼全体が押しあげられるような感覚があった。さきほどよりも小さく円を描くように、チャムは旋回を繰り返した。ひとまわりするたびに、ぐんと高度が上がっていった。

海上都市の全景が眼下に広がった。睡蓮の花をモデルに建造された都市ノトゥン・フルは、まさしく、大輪の花が豪奢（ごうしゃ）に咲き誇っている姿にそっくりだった。

上昇と共に、都市は、どんどん小さくなっていった。ハンググライダーは条件さえよければ高度三千メートルぐらいまで昇れる。そこまでいったら、雲の中に突っ込むことすらある。

——どこまで昇る？

もちろん、昇れるところまでだ！

海上都市は、もはや、バタシュが作る模型のように小さかった。海は都市の外縁部で砕け白く泡立っていた。飛行帽越しに耳へ響いてくるのは静かな風の音ばかりだ。上昇を続けているのか、ただ旋回しているだけなのか、チャムには次第にわからなくなっていった。

そろそろかな——と思った高度で、背中の鉤腕に力を込めた。

いよいよだ。いくぞ！

スライドを素早く中央へ寄せると、翼の両端がぐっと撓んだ。コントロールバーを手前に引き、前傾姿勢をとった瞬間、巨大な力で引き込まれるように、ハンググライダーは一気に下降を始めた。まるで、ハンググライダーごと頑丈な鉄の腕に掴まれ、ものすごい勢いで容赦なく引きずり降ろされていくかのようだった。飛行というよりもそれは落下だった。ただでさえ早い速度がさらに勢いを増した。それでも海上都市はまだ視線のはるか先だった。いったいどれほどの高度まで昇っていたのか、そしてどれほど落ち続けているのか、チャムには確認する余裕はなかった。ただ、その速度だけが気が遠くなるほど気持ちよかった。このままいつまでも落ち続けたいと思うほどに！

急降下の姿勢を保ったまま、チャムはスライドバーを素早く元の位置へ戻した。翼の形が変わった。再び広い形に戻った。反り返るのではないかと思えるほどに機首が大きく跳ねあがった。布地が風を孕んだ音が、轟くように響き渡った。

チャムはコントロールバーを前へ押し出した。バランスを崩さないように風を充分に摑まえると、機体は、何事もなかったかのように、再び、ゆるやかに滑空し始めた。

沸騰したような熱い血がチャムの全身を駆け巡った。

成功だ！

僕は自由に昇れるし、自由に落下できる！

大気に斜（はす）に切り込むような姿勢で、チャムはもう一度、上昇気流（サーマル）の中へ突っ込んでいった。体が気流にもっていかれる。重心を移動して機体の角度を変え、最初と同じように気流に乗った。機体は、ゆるやかに大気の流れに身をまかせながら旋回し、再び、ぐんぐんと天を目指して昇り始めた。

高い位置まで達したところで、チャムは再び翼を絞った。降下の衝撃が再び襲いかかってきた。だが、チャムの心にはすでに余裕が生まれていた。危険を楽しめる余裕が！　彼の体とハンググライダーは、もはや、完全にひとつのものになっていた。鳥ではないが人間でもない、風を切って飛び続ける自由な生き物に――。

胸の奥が熱く燃えた。

静寂の中で、チャムはただひとりきりの存在だった。

上昇と急降下を三回ほど繰り返すと、鼻の奥がつんと痛くなってきた。こめかみのあたりが、ずきずきと疼いた。耐えられない苦痛ではなかったが、機体にも自分の体にも、予想以上に負担がかかっているのだろうとチャムは思った。

無理はするまい。

生きて帰ることが一番の課題だ。

チャムは上昇気流から外れた。海上都市の周囲を回るような軌跡を描きながら滑空し、少しずつ高度を下げていった。

着陸用の広場が近づいてきた。待機しているバタシュの姿がくっきりと見えた。

充分に高度が下がったところで、チャムは八の字飛行をしながら風下へ回り込んだ。コントロールバーを徐々に前へ押し出し、翼の揚力を殺していく。失速寸前の位置でコントロールバーを強く前へ押すと、ハンググライダーは大きく機首を上げ、その場で停止した。チャムの両脚は、広場に敷き詰められた衝撃緩衝用の人工植物を、しっかりと踏みしめた。

機体を草の上に置き、ハーネスを外して翼の下から出た。航空帽のボタンを外し、飛行眼鏡をおでこに上げる。ゆっくりと歩み寄ってきたバタシュが差し出した手を、チャムは力強く握り返した。

「僕、結構上手いだろう?」とチャムは言った。

「まあまあだな」とバタシュは答えた。

「ちょっと泣いた？」

「馬鹿を言うな」

バタシュは少しだけ目を瞬かせた。やがて、自分からチャムに抱きつき、軽く抱擁した。ふたりはお互いの背中を、掌でぽんぽんと叩き合った。

「素敵な飛行を見せてもらったよ」バタシュは空を仰いでつぶやいた。「おっさんには、いい思い出になる」

広場から見あげると、新たな飛行者が発進台から身を投げたところが目に入った。ふたりはしばらくの間、無言で、他者の飛行を眺めていた。

チャムは思った。ピタ＝モリスは、あそこで僕の飛行を、どんなふうに眺めていただろうか。あの鋭い眼差しで、この都市の行く末を、いま、じっと見つめているのだろうか。ただの言葉の綾ではなく、クラブの会員たちは、本気で、僕たちと共に闘ってくれるのだろうか。

いや、それは問うまい。彼らの手助けがあろうとなかろうと、僕は、これから起きることの責任を自分自身で取る。

バタシュが言った。「これからが大変なんだぞ。わかっているんだろうな」

「もちろん」

もし、この飛行をきっかけに都市に混乱が起きるなら——。そのとき僕は、争乱の最前線に出て行こう。少しでも流血を抑えるために。暴力を止めるために。僕はいまの飛行と引き替えに、どんな艱難も引き受けよう。この体験には、それだけの価値が充分にあったのだから。

チャムは言った。「騒ぎが無事に収まったら、今度は動力付きの飛行機に乗りたいな。その先は──」

「きりがない」

「乗れないなら飛ぶものを作る仕事に就くのもいいな。昔、人類は月や火星まで行っていたんだろう。無人機なら、いまでもそのあたりまで飛ばせるんじゃないかな。いや、太陽系の外だって」

「エンジニアになるつもりか」

「店長を見ていたら、それもいいなと思うようになったんだ。自分が乗れるかどうかは、たいした問題じゃない」

「いまからじゃ、勉強が大変だぞ」

「勉強ならもう始めている。だいぶ前から」

バタシュは一瞬目を見開き、それから乾いた声で笑った。チャムも笑った。もう一度、ふたりで手を強く握り合った。

「主任設計士とか、そういう偉い人間になるつもりはないんだ」チャムは続けた。「ネジを一本作るだけの仕事でもいい。そういう現場に潜り込めたら、さぞ楽しいだろうなと思うんだ」

「そうだな」バタシュは穏やかに言った。「何十年か先には、そんな計画が、持ちあがっているかもしれんな。人間が乗らない宇宙船を、宇宙の果てまで飛ばそうって計画が」

宇宙船の部品を作る。その船をみんなで遠宇宙へ向かって飛ばす。きっと胸が躍るような体験だろう。その現場に立ち会えたら、自分は、とても誇らしい気分になれるに違いない。

ひときわ強い風が着陸場を駆け抜けていった。チャムを、まだ見ぬ広い世界へ誘うように。

だがいまは、目の前に存在する闇へ向かって、頭をあげて進んでいくだけでいい——と、チャムは思った。

マグネフィオ

和也は、いまでもよく事故の夢を見る。人工神経細胞は忌々しいほど鮮烈に働き、ふいに彼を驚かせる。

思い出したくないことばかり思い出す。

思い出したいことは思い出せない。

見る夢の細部は曖昧だ。起きる出来事も歪んでいる。あり得ないものを見たりする。楽しいものを見ているうちはいいが、グロテスクなものも必ず顔をのぞかせる。

夢の中で和也は観光バスに乗っている。窓の外には色づき始めた山林が見える。空は瑠璃のように青い。実際の旅行も秋晴れの頃だった。

車内を埋めているのは会社の同僚だ。前の座席には樫原修介と樫原菜月が座っている。

列車の座席にいるように、和也はふたりと向かい合っている。窓際に置いたコーヒー缶が、強い陽射しを浴びて眩しい。

突然、バス全体が大きく揺れる。天井を突き破って大岩が落ちてくる。顔を殴られた人間の口の中でぼきぼきと歯が折れていくように、座席が次々となぎ倒されていく。岩は修介の頭にもぶつかり、花火のように砕け散る。

首が変な方向へ曲がった修介が和也に助けを求める。痛い痛い痛い、早く助けてくれ。

和也は何とかしたいと思うが体を動かせない。自分も別の岩に押し潰されていることに気づく。

遠くから女たちの悲鳴が響いてくる。和也はその中に菜月の声を聞く。声を出せるのなら彼女は無事なのだろうと考え、少しだけ安堵する。

騒音が頭の中で鳴り渡る。

すべての終わりを告げ始める。

そして世界と和也の間に、乳白色のシャッターが降りていく。

*

和也は医療機器を販売する会社に勤めていた。画像診断装置や試薬や検査器具を売る仕事だ。

配属先は営業部。毎日担当地区の病院をまわり、医師との交流を欠かさなかった。発注がかかれば素早く対応する。新製品が発売されれば積極的に売り込みをかける。ライバル会社に注文をもっていかれないように、常日頃から医師のご機嫌をうかがい、やれと言われたことは何でもやった。

和也と修介は同期だった。

仕事が終わると、ふたりはよく飲みに出た。表だっては吐けない得意先の愚痴を、酔いや笑いと共に発散していた。

修介はいい話し相手だった。話の腰を折ることなく耳を傾け、先輩社員が押しつけるようなくだらない説教は口にしなかった。ブラックな冗談で和也と笑い合うことのできる、心の柔らかい男だった。

事業所には女子社員も何人かいた。

菜月は、そのひとりだった。

和也は菜月と一緒に仕事をし、飲み会や社員旅行で騒ぎ合っているうちに、次第に彼女を忘れられなくなった。

菜月は地味で控えめな女性だった。

和也の目には、華やかな花壇の中で、種類の違う花がひとつひっそりと咲いているように見えていた。

長い間ためらった後、和也はある日、仕事の会話に混ぜ込む形で、さりげなく菜月に訊ねた。——小山さんは可愛いから、声をかけてくる男がいっぱい居るんだろうなあと。

菜月は笑いながら恥ずかしそうに目を伏せた。「そんなこと、ないですよ」

「本当に？」

「はい」

「信じられないなあ」

「そういうものですよ」

「じゃあ僕が誘ってもいい？」

瞬間、菜月の顔から笑みが消えた。

自分が声をかけることがそんなに意外だったのだろうかと、和也は軽い焦りを覚えた。

だが、それはすぐに打ち消された。

ごめんなさい、と菜月は切り出した。「私、いま嘘をつきました」

「え？」

「さっき言ったのは嘘です」

「好きな人がいるの？」

「ええ」

「僕よりもいいのかな」

「すみません……」

「うちの会社の人？」

「はい」

菜月は、その場では相手の名前を口にしなかった。

その相手は――翌日、自分から和也に真実を告げに来た。

樫原修介だった。

「黙っていてすまなかった」修介は珍しく真面目な口調で言った。「職場結婚になるから、ぎりぎりまで話せないと思って。いずれ皆にも話すつもりだが、まだしばらくは秘密を守ってもらえないかな」

やられたと思ったことを、和也は口に出さなかった。本当は口に出して嫌味のひとつでも言えば早々と吹っ切れたのかもしれない。

だが、できなかった。

和也は偽の笑みを浮かべ、明るい調子で言った。「おめでとう。幸せにな」

初めて修介に嘘をついた。口にしなければ先へ進めない――自分で自分にかける呪いの言葉だった。

結婚式の招待状が届いたとき、和也は迷わず〈出席〉に丸をつけた。

菜月が他人の妻になるのを見るのは確かにつらい。

だが、純白のドレスに身を包んだ菜月の姿を、近くで、じっくりと見てみたいという欲望が和也の内にはあった。

きっと、おそろしいまでに美しい姿に違いない。地味であることと美しいことは背反しないはずだから。

その美しさに打たれてみたいと思った。

見ることによって打ちのめされたい。

結婚式の日。

和也は普段と変わらぬ態度で、菜月や修介に接した。同僚たちと笑い合い、にぎやかに喋(しゃべ)り合いながら、新郎新婦を交えてロビーでスナップ写真を撮った。

披露宴のとき、和也はふたりの家庭の事情を知った。

修介は十代の頃に母親を病気で失い、父親とふたり暮らしなのだという。父親は体調がよくないそうで、一度、留(と)め袖(そで)姿の中年女性が、修介の父を会場の外へ連れ出す様子を和也は目にした。

菜月は、成人してから列車事故で両親を亡くしたのだという。

菜月の叔母はスピーチで言った。「社会に出てすぐ良縁に恵まれたのは、本当に幸せなことだと思います。新しい家族を大切にして下さい。なっちゃん、本当におめでとう」

そう締めくくると、ひときわ大きな拍手が会場内に響いた。

ふたりが急速に結びついた理由を、和也はそこに見出した。きっと、どちらにも切実な気持ちがあったのだろう。新しい家族を作りたいという熱い想いが。

それは確かに――自分のような人間にはないものだ。

菜月は結婚と同時に職場から去った。

職場には、まだ色とりどりの花が咲いていた。

だが、和也の心は、消えた花のほうを追い続けていた。

それは脳に棲みついた幻が、まるで本当の生き物のように耳の後ろにそっと息を吹きかけ、何事か囁(ささや)いてくる……そんな感覚に近かった。

ふたりの結婚式から二年ほどたった頃、和也は信州行きの社員旅行に参加した。

家族も同伴できる旅行。観光バス乗り場で、子供連れの家族に混じって、修介が連れてきた菜月の姿を和也は発見した。

菜月は和也をみとめると、ゆっくりと会釈した。

和也は軽く頭を下げた。

胸のあたりがじんわりと冷えた。

その感触は、ゆっくりと温かいものに——やがて熱いものに変わっていった。

込みあげてくる感情を、和也は、ぐっと押し殺した。

ただ見るだけだ——と自分に言い聞かせる。

触れるな。肌触りを求めるな。優しい言葉をかけられることも。

自分に許されているのは、ただ彼女を見ることだけだ。


昨日までの豪雨は嘘のように止み、空は瑠璃のように青かった。観光バスは予定通り出発し、目的地へ続く山道に入った。

事故は、そのときに起きた。

どーん！　という轟音と共に、突然、観光バスは左手の方向へ弾き飛ばされた。山間部の斜面で起きた大規模な落石が、雪崩のようにバスを直撃したのだ。

バスの斜め上方から襲いかかった岩石は、車体の一部を突き破り、そのままバスをガードレールに叩きつけた。

車体は圧延鋼材を引きちぎり、崖下に滑落する寸前でかろうじて停止——。死者は出なかったが、乗客全員が、程度の差こそあれ何らかの形で負傷した。

和也は、事故の衝撃と怪我によって意識を失った。

次に目をあけたときに見たのは、病院の真っ白な天井だった。ベッドに横たわったまま、頭や体の痛みに悶えながら、和也は直前までの記憶をたぐり寄せた。

得意先回りの途中で貧血でも起こしたか、飲み過ぎで倒れて救急車に運ばれたのか——

そんな考えが浮かんでは消えたが、これが正解だと確信できるものには辿り着けなかった。

考えれば考えるほど、頭痛がひどくなった。

そのとき、病室の扉が開いた。

首をひねってそちらを見た瞬間、和也は悲鳴をあげた。

白い服を着た女性が、何か喋りながらこちらへ向かっていた。

だが、女性には顔がなかった。

顔の輪郭はあったが、すべてが滲んでぼやけていた。


高次脳機能障害。

それが、和也につけられた症状名だった。

事故が起きたとき、和也と修介は座席の位置が悪く、外部からの衝撃をもろに受けた。

和也の脳は、側頭葉から後頭葉にかけてが大きく破壊されていた。

脳のこの部分は、図形の違いを区別し、人間の顔認識を行う。ここが壊れると、似た図形の差異を指摘できなくなり、人間の顔が人間の顔に見えなくなる。

目には異常がないのに、「見たものの意味を脳が理解できなくなる」のだ。

相貌失認と呼ばれる症状だった。

人の顔がわからないだけでなく、アナログ時計を正確に読めなくなった。文字盤はきちんと見えている。自分では時刻がわかっているつもりだ。なのに、他人が読み取っている時刻とは全然違う――そんなことが頻繁に起きた。

ばらばらになった書類を、正しい順番に並べられない。

服を着る順番や、靴紐の結び方が、一瞬、わからなくなる。

異常に気づくたびに、和也は自分の体から冷たい汗が噴き出すのを感じた。こんな調子で、きちんと生きていけるのだろうか。いや、それよりも、これが、もっと悪くなったらどうするのだ。どんどん脳が壊れ続け、やがて何もわからなくなったら――。

そんな恐怖に加えて、修介の容態が和也をさらに落ち込ませた。

修介は、外部からの呼びかけに、まったく反応しない状態になっていた。うっすらと目を開けていることはあったが、他人との意思疎通はできなかった。手足も動かせず、完全に寝たきりの状態――。

脳死ではない。

だが、それ以上の反応がない。

回復の見込みは不明だった。

形状認識異常は、和也から営業の仕事を奪った。

カタログに並んだ自社製品を見ても、形が似ていると区別がつかない。

訪問相手の顔も違いがわからない。

全体の雰囲気や服装で見当をつけることはできるが、和也が訪問してまわる相手は医師だ。皆、同じように白衣を着ている。複数の医師が勤務している先では、誤認する可能性が高かった。

幸い和也の会社には、職種柄、障害者を積極的に採用している部署があった。社員旅行での事故だったことも勘案されたのか、人事部は和也をそこへ異動してくれた。限られた人間とだけ接し、形の違いを確認しなくていい仕事。つまり事務系の仕事だ。

居場所は確保したが、給料は下がった。

これまで心を支えてくれていた修介は、もう職場にはいない。悩みを打ち明けようとして誰かを見れば、そこには、顔とは呼べない顔があるだけだ。

自分の顔を鏡で見ても同じだった。

奇怪なオブジェから放たれる言葉は確かに日本語だが、和也の脳は、その意味をしばしば把握し損ねた。

世界を支えていた巨大な骨が次々と折れ、天井や壁だけでなく、空までもが崩れ落ちてきたような破滅感があった。崩落の後に残されたのは荒涼たる瓦礫の山だった。言語と認識の屍(しかばね)が折り重なった荒地——。和也はそこを彷徨(さまよ)う放浪者だった。

だが、どんな世界であろうとも、生きている限りは、そこで生き続けるしかない。

和也は聴覚を研(と)ぎ澄ました。声から相手の心を読み取れるように。手足や体の動きに注意をはらった。身じろぎに滲み出る相手の内面を知るために。

高次脳機能障害は、この頃にはもう、人工神経細胞(AN)の移植で治ると言われていた。神経細胞移植は、壊れた脳細胞の代わりに脳のネットワークを再結線する画期的な技術だ。アメリカでは脳外傷法が一九九六年に制定されて以来、次々とケアプロジェクトが発足し、人工神経細胞(AN)も実用段階に移行済みだった。

だが、日本では厚生労働省の認可がまだ下りていなかった。

人工神経細胞(AN)は無節操に増えれば脳内で癌化するので、分裂回数を制限したうえで移植される。損傷された範囲を正確に測定し、余計なところまで細胞が伸びていかないようにするのだが、その際に使われる薬剤やナノ技術が、日本では認可されていない種類のものだった。この点が争点になっていた。

将来的には、いずれ日本でも認可されるだろうと言われていたが、一般市民には、その正確なスケジュールを把握する術(すべ)はない。そのため、渡航費を含めると金はかかるが、治療のために渡米する日本人が後を絶たなかった。

和也は自分の手術費を貯金しながら、療養センターでのリハビリに励んだ。

身体を動かしていると脳はそれに連動し、わずかずつ機能が回復してくる。理学療法士の指導を受けながら、人工神経細胞（AN）移植の機会を待った。

回復の見込みがない修介のほうは、やがて自動的に退職になった。

修介のことで会社に挨拶に来た菜月に、和也は自分から声をかけた。

「手伝えることがあったら何でも言って下さい。遠慮なく」

和也の壊れた脳は、菜月の表情も認識できなかった。

あれほど胸をときめかせた女性の顔が、他の大勢と同様、意味のないものにしか見えない――それは悪夢のような現実だった。

――見ることだけが、自分に許されたことだと思ってきた。その、唯一、最大の喜びを、おれはあの事故で奪われた……。

いまは耳だけが頼りだ。

聴覚だけが、愛しい女性の輪郭を鮮明に描き出す。

菜月の声は意外と元気そうだった。

「ありがとうございます。いま、いろいろと考えてますので、時期が来たら相談させて下さい」

事故から一年後、和也の元に菜月から電話がかかってきた。

家に来て欲しいと。

和也はすぐに承知した。

動悸を押し殺しながら、菜月のマンションを訪問した。

菜月の自宅の居間は、ホームケア機器で埋め尽くされていた。

ホームケアシステム。

それは介護ロボットと共に、日本では、公共の施設よりも普及している最終ケア装置だった。

自宅を療養所に変え、介護施設に変えてくれる機械。

買う必要はない。

レンタルで使えるのだと、菜月は和也に教えた。

「普通の病院は、積極的な治療ができない患者をいつまでも置いてくれません」菜月は静かに切り出した。「一旦は脳障害専門の療養センターに移したんですけど、二年後には、そこからも出ることになって……。新しい患者さんは、あとからあとから来るでしょう。療養センターも、いまは期限付きなんです」

修介は、バスタブのように凹んだベッドの中に横たわっていた。床ずれ防止用の絨毛ゼリーに沈み込むような格好で。

「居間なら、食事を作りながらでも修介の様子を見られるので……」と菜月は言った。

「何も反応がなくても、一緒にいるだけで安心できますから」

「人工呼吸器は、もう、はずしているんですね」

「ええ。わりと早い時期に」

「よかった。栄養チューブは？」

「流動食なら、もう口から食べられるんですよ」

「本当に？」

「療養センターで、やり方を教えてもらいました。スープや重湯（おもゆ）なら大丈夫。どうしても必要な栄養素も、この方法で補えます。飲み下す力って、訓練次第では回復してくるんですよ。すごいでしょう。毎日のリハビリも私がやっています。こうやって手足を持ち上げてマッサージして……。三十分ぐらいやっていると、指先がちょっと動いたりするんです。そういうのを見ると、うれしくてやめられなくなっちゃう」

「専門の療法士は来ないんですか」

「お金がないので月に一回だけ。でも、自分でやるほうが好き。修介の体に触れられるから」

和也には修介の顔も断片にしか見えなかった。それは元気だった頃の修介とは結びつかず、見知らぬ他人が棺桶に入っているような印象があった。

起きているのか、眠っているのか。

それすらわからない。

菜月に訊ねると、「いまは目を閉じています。眠っているんでしょうね……」という答が返ってきた。

「こうやって眺めていると、修介にはもう魂がないみたいに見えます。でも、脳障害から回復した人の手記を読んでみると——かなり早い段階から、外界を認識していたという本人の証言が結構出てくるんです。周囲の人間が『見えていない』『聞こえていない』と思い込んでいるだけで……。介護する側がひどいことをすると、患者は全部わかっていて、ずっと覚えているそうですよ」

和也は、ホームケアシステムに付属しているモニターに目をやった。

修介は脳死状態ではない。

心臓も動いている。

菜月の話によれば、うっすらと目をあけている時間帯もあるという。

何よりも、毎日のリハビリで菜月と触れ合っているのだ。いまの医学では確認できない形で、修介が外界を認識している可能性は否定できない。

もし自分が修介の立場だったら……と和也は考えた。生命力をフル稼働させ、全力で菜月を感じ取ろうとするのではないだろうか。意思を伝えるために動かぬ喉を震わせ、必死になって指先に力をこめるのではないか。

菜月はベッドの縁をゆっくりと撫でた。「ただ、この状態が長く続くと、いずれは免疫機能が落ちて、衰弱死の可能性も……。人工神経細胞（AN）の移植さえできれば望みはあるんです。でも、アメリカでの移植は、ものすごい数の予約待ちでしょう？　日本では、いつ認可されるかわからないし……。修介には間に合わないかもしれない」

菜月はベッドから離れると、本棚の前へ歩いていった。書類ファイルをひとつ抜き、和也に向かって差し出した。

「相談したいのはこれです。こういうものを作ったら、修介の内面が『見える』ような気がするんです。手術がいつになるのかわからないなら、私は、せめて、いまの修介の心を知りたい」

和也はファイルを受け取り、ページをめくった。文書と手描きのラフスケッチ。「……これで測定できるのは、修介の脳の反応そのものだけだ」

「わかっています」

「こういう装置よりも、言語を抽出する方法を考えたほうがいいんじゃないかな。いまは、頭の中で考えるだけで義手やパソコンを操作できる技術があるでしょう。あれを試してみたら？」

「そのワープロでは、うまくいかないんです。いまの修介は文章を作れないみたいで……断片的な単語すら出てこないんです。たぶん、脳の言語を司（つかさど）っている部分に何らかの障害が」

「そうですか……」

「それにあの装置は、意識が明瞭な人しか使えないでしょう？　特定の思考を、ピンポイントで抽出しているだけですし。人間の複雑な内面を丸ごと再現しているわけじゃありません。私が欲しいのは、修介の心全体の動きを、立体的に見られる装置なんです」

「費用は？　機械類を特注するのは大変だよ」

「既製品の組み合わせになりますから、たいしてかからないと思います。働いて貯めたお金があります」

生活費と介護費のために、いまは夜の仕事に就いているのだと菜月は言った。旅行会社から出た損害賠償金だけでは、とてもやっていけないからと。夕方から出かけ、深夜に帰宅する仕事。明け方から寝て昼前に起き、買い物や雑用を済ませて、夜になると職場へ向かう。完全に昼夜逆転の生活。

夜間、修介の様子は、修介の親戚やホームヘルパーが交替で見ているとのことだった。見るといっても、異常が出ればすぐに機械が信号を出すから、人間は補佐するだけだ。実際には、夜の留守番を頼んでいるという状態に近い。

「生活費ぐらいなら僕も出しますよ。独り身だから、お金には余裕があるし」

「ありがとうございます。でも、そこまで薙野(なぎの)さんに甘えては」

「いいんだ。修介のためなら」

「だって、薙野さんだって、後遺症の治療があるんでしょう」

「僕は僕で折り合いをつけて生きている。こんなのは、修介と比べたらたいしたことじゃない」

「……薙野さんは、生きていて楽しいですか」

「楽しいよ」

「私の顔が識別できなくても？」

一瞬、和也は言葉に詰まった。

この世で最も見たいもの――それは菜月の顔だった。

笑顔でなくていい。

悲しんでいる顔でも構わない。

もう一度、この自分の脳で認識できたなら……。

その瞳を見つめ、表情の変化を追い、視覚を通して菜月を感じることができれば――ただそれだけのことが、どれほどの幸福か。

見ることだけが許されている――そんな自分にとっては。

「本当に、お金のことは気にしないで下さい」菜月は明るく言った。「夜の仕事って、結構、面白いんですよ。仲間と一緒に愚痴を言い合っていると、苦しいのは自分だけじゃないんだって実感できるし。こういう人生でも、捨てたもんじゃないんだなって思えます」

「……では、せめて健康には気をつけて。昼夜逆転の生活は、体にかなり響きますから」

「ご心配おかけして申し訳ありません」菜月はそっと頭を下げた。再び書類ファイルに目をやった。「これ、作るとしたら、どこへ頼めばいいんだろうと悩んでしまって……。薙野さんなら、メーカーと接点があることを思い出したんです」

「でも、これも結局はグラフに過ぎないんだよ」

「ただの脳波計よりは救われます」

「素直に治療法が確立されるのを待ったほうがいいんじゃないかな。つらい期間かもしれないけれど、焦って、お金を無駄遣いするよりは」

「お金の無駄遣いよりも、時間の無駄遣いのほうが私にはつらいんです」

「時間の？」

「だって、もし、何かの理由で修介の体調が急変したら？　それは今日起きるかもしれない。明日起きるかもしれない。手術が可能になる、ずっと手前に起きるかも――」

「心配し過ぎるのはよくない。君のほうが先に倒れてしまう」

「私は、この装置を使う機会が、たった一日しかなくても構わないんです。その一日が、私と修介にとって代え難い思い出になるなら……。他の人から見たら何の意味もないことでも、私たちにとって最高の宝物になればそれでいい」

「しかし――」

「お願いします。残された時間の中で、私はもっと修介のことを知りたい。修介を感じていたいんです」

菜月がこの計画にどれほど入れ込んでいるのか、それは和也にもよくわかった。

自分には修介を救うことはできない。

だが、菜月を救うことならできるかもしれない。

この装置を作れば。

「わかった。じゃあ、やってみましょう。少し時間を下さい」


ふたりに必要なのは、修介の脳活動を記録する装置、そのデータを視覚化する装置、そのふたつの設計と組み立てを行えるエンジニア、そして、装置全体を制御するソフトウェアを書けるプログラマだった。

「脳の活動を測定するには、二種類の方法があります」和也は医療機器のカタログを菜月に見せながら言った。「ひとつは脳波計。小型化も進んでいるし、ホームケアシステムにも組み込まれているから改良は簡単。ただ、データの検出精度は少し落ちます。もうひとつの方法は脳磁計。昔と比べれば小さくなっているし、脳波計よりも緻密に測定できる。ただ、外部からの磁気を完璧に遮蔽しないと使えないという欠点があります。脳磁場はとても微小なので、検出するには、地球の磁場すら遮断する特殊な環境が必要です。特に今回は、測定器と接続させる視覚化装置が強い磁場を発生させるから……」

「では、脳波計のほうがいいんですね」

「次世代型の優秀な脳波計が欲しい。特注を考えましょう」

装置の完成には一年ほどかかった。

組み立て工場を訪れた菜月は、意外とコンパクトに仕上がった装置の外観に、目を見張った。

エンジニアの迫田(さこた)が言った。「制御プログラムを作ってくれたのは、医療機器メーカーではなくて、ゲーム会社のプログラマなんですよ」

迫田は会社の関係で、和也が白羽の矢を立てた男だった。好奇心旺盛で、興味を持ったことには、とことんのめり込んでくれる人物だ。

「最近のゲーム業界は、医療業界よりもＢＭＩの技術が進んでいるんです。ゲームユーザー相手の市場は、患者さんだけを相手にするよりも圧倒的に大きいでしょう？　菜月さんのシステムも、いいテストケースだと思われたようです。運用データと引き替えに、プログラムを組んでもらえました」

これをかぶって下さいと言って、迫田はワイヤレスセンサーのついたヘッドバンドを菜月に差し出した。「脳波とりますから」

非侵襲型の脳波計バンドを、菜月は言われた通りに装着した。

視覚化装置は、直径三十センチほどの円筒状の支持台に透明なアクリルケースが載ったものだった。ケースの底には水盤があり、その内部は黒い液体で満たされている。

迫田が装置の電源を入れると、液体の表面が、ざわざわと波立った。

やがて、水面上に突然、鮮やかなオレンジ色の棘が無数に盛り上がった。まるで、ダリアの花が満開に咲いたように。

「すごい……思っていたよりも綺麗……」

菜月がうっとりとつぶやくと、水盤の花は瞬く間にとろけ、液体に戻って水盤上に広がった。

菜月の感情がストレートに反映された結果に、和也は目を見張った。正直、ここまでダイレクトに表現できるとは思っていなかったのだ。

迫田が指示した。「もっと、いろんなことを考えてみて下さい」

「どんなことを?」

「楽しいこと。おいしい料理を食べたときのこと。プラスの感情。気持ちいいなあ、素敵だなあ、と感じるときの記憶を。心の深いところから、じっくりと汲みあげるような感じかな」

菜月は唇を閉じた。

やがて水盤上に立ちあがったのは、今度は青い花だった。棘の集合体だから、形はやはりダリアに似ていた。次々と生まれてはとろけ、とろけてはまた一瞬で形成され続ける花の形は、和也にもくっきりと認識できた。

激しく動き続けているせいだろうか——と和也は思った。アニメーションの原理と同じで、中間形態をいくつか認識できなくても——つまり、画像が中抜きされていても、適度に連続していれば、認識が壊れた脳でも、滑らかな動きとして把握できるのかもしれない。

「スパイクの検出と流体の生成は連動しているようです。一応、成功と言えるんじゃないでしょうか」

迫田はそう言うと、装置の電源を落とした。

菜月はセンサーをはずし、傍（かたわ）らのテーブルに置いた。唇が喜びの色に染まっていた。

水盤の中の液体は磁性流体——磁性コロイド溶液とも呼ばれる物質だ。水や油に界面活性剤を混ぜた液に、強磁性微粒子が安定した状態で分散している。磁石を近づけると磁力線の流れに沿って棘状の形が作られ、離すと元の液体に戻って形を崩す。

現代美術の一端に、磁性流体アートと呼ばれるジャンルがある。この装置は、その原理を応用したものだった。

初期の磁性流体アートは、素材の関係で黒一色だった。だが、いまではカラフルな造形が可能になっていた。

水盤の支持台とアクリルケースの蓋には、電磁石が並べられている。電流が流れると任意の領域が磁気を帯びる。すると、磁力線の方向に沿って棘が生成される。この棘の組み合わせが、ダリアのような花の形を作るのだ。花が咲く場所は、脳の活動部位に対応させている。

つまりこれは、「脳の活動を、従来のグラフではなく別の形で見せる装置」だった。棘の形そのものに意味はない。そういう意味では、二次元のグラフと変わらない。

だが、味気ない二次元のグラフと比べれば、磁石の花の表現力は圧倒的だった。

菜月は、磁性流体の花に〈マグネフィオ〉という名前をつけた。イタリアのガラス工芸品に〈ミルフィオリ〉というものがある。色とりどりのガラス棒を何本も寄せて作る緻密な工芸品で、ペンダントやブローチとして売られていることが多い。模様が花を連想させるので、千の花（ミルフィオリ）の名前がある。マグネフィオは、そこからのもじりだった。すなわち、磁石の花という意味だ。

和也たちは装置をマンションに運び込むと、修介に接続した。修介の脳は、菜月のときと同様、水盤上に美しい磁石の花を作り出した。

菜月は花を眺めることに夢中になった。

「こんな綺麗なものが一瞬で消えてしまうなんて、もったいない……」と言って、マグネフィオの姿を、静止画や動画で撮影するようになった。

〈修介の心〉は、視覚データとして、着々と記録メディアの中に蓄積されていった。最も美しい瞬間を見つけて切り出すのが毎日の楽しみになったと、菜月はうれしそうに和也に言った。

　水盤上でひらひらと踊る修介のマグネフィオは、菜月がテストしたときのように活発には動かなかったが、ときどき激しく動く時間帯もあり、そういうときの美麗さには、どこか恐ろしげな印象すらあった。

　和也はしばしば、マグネフィオが花の形ではなく別のものに姿を変える瞬間を妄想し、かすかな怯えを感じた。

　磁性流体は磁力線の方向にしか動かない。制御プログラムは、それが一定の形しか作らないように電磁石を管理している。理論上、マグネフィオが花以外の形を作ることは、あり得ない。

　だが、和也の妄想の中で、それはしばしば異形の姿を取った。脳の活動＝修介の心——それが皮肉な笑みを浮かべた侏儒(しゅじゅ)の姿や、おぞましい怪物の姿となって、こちらをじっと凝視しているところを、和也は幾度も空想した。

　——おまえはなぜここにいる、なぜ菜月と一緒に語り合っている、おまえが助かっておれがここにいるのはなぜだ、おまえこそこちらへ来い、介護ベッドの中に横たわれ——怪物たちは、そんな言葉を和也に囁いた。

これはある種のロールシャッハ・テストだと和也は思った。立体化された動くロールシャッハ・カード。

菜月には、マグネフィオは美しい花に見える。この世にひとつしかない、修介の心そのものに。

だが、和也にとって、それは恐ろしい淵だった。


装置の運用から一年ほどたった頃、和也は菜月を食事に誘った。たまには気分転換にどうですか、と。

菜月は最初断ったが、和也が熱心に勧めると、「わかりました。薙野さんにはお世話になっていますから……」と答えた。ホームヘルパーが留守番してくれる日を選び、家を空けることにしてくれた。

和也は、以前通っていた店の中からレストランを選んだ。格式ばらないイタリア料理店で、値段も手頃な店だ。

そして、あらかじめ菜月に告げておいた。「僕も外食は久しぶりなんです」

「後遺症のせいですか」

「ええ。物の形が正確に把握できないと、外で食べるのはとても怖いので。だから、食べられないものを食べようとしたり、お皿の変な場所をフォークで刺そうとしたら、遠慮なく指摘して下さい」

「はい。では、今日は、私が薙野さんの目になりますね。頼りない目ですが、よろしくお願いします」

特殊な料理は選ばないようにしたので、和也はたいしたトラブルも起こさず、食事を進められた。前菜、パスタと順調に食べ進め、紙包みの豚肉料理も美味しく食べられた。

パエリアを食べるときだけ、失敗しかけた。和也には、ムール貝の殻と中身の区別が、まったくつかなかったのだ。

菜月は、「貝は、私が身をはずしてお渡ししますね」と言って、皿とフォークを手にとった。「貝とエビの区別はつきますか」

「ちょっと怪しいかな」

「じゃあ、それもきちんと選り分けますね」

自分の一挙一動が菜月に見つめられていると思うと、和也の胸は高鳴った。それは視線による愛撫と同じだ。自分が認識異常を持っていることに、今日だけは感謝したい気分だった。

デザートは、アイスクリームのエスプレッソがけを選んだ。バニラアイスに熱々のエスプレッソをかけ、スプーンですくいあげて食べる。口の中でコーヒーの苦みとアイスクリームの滑らかな甘味が混じり合い、何ともいえない幸せな気分になった。

　菜月は言った。「人工神経細胞（AN）の移植が日本でも始まるという話、お聞きになりましたか」

「うん。脳梗塞で倒れた女優さんが、アメリカじゃなくて日本で手術したいと粘ったらしいね。日本で治療できないのはおかしいと。いろんなところを通して、厚生労働省に働きかけたとか……」

「ありがたい話です。有名な人が手術を受けてくれると、いい宣伝になって、日本でも一般化します。薙野さんは、きっと間に合いますね」

「修介にだってチャンスはあるよ。僕よりも重症なんだし」

「でも、手術を待っている人は、修介よりも前に大勢いるでしょう……」菜月は最後のひと口を食べ終えると、スプーンを皿に戻した。

　カフェラテを飲みながら、ふたりはしばらく座席に留まった。

　和也の視界の中で、菜月の顔と街の灯は複雑に混じり合い、モザイク模様に見えていた。菜月が少し首を動かすと、モザイクはぐにゃりと曲がり、輝きながら姿を変える。それは、菜月自身が街の灯に溶け込み、消えていくかのような光景だった。炎に誘われた蛾が、一瞬にして燃え尽きてしまうような不吉な光景――。和也は悪寒を覚え、思わず身を震わせた。

菜月は静かに続けた。「……マグネフィオの仕組みって、実は、私が考えたものじゃないんです」

「え？」

「磁性流体を使うという部分は私のアイデアだけど……。基本は、修介が十代の頃に考えたものです」

「君と出会う前に？」

「ええ。修介は十代のときにお母さんを亡くしているでしょう。脳腫瘍で、末期には、よく昏睡状態に陥って――。でも、ときどき意識が戻ることもあって、戻ってくると、普通に会話ができた。目が覚めるとお母さんは、とても楽しそうに眠っている間に見た夢の話をしてくれたそうです。お母さんの夢の中では修介はもう大人で、素敵な奥さんと赤ちゃんがいて、お母さんはいつも、夢の中でその赤ちゃんの相手をしていたんですって」

「苦しいときだから、架空の世界だけが慰めだったんだろうね」

「修介はそのギャップがとても印象的だったと。目が覚めているときのお母さんと、昏睡状態のお母さん……。眠っている時間のほうが起きている時間よりも長いなら、お母さんにとっての〈現実〉は果たしてどちらなんだろう――。そんなことを考えたそうです」

そして修介は思った。昏睡中の母親の内面を、外部で目に見える形にする方法はないのだろうかと。意思疎通するまでには至らずとも、母親の心を知る方法はないのかと。

「けれども、何の知識も技術もない少年に、それが実現できるはずもなく……。ただ、ずっと心残りで、医療機器メーカーに就職したそうです。本当は設計のほうへいきたかったみたい。その機械を作るために」

脳の秘密を知りたい。機械で人の心を明らかにしたい。そう考えた男は、皮肉にも自分の体を機械に任せ、自分の内面を表現することになったのか。

「修介が考えたものだから、修介に試してもいいかなと思って……。でも、私、勝手なことをしているのかも」

「そんなことはない。僕が修介だったら、きっと喜んだと思うな」

「私、ときどき思うんです。あのとき、私も修介も一緒に死ねばよかったのかなって。そうしたら、いま、誰も苦しまずに済んだのにって……」

和也は答えず、「そろそろ出ようか」とうながした。

菜月は小さくうなずき、椅子から立ち上がった。

店の外へ出たとき、和也は菜月の肩をそっと抱いて引き寄せた。

菜月はすぐに身をよじって逃れた。

和也は止めなかった。「これは僕の正直な気持ちです」とだけ告げた。

「わかっています」菜月はつぶやいた。「ご好意に甘え過ぎました。私、いろんなことを、薙野さんなら断らないだろうと思って……。私は薙野さんを利用したのと同じです」

「そんなふうに思わなくてもいい。僕たちは大人の男と女で、だから、こういうことがあってもいいんじゃないかな」

「でも、修介が……」

「修介がいなくなったら考えてくれますか」

途端に、怒りではなく、悲哀に満ちた声が菜月の喉から洩れてきた。「どうして、そんなひどいことを言うんですか」

「君のことが心配だから……」

「そうじゃないでしょう。薙野さんは、きっと……」

「きっと、何？　僕だって、修介があんな状態なのはつらいよ。僕は修介のことをよく知っているから——だからこそ、君に思い詰めて欲しくない」

「だからって、いま言わなくても……」

いま言わなかったらいつ言うのだ、と和也は思った。修介と一緒に死んでしまえばよかった——そんなことを言うほど追い詰められている女性を、自分は、そのままにしておけない。その手の差し伸べ方が、菜月から見れば、ひどいものでしかなくても。

菜月は和也に背を向けると、その場から駆け去った。

和也は追わなかった。

なぜか、追う気になれなかった。

その日以降、菜月は、和也からのメールにも電話にも応じなくなった。自分の中に悲しみや悔しさがあまり湧きあがってこないことを、和也は不思議に思っていた。脳が壊れていると、こんなふうにしか感じられないのだろうか。だとしたら、こんな脳でも使い道はあるものだ。

希望も失望もなく、ただ、透明な気持ちだけがあった。

和也はその感覚に自分を委（ゆだ）ねた。菜月からの反応を、じっと待ち続けた。

事故から六年目、人工神経細胞（AN）の移植が日本でも認可された。修介は治療対象者として、すぐに手術の権利を得た。

同時期、和也にも手術の許可が下りた。かなり待たされることを覚悟していた和也は、突然の認定に驚いた。数日後、それが菜月の配慮であったことを病院から知らされた。同じ事故で損傷を受けたのだから、修介が治療されて和也が治療されないのはおかしいと掛け合ってくれたらしい。

菜月が自分を忘れないでいてくれたことに——和也は胸を震わせた。

あの夜の思い出が甦る。

自分は許されたのだろうか——あるいは、最初から許すも許さないもなかったのか。

一ヶ月の入院が必要だと医師から言われた。

人工神経細胞（ANN）が神経突起を伸ばし、脳内でネットワークを作るには、神経成長因子（NGF）による成長円錐への刺激が必要だ。神経突起は、成長円錐内に生成されるイノシトール三リン酸（IP3）という物質の濃度勾配（こうばい）によって伸びる方向を決めている。手術は、この神経突起の成長制御技術も含んだもので、これが成功しない限り、いくら細胞を植えても意味がない。長い入院期間は、その経過を観察するためのものだった。

手術は問題なく始まり、問題なく終わった。

すぐには大きな変化もなく、和也は拍子抜けした。

相貌失認はそのままだったし、形状認識異常もそのままだった。本当に移植手術をしたのかと、疑いたくなるほどだった。

変化が起きたのは三日後だった。朝、巡回に来た看護師の顔が「見えた」のだ。和也は思わず大声をあげ、ベッドから飛び降りた。

洗面所に駆け込み、鏡をのぞきこんだ。

そこに映ったものが自分の顔だとわかるまで、しばらくかかった。

顔の認識はできた。

だが、同時に、重い衝撃が腹の底からこみあげてきた。

鏡に映っていたのは、自分が知っている自分の顔ではなかった。事故があった当時――二十代半ばの自分とは別物だった。

長い障害期間によって刻み込まれた、精神的な疲労と加齢――それは和也の顔に、深い翳を落としていた。血色のよくない頬、暗い目元、人前に立つのが恥ずかしいような覇気のない顔つき――疲れ果てた四十歳の男のようだった。

二十代の頃の自分は、もうどこにもいない。この六年間でどこかに消えてしまった――。

その厳然たる事実は、和也を打ちのめした。

その日の検査で、形状認識と色彩認識に関して、和也の脳は百パーセントの正解を弾き出した。物事の作業順序を間違えてしまう障害からも完全に回復していた。

残りの期間は外出もOKだと医師から言われた。

長い休暇をもらったつもりで、和也は日々をのんびりと過ごした。人工神経細胞を馴染ませるために、TVや書物に積極的に触れ、散歩し、外食に出た。

毎日、鏡の中で自分の顔を念入りに見た。

笑顔を作り、明るく若々しい三十代の顔を作る努力をした。加齢には逆らえなくても、精神の明るさは自分で作り出せるはずだ。

正常に働いていると診断された人工神経細胞は、ときどき、和也の感覚では〈働き過ぎている〉と感じられる反応を見せた。

自分を取り巻いていた廃墟のような世界が、再び骨組みを得て、美しい色と外観を取り戻していく過程で――その現象は起きた。積極的にさまざまな刺激に触れたことで、脳が急速に活動し、創造性を獲得し始めた結果だった。

和也は、あのバス旅行の夢を——事故の瞬間の夢を頻繁に見るようになった。

人工神経細胞(AN)は自身の可能性をがむしゃらに広げるかのように、ネットワークを作り、次々と古い記憶を関連づけていった。脳内の情報整理機能である〈夢〉を利用して。

その鮮烈さに、和也は、しばしば驚愕して跳び起きた。

夢だから見るものの細部は曖昧だ。起きる出来事も歪んでいる。あり得ないものを見たりする。楽しいものを見ているうちはいいが、グロテスクなものも必ず顔をのぞかせた。

事故の記憶は、和也が、なるべく遠ざけておきたい過去だった。だが、人工神経細胞(AN)は、容赦なくそこへ手を伸ばしていった。貪欲に情報を収集し、咀嚼(そしゃく)し、それこそが自分の使命であるとでも言いたげに、記憶の再生を繰り返し続けた。

和也は大声で叫びたくなった。

——おれが思い出したいのは、こんなことじゃない！

事故が起きる前の時代。笑顔に満ちた菜月の姿。修介との楽しい日々。入社したての時期の、まだすり切れていなかった頃の自分。甘酸っぱく懐かしい思い出の数々——。おれが求めているのはそれだ。それなんだ！

だが、人工のネットワークは、和也の感傷を無視した。

担当医は和也に相談されると、大丈夫だと言って微笑し、答えた。「たぶん、新しい記憶から先に関連づけが行われているのでしょう。もう少し様子を見てみましょう。いずれ事故の記憶は古びて、ショックのない形に落ち着きますよ。その次には、心地よい、古い思い出が戻ってくるはずです」

和也はその言葉を信じて辛抱強く待った。

やがて医師が言った通り、楽しい夢も見るようになった。事故の夢は相変わらず見続けていたが、それを上回る勢いで、明るく穏やかなものが戻りつつあるのが実感できた。

ゆっくりと、ゆっくりと、春の気配が近づいてくるように。


ある日、菜月から突然メールが来た。

修介の手術も成功した——だが、もともと全身の衰弱が進んでいたので、面会謝絶状態になっている、とメールには書いてあった。「容態が安定したら、また連絡します」と最後にあったので、和也としては、また待ち続けるしかなかった。

再び連絡があったのは、和也が職場復帰する直前だった。

修介の病室を訪問すると、菜月はそこにいた。

彼女の顔を見た和也は、軽いショックを受けた。

わかっていたことだった。

それでも、重い気持ちを振り払うことができなかった。

かつての菜月の瑞々しさ――二十代前半の若々しさは、いまの彼女のどこにも存在しなかった。

自分と違って修介の介護に直接かかわり、昼夜逆転生活をしていた菜月が、呑気に若さを保てるはずはない。仕事柄、肌の手入れには気をつけていただろう。それでも、もう戻りようのない年齢が、目元や頬に深く刻まれていた。

背を起こしたベッドの上から、修介は黙って和也を凝視した。その顔立ちには、和也や菜月と違って、加齢による変化がほとんどなかった。

ただ、目の輝きだけは異常に目立つのに、頬も口元も動かない。それが、表情の筋肉をうまく動かせないせいであることに、和也はしばらくたってから気づいた。

容態が安定したと聞かされていたのに、いまの修介には、そのような穏やかな雰囲気はない。痩せ衰えたその体からは、すでに生命の大半が抜け去り、虚ろな風だけが体の中を吹き抜けているような――冷えびえとした恐ろしい気配が滲み出ていた。

もしかしたら、手術前から、すでにかなりの衰弱状態に陥っていたのかもしれない。あるいは、手術中や術後に投与される薬剤が、体に負担をかけているのか。

自分が菜月から離れていた期間に何があったのか――和也には想像もつかなかった。

「久しぶりですから……」菜月はベッドサイドの椅子から立ち上がり、和也に勧めた。「ふたりでゆっくり話して下さい。私は食堂で待っています」

「いいの？」

「ええ」

修介は喉のリハビリ中で、長い時間は喋れないとのことだった。菜月が指さした先に、脳から電気信号をひろうタイプの発語装置があった。

菜月が部屋から立ち去ると、和也が声をかけるよりも先に、ディスプレイに文字が並んだ。

《いろいろと世話になった。ありがとう》

音声は出なかった。病院内なので音量に気をつかっているのかもしれない。和也は、修介とディスプレイを交互に見られるような位置に椅子を動かした。「たいしたことはしていない。お礼を言われるようなことは」

《だが、マグネフィオを作ってくれた》

「聞いたのか」

《まさか、自分が使うことになるとは、思わなかった》

「あれだけが君の内面を見る唯一の方法だったからな」

《おれは毎日、微睡（まどろ）むような、曖昧な感覚の中にいた。世界と自分の間に、薄い膜が一枚降りているような……。どれが現実で、どれが夢なのか、まったく、区別がつかなかった》

「それは、ちょっと嫌な感じだな……」
《いまになってみれば、あれは夢だったんだなと、はっきりわかる記憶もある》
「どんなものが？」
《菜月と一緒に暮らしている夢だ。現実とほとんど変わらない、とても幸せな夢だった。でも、ときどき、ひどく異質な夢も見た》
「怖い夢かい」
《そうだ。自分の生活を外側から見ていた。窓ガラス越しに、自分の家の中を見ているんだ。中へは入れない。キッチンに菜月がいて、いつも通り料理を作っていた。でも、そのダイニングで待っているのは、おれじゃなかった。菜月と暮らしていたのは、おれではなくて、君だった》
　胸を突かれたような衝撃があった。和也は自分の感情を押し殺した。「――それは、僕が君の家に遊びに行ったときの記憶が、夢に混じったんじゃないかな」
《君たちは、夫婦がすることをしていた。おれは、黙って見ているしかなかった》
「君がどんなものを見たとしても、それはただの夢だ。現実じゃないよ」
《……おれは、母さんの心を知りたくて、あの機械を構想した。でも、ふと思った。幸せな夢を見続けていた母さん……。でもあれは、おれを安心させるための、嘘だったんじゃないだろうか》

和也は言葉を続けられなかった。ディスプレイに流れる文字を、黙って追った。
《仮に、本当に幸せな夢を見ていたのだとしても……。おれみたいに、苦しい夢も、たくさん見ていたんじゃないだろうか。ただ、口にしなかっただけで。だとしたら、昏睡中の脳内を視覚化するというおれのアイデアは、何と傲慢なものだったのだろう。どれほど美しいマグネフィオが咲いていても、それを生み出している側の心が苦しんでいるなら、花の美しさは、偽りでしかない》
「それでも、あの花の美しさは菜月さんの心の支えになっていた。それを生み出している君の本心とは別のところで、間違いなく安らぎを与えていたよ」
《人と人とのつながりは、結局、この種の錯覚で成り立っているだけ、なのかもしれない。可笑しくて、馬鹿ばかしくて、とても哀しいことだ……》
修介は、しばらくの間、文字を綴らなかった。やがて、静かに続きを書き始めた。《おれは、もうさほど長くは、生きられない。だから、ひとつだけ、お願いがある》
「なんだ」
《おれから、菜月を、奪わないでくれ》
和也は黙っていた。ディスプレイの上に文字が続いた。
《性格のいい奴なら、妻の行く末を心配して、自分が逝った後は好きにしていい……と言うのかもしれん。だが、おれは嫌だ。絶対に、嫌だ。死んでも、おまえに、菜月を、渡し

たくない》

痛みが和也の内側へ深く突き刺さった。この先も安穏と生き続ける自分が、修介にかけられる言葉は何もない。たったひとりで死んでいくことしかできない男に、いったい何が言えるだろうか。「……君が眠っていたとき、僕たちの間には何もなかったよ」それ以外に言えることはなかった。「菜月さんは、いつも君のことしか考えていなかった。僕が入り込む隙間なんてなかった。これからも同じだと思う。菜月さんは君を自分の半身のように思っているんだ」

ディスプレイに文字が現れなくなった。虚しく明滅を繰り返すカーソルは、修介の葛藤そのものだった。和也は続けた。「ストレートに本心を教えてくれてありがとう。君からそう言ってもらえると、かえってほっとする。僕は、もう君たちには会わないことにしよう。そのほうがすっきりするだろう」

しばらく時間が流れた後、再びディスプレイに文章が現れた。《最後なのに、酷いことしか言えなくて、すまない》

気にするなと言おうとして修介を見た和也は、思わず口をつぐんだ。表情のない修介の両目から涙がこぼれ落ちていた。修介が感じているであろう激しい怒りと悔しさを思うと、和也には、もう何もできることはなかった。

和也は椅子から立ち上がった。ベッドの上に身を乗り出し、修介の痩せた体をそっと抱擁した。

それから、病室をあとにした。

一階下にある食堂をのぞくと、菜月は自販機で買ったコーヒーを飲みながら、ぼんやりと座っていた。和也が声をかけると、もう帰るんですかと訊ねた。

「うん。疲れさせちゃ悪いから」

「せっかく来て下さったのに」

「いや、いいんだ」

菜月は悲しそうな目で和也を見た。第三者からでも、そんなに修介の容態が悪いことがわかるのか――といった表情だった。

瞬間、和也の中に激しい葛藤が生じた。人間は死んだらおしまいだ。どんな約束も確認はできない……。

暗い誘惑だった。卑しい感情だった。その甘美さは、和也を強くとらえて放さなかった。

そのとき、菜月がふいに言った。「もう少したったら、私も手術を受ける予定なんです」

「何の？」

「人工神経細胞（AN）の移植を」

「え？」

「私も、あの落石事故で怪我をしていますから。理由をこじつければ、手術の書類を揃えられるんです」

「どこをどうするんですか」

「人工神経細胞（AN）の研究は、実用化された範囲よりも先まで進んでいます。新しい研究のためにモニターを探している状態なんです。その募集に申し込みました。感覚強化の実験に参加します」

「感覚強化？」

「人工神経細胞（AN）を利用した生体チップというのがあって――これを頭蓋内に入れて作動させると、脳の特定位置の情報を再生できるんです。私の場合は触覚のテストをします。まず、計測器を使って、私が何かに触れているときの脳活動を記録します。そして、活動領域を確定し、その部分をあとから生体チップで刺激すると――目の前にそれがなくても、私には本当に触っているように感じられるそうで……」

「それが何の役に立つんだい」

「修介に触れたときの感触を、ずっと残しておきたいんです」

　和也は息を呑んだ。

　菜月は静かに続けた。「人間の記憶は曖昧なものです。時間がたてば薄れていく。触ったこと自体は覚えていても、触った瞬間の生々しさを、そのときと同じ強さで思い出すことはできません。でも、生体チップがあれば――私は、修介と触れ合ったり抱き合ったり、キスしたときの感触を思い出せる。彼が死んだあとも、本物の彼に触れているみたいに」

「でも、それでは、四六時中、その感覚と共存することにならないのかな……」

「チップの動作は外部から制御します。私の場合は、視覚情報をトリガーにするんです」

「何を使うの？」

「マグネフィオの画像です。うちには、修介のマグネフィオの記録が、たくさんあるでしょう。ある特定のマグネフィオの形状を見たときだけ、私の人工感覚にスイッチが入る。誤作動を防ぐため、この世にひとつしかないものを選ぶんです。強化感覚は五分ほど続き、自動的に消える……。便利な仕組みでしょう？」

さらさらと砂の城が崩れていくのを和也は感じた。自分の心にあった儚い城が。この技術を利用すれば、修介と菜月は完全にひとつのものになる。もう後戻りの利かないレベルで。そこに和也が入り込める余地はない。

菜月は晴れやかな表情で和也を見つめた。「このことは修介にも話すつもりです。私が、これから先もずっと修介の感触を体感できると知ったら……。修介は安心して逝けると思うんです。きっと、生きている人間に対する嫉妬も怒りも、全部消える」

その言葉は和也への回答だった。長い間先延ばしにされていた、あの夜の答だ。誰にも引き留められない、誰にも否定できない、永遠の約束。

菜月はそれを選んだ。

誰のために？

たぶん、修介のためでも、おれのためでもない。菜月は、自分自身のために、それを選んだのだ――。


手術から二ヶ月後、修介は病院で死亡した。

葬儀のとき、和也は一ヶ月ぶりに菜月と顔を合わせた。すべてを覚悟していた菜月の表情は、どこまでも澄み切って凜としていた。

彼女の脳に埋め込まれたのは、修介の人格などではない。生体チップが制御するのは、あくまでも菜月自身の脳の記憶だ。強化された感覚を全身で味わいながら、菜月は毎日ひとりで眠るのだろう。本物の修介と抱き合っているような、安らかな感情に満たされながら。

菜月にとって、主観的な意味においては、その感覚は修介自身であるのと同じことだ。と同時に、客観的な意味においては、菜月自身を鏡に映した〈感覚のコピー〉でしかない。

しかし、主観的な意味において満足感があるならば、これは人間にとって〈幸せ〉と呼べる類のものではないだろうかと、和也は苦い感情を嚙みしめながら思った。これが、人類にとっての〈本当の幸せ〉なのかどうかはわからないが。

この欲望の奥深さには、多くの人間が搦(から)めとられるだろう。さらに恐ろしいのは、この人工感覚・強化感覚が、いつでも捨てられる機能であることだ。飽きればいつでも捨てられる。その手軽さは、あらゆる欲求を促進させるだろう。

それは、脳のデータが〈商品〉になるという意味でもある。

自分のチップに他人が経験した感覚データを転写する。触覚、味覚、嗅覚、全身が震え出すような快感や恐怖――きっと、あらゆるものが値段をつけて売られるだろう。貴重な感覚はより高値で。危険な感覚は地下取引で。頭蓋骨の内側にシャワーのように降り注ぐその人工感覚は、人間に、実際の体験と虚構の体験の境目を消失させる。

そんな世の中が来たとき、人間はどこまで、〈自然な〉人間であり得るのか？

和也は菜月に小声で頼んだ。「ひとつだけ、お願いしたいことがあるんです。聞いてもらえますか」

「何でしょうか」

「葬儀の間、あなたを、ずっと見つめ続けることを許して欲しい。人工神経細胞(AN)で治った自分の脳に、あなたの姿を、しっかりと刻みつけておきたいんです」

菜月はすぐにうなずいた。和也の言葉の真意を悟ったように。「わかりました。私が薙野さんにできるお礼はそれぐらいです。好きになさって下さい」

菜月が受けたのと同じ実験を、和也は受けるつもりだった。菜月と違って、リアルタイムで脳活動を計測するわけではないから、あとから脳のあちこちを刺激して、該当活動部位を探す方法になるだろう。

首の静脈からセンサー網を血管内に入れ、脳内で展開させる方法があると聞いたことがある。研究者たちは検査機器のモニターを見つめながら、和也の中にある、菜月の姿が記憶されている部位を探してくれるだろう。

それは酷い痛みを伴う実験かもしれない。

痛いだけで成功しないかもしれない。

だが、トリガーで菜月の姿を再現できるならば――。

色褪せないホログラムを見るように、繰り返し、繰り返し、繰り返し――まるで本当にその場にいるかのように、菜月の姿を味わうことができるなら――。どんな実験でも試してみたいではないか。自分の脳は、すでに人工物に制御されている。これ以上弄ることに、何のためらいがあるだろうか。

自分は見ることだけを許された人間だ。

視覚こそが最大の喜び――。

菜月にとって、触覚が最大の喜びとなるのと同じように……。

葬儀の間中、和也は菜月を見つめ続けた。

穏やかに、舐めるように。優しく愛撫するように。

見るたびに胸の奥に痛みが広がった。

視覚を再生するとき、このひりひりするような感覚も一緒に再現されるのだろうか。修介を亡くした悲しみを。菜月を失った悲しみを。脳神経はネットワークを作っている。これまでの人生で蓄積されてきた複合的な思い出が、すべて連動し、マグネフィオのように花開くのはあり得ることだ。


葬儀が終わると、棺は霊柩車に積み込まれた。出発前のクラクションの音が、尾を引くように高く鳴り響いた。

和也にはそれが、数多（あまた）の失われたものが人工的な欠片となって戻って来る——そんな時代の始まりを告げる、華やかな喇叭（らっぱ）の響きのように聞こえた。

ナイト・ブルーの記録

海洋無人探査機の元オペレータ・霧嶋恭吾の死を、私は職場に送られてきたメールで知った。

死因は急性心停止。

享年七十三。

お通夜と告別式は、すでに終わっているとのことだった。

貴重な時代の証言者が、また、ひとり消えてしまったのだ。

デスクに報告しなければ、と思いながらメールの文章を追っていたとき、末尾に奇妙な言葉を見つけた。

《本人は他界しましたが、インタビューはお受けします。霧嶋さんと約束しておられた日に、本人の自宅までお越し頂ければ幸いです》

一週間ほど前、私は霧嶋氏に取材を申し込み、OKをもらっていた。氏は、神経接続型の海洋無人探査機を使っていたことがある。その苦労話を聞かせてもらう予定になっていた。

うちの科学欄は、去年から、海洋開発に関する記事を連載している。「海洋開発史五十年」という記事で、氏のインタビューは、数回に分けて本紙に載せるつもりだった。

メールの差出人は「長妻涼子」。知らない名前だ。資料を検索してみたが何も引っかからない。代理で答えてくれるということは、氏の身近にいた人なのか？

私は、了解の旨を記したメールを返信した。

この奇妙な申し出に、ひどく好奇心をくすぐられていた。


温暖化で気温が上昇しているせいか、大気に初冬の厳しさはなかった。坂を登り切ると、煌めく青い海が遠くに広がっているのが見えた。沖を行く白い船舶が、模型の船のように小さく見えていた。

セーリングボートが海面をすべるように走っていく。海は冬のほうが穏やかなので、初心者の練習や体験セーリングはよくこの時季に行われる。色とりどりの三角形の帆は、まるで木の葉のようだった。

おそらく、こういう景色をいつも自宅の窓から眺めるために、霧嶋氏は住居をここに構えたのだろう。

海沿いの小道をしばらく歩くと、霧嶋邸に辿(たど)り着いた。インターフォンの横にある装置に社のIDカードを差し込んでチャイムを鳴らす。スピーカーから声が流れてきた。

《ご訪問ありがとうございます。どうぞ、中へお入り下さい》

門がひとりでに開き、玄関の電子ロックが解除された。IDカードの情報と監視カメラの画像から、私が本人であることが確認されたらしい。

玄関まで続く敷石の上を歩き、すでにロックが解除されていた扉を開いて中へ入った。三和土(たたき)で家人が出てくるのを待っていると、さきほどと同じ声が頭上から降ってきた。

《そのまま中へお進み下さい。応接室でお待ちしております。応接室は、廊下の突き当たりにございます》

長妻涼子は体が不自由なのだろうか？　私は少し気になった。あるいは、体調がよくないのか。インタビューをお願いしても大丈夫だろうか。もっとも、応じると言ったのは先方のほうなのだが。

応接室に入ると、えび茶色のワンピースを着た老婦人が私を待っていた。ソファに腰をおろし、愛らしく微笑して私をじっと見つめた。霧嶋氏より、十歳ほど年下に見えた。

「長妻です。お出迎えもせずに、ごめんなさいね」老婦人は軽く頭を下げた。「私、膝(ひざ)を悪くしているものですから。冬になると、痛くて、動くのが億劫(おっくう)で」

「いいえ。こちらこそ、本当によろしかったのですか」

「私、霧嶋さんが亡くなる前に頼まれましたの。インタビューのことを」

「え？」

「倒れたとき、一番先に駆けつけたものですから。霧嶋さんは、あなたとの約束を果たせないかもしれないと、ひどく気にしておられて。あまりにも気になさるので、私、その場で約束しましたの。もしものときには、私が代わりにインタビューを受けますからと。そうしたら、やっと安心してくれて。で、何をお話しすればいいのかしら？」

私はソファに座ると、すぐに切り出した。「霧嶋さんには、海洋無人探査機の開発初期のお話を伺う予定でした。元オペレータとして、いろいろとご苦労があったと思いますので」

「私、こういうことに慣れていないから、昔話でもするように、とりとめなく喋らせて頂いて構わないかしら」

「ええ、構いません。内容はこちらでまとめますので」

「載せる前に原稿を見せて頂けます？」

「昔と違って、いまは希望される方にはゲラをお渡ししています。事実関係などで、修正が出ることがあるので」

「では、安心ね」

長妻涼子は昔日を懐かしむような表情を浮かべた。
ここにはないものを見つめる遠い眼差しで。

＊

霧嶋さんは海を深く愛した人でした。商船大学へ進学し、船舶免許を取り、有人潜水調査船のコ・パイロットを経て、三十歳のときにパイロットになりました。

勤務先は国立の研究機関や独立行政法人ではありません。民間の研究組織に雇われ、科学者を海の底へ連れていく仕事をしていました。

日本海溝、伊豆・小笠原海溝、琉球海溝、南海トラフ、沖縄トラフ――。依頼があればどこへでも潜り、海外の研究機関からの要請で外国の海に潜ったこともあります。

四十歳になったとき、後進に道を譲る意味で、パイロットの座から降りました。しかし、それは引退するという意味ではなく、別の研究部門への異動があったのです。それが、霧嶋さんと海洋無人探査機との出会いでした。

海中を無人で探査する機械としては、以前から、自律型無人潜水機（AUV）というものがありました。科学関係の記者さんなら、よくご存知でしょう。自力で何千メートルも潜り、無線の指示を受け、北極や南極の氷の下まで調査できる機械。通信衛星経由でデータをやりとりして、無人機というよりも、すでに〈海洋ロボット〉と呼んだほうがいいような機械でした。

霧嶋さんがまかされたのは、その最先端を行く無人探査機でした。全長五メートル、潜水深度は六千メートル、薬のカプセルみたいな外観。設計上は深度八千メートルまで耐えられ、光ファイバーケーブルによる有線方式で、支援母船上の人間（オペレータ）と非侵襲型神経接続装置でつながっていました。ええ、初期の海洋無人探査機は、すべて有線方式でした。オペレータの体と無人探査機を同期させるためのソフトウェアが不完全で、確実にデータを送受信するには、有線のほうがよかったんです。後には改良されて、無線方式に変わりましたが。

無人探査機の操作室は、支援母船〈あかつき〉の中にありました。〈あかつき〉は全長百メートル余、総トン数は四千五百トン弱の海洋調査船。船尾にAフレームクレーンを持ち、有人潜水調査船も運用していました。霧嶋さんはオペレータになってからは潜水船には乗りませんでしたが、無人探査機は有人潜水船と一緒に潜ることもあったので、パイロットとは、とても仲がよかったようです。

無人探査機の操作室は、人間が、二、三人入れる程度の広さでした。座席と手動操作の機械、オペレータの脳からデータを取得するセンサー類、そして、全方向スクリーンがあり、オペレータは椅子（いす）に座って、自分の体と無人探査機を同期させる。すると、自分自身が深海を泳いでいるような感覚がオペレータの体に生じます。その状態で、無人探査機のマニピュレータを動かしたり、スラスターやウォータージェットで探査機を操ったりする。

つまり、遠隔操作の一種ですね。

ただ、霧嶋さんの作業の目的は、無人探査機を操作すること自体にはありませんでした。無人探査機に搭載された人工知能に、「熟練した潜水調査船のパイロットの動きを学習させる」——これが霧嶋さんの仕事であり、私たちの実験でした。

自律型無人潜水機(AUV)の研究過程で、人工知能の開発はずいぶん進んでいました。けれども、機械では、人間の判断力にかなわない部分が、まだまだたくさんあった。

深海は未知の世界です。

何が起きるかわからない。

機械の判断だけでは追いつかないことが多く、そこで、人間の判断力や行動パターンを人工知能に教え込み、対処能力を上げる研究がなされていました。

こういうことは、プログラマが、いちからプログラムを書いていたのではきりがない。

それよりも、「人間の動きを機械にトレースさせ、真似(まね)させる」ほうが、効率よく人工知能に学習させることができるのです。

つまり、霧嶋さんは無人探査機にとっての教師、師範として指名されたわけです。申し遅れましたが、私は、このシステムの管理を行う技術班におりました。研究チームは、工学系の技術者と、オペレータの体を管理する生理学系の技術者で構成されていて、私は両者をつなぐインターフェイス部門で働いていました。肩書きはメディカル・プログラマ。人と機械をつなぐ装置が一般化していく過程で、この時代に新しく生まれた職種です。無人探査機と霧嶋さんの接続状態を調整し、異常があればソフトウェアを書き換え、ハードウェアの検査を工学系の技師に依頼する。霧嶋さんの体に異常が生じた場合には、生理学系の技師に検査を頼む。そういう仕事でした。

同じ部門に、飯野祐介（いいのゆうすけ）さんという方がおられて、私は仕事のうえでもプライベートでも彼と相性がよくて——周囲には、私生活のことは内緒でしたが——よく一緒に行動しておりました。

霧嶋さんは、私たちが三十代に入る少し前、〈あかつき〉に配属になりました。私は二十八歳、霧嶋さんは四十歳。同じ研究班のメンバーとして、〈あかつき〉の船上で初めて顔を合わせたのです。

最近はもうずいぶんお瘦（や）せになっていましたが、当時の霧嶋さんは、まだしっかりした体つきで、潑溂（はつらつ）とした雰囲気を漲（みなぎ）らせていました。ウィンドサーフィンを趣味にしていたそうで、よく日焼けした精悍（せいかん）な顔立ちが印象的でした。

色白で丸ぽちゃで優しい雰囲気の祐介さんとは正反対だったので、よけいに、強い印象を受けたのかもしれません。

私は霧嶋さんと初めてお会いしたとき、「怒ると怖いタイプかなあ……」と思いながら恐々ご挨拶したのですが、にこっと微笑したときの霧嶋さんの表情が柴犬みたいにかわいくて、ちょっと、どきっとしました。堅い雰囲気とは裏腹に、結構、優しいところがあるのかしら……。そう感じて、少しほっとしたのです。

メディカル・プログラマである私は、仕事上、霧嶋さんの精神ケアにも関与することになっていました。他の部署以上に信頼関係が必要でしたし、それは、なるべく早く獲得すべきものだったのです。

霧嶋さんは、外見や経歴からもわかるように、真面目で、そして冒険を恐れない人でした。

私たちが新しい実験を提案すると、いつも静かに微笑を湛えながら、

「やりましょう」

とだけお答えになるのです。

好奇心の強い人だったのでしょう。だから、異動もすんなりと受け入れたに違いありません。ときには薬剤で体調を管理することも、まったく嫌がりませんでした。

それよりも、無人探査機との接続で自分の体が拡張されていく感覚が、本当に楽しかったようです。自分が自分以上のものになっていく——その感覚は、道具を使う人間ならば誰でも体験するものです。ナイフや筆の先端を自分の指のように感じ、バイクや自動車の

ボディを自分の体の一部として感じるあの気持ちよさ。霧嶋さんはウィンドサーフィンをやっておられましたから、道具との一体感をよく知っていました。風を操ってボードで波間を疾走していくあの感覚を。そして、真っ暗な深海で有人潜水調査船を動かしているときのあの感覚を。

人間の脳は、人間の体をどこまでも延長して捉える。

霧嶋さんは、無人探査機を使う作業を通して、それをとても楽しんでいるようでした。その柔軟な感受性が、後に彼をひどく苦しめることになったのですが。

海は深度二百メートルを超えると、人間の目では視界がきかない真っ暗な世界に突入します。

霧嶋さんは深海の色を、よく「ミッドナイト・ブルー」だと言っていました。漆黒(しっこく)ではなく、ミッドナイト・ブルーだと。数値として測定される波長の値とは関係なく、霧嶋さんの主観では、深海の色は「真夜中の青」だったのでしょうね。

だから霧嶋さんは、神経接続型無人探査機のことを、〈ナイト・ブルー〉と呼んでいました。研究班のメンバーも、それにならって同じように。

ナイト・ブルー。

夜の青。

ナイトには、〈夜〉だけでなく、〈騎士〉という意味もあります。未知の世界を果敢に進んでいく〈騎士〉の姿を、霧嶋さんは愛機に重ね合わせていたのかもしれませんね。

霧嶋さんはナイト・ブルーの操作室にひとりで入り、神経接続装置とつながると、ナイト・ブルーを慎重に動かす。

全方向スクリーンに映るのは、光学的な画像ではなく音響画像です。超音波の反射を電算機で処理させ、ＣＧ映像を描かせるのです。

光の届かない深海では、この方式がとても役に立ちます。もちろん、ナイト・ブルーに取り付けられた外部ライトを点灯すれば、普通の画像を撮影することもできました。ときには両方の映像を並列表示させながら、霧嶋さんは、海底噴火で作られた複雑な地形や大きな熱水噴出孔を観察し、海水や泥や生物のサンプルを獲り、海の底に測定機器を置いてくるのでした。

一連の作業は、霧嶋さんが有人潜水調査船に乗っていた頃に習得したものです。海の中には、いろんな水の流れがあります。熱水噴出孔の近くなどは、ものすごい勢いで高温の海水が噴き出しています。その勢いは、〈しんかい６５００〉ぐらいの潜水船でも、あっというまに噴き上げてしまうほどなのです。

こういうものをうまくやり過ごす方法を、霧嶋さんは、有人潜水調査船のパイロットだった頃に体で覚えていました。ナイト・ブルーと接続することで、機体の人工知能に、その技術と勘を少しずつ学習させていきました。

人間の操船技術をデータ化できれば、将来、どんな人工知能にもそれをコピーできます。無人探査機が自発的に霧嶋さんのデータを利用し、人間並みの器用さで海底調査を行うようになったら——そのとき本当の意味で、無人機は新しい知性を獲得するのです。

自分の操船技術がデータ化され、分析され、蓄積されていく——。この過程を、霧嶋さんはとても楽しんでいました。有人潜水調査船を操れる人間はそう多くありません。コストのかかる有人機が、今後、増産されることはないだろうと考えられていました。無人機の性能アップは時代の要求だったのです。

海の中には秘密がたくさんある。少しでも多く、それが解明されればいい。そのことで社会が豊かになり、人間が海に対してもっと興味を持ち、海を大切にするようになればいい……。霧嶋さんは、そう考えてこの仕事に就いたようです。

この時期の霧嶋さんの活躍は、あなたもよくご存知でしょう？　当時の取材記事、たくさん残っているはずですから。新聞、科学雑誌、海洋開発専門誌、テレビ局。霧嶋さんは、どこから依頼が来ても断らなかった。でも、取材から帰ってくると、いつも不満をこぼしていました。

「たくさん喋っても、いつも編集されて短くなってしまう。雑誌もテレビも」

「一番力を入れて話した部分に限って、カットされてしまうんです。あれ、なんとかならないのかな」

百パーセント満足できる取材ではなかったから次も行くんだ、という感じでした。取材されることが好きだったのではなく、伝えたいことが完璧に伝わらないことに、強いもどかしさを覚えているようでした。生真面目な霧嶋さんらしい心理だったと思います。

私は取材記事を保存し、ときどき、ひとりで楽しんでいました。

なんと言えばいいのでしょう。あの頃私は、霧嶋さんから目を離せなかったのです。もちろん、一番大切なのは祐介さんでした。仲のよさは変わらず、将来のことを話し合うようになっていました。

けれども、霧嶋さんと出会った瞬間、心がその分だけ膨らんで、その部分で彼を見つめ始めたような……そんな感覚がありました。

こんなこと、他の誰にも言えません。ましてや祐介さんには。ですから、これは私だけの楽しみでした。何かを期待したり求めたりするのではなく、ただ、いま目の前にあるものを愛でるような――そんな、のんびりとした楽しみだったのです。

……ここから先の話は、たぶん、あなたが一番知りたがっていることね。でなければ、わざわざ、霧嶋さんの居場所を探しはしなかったでしょう？　ええ、構わないのよ。霧嶋さんは訊かれることをわかっていましたし、正しい記録を残すなら、これが最後のチャンスだろうと仰っていました。だからこそ、私に諸々を託してくれたんです。もしものときには、すべてをお願いしますと仰って。

でも、海底地点の確定情報だけは伏せさせてね。

いまでも、話しにくいことなんです。

いろんな方面に迷惑がかかるといけないから……。漠然と、太平洋のどこかとお思いになってちょうだい。この情報が欠けていても、記録は作れるでしょう？

で、その前に――。

あなたは、沖縄トラフってご存知よね。海洋関係の記事を書いてらっしゃるなら。

沖縄トラフは、九州の西側から台湾にかけて、延々、千キロメートルもの長さで続いている海底のくぼみです。熱水噴出孔があるので、昔から、海底下生命圏の研究が盛んに行われていました。熱水噴出孔の外側にいる生物だけでなく、海底地殻の下――つまり、噴出孔から熱水が出てくるまでの海水の流れの中で――微生物が繁殖していることがわかっていました。この活動を調べる研究が、とても活発だった場所なんです。

熱水噴出孔の成り立ちには、二つの種類があります。

ひとつは、上部マントルが上昇してくる場所、つまり海嶺で起きる場合。マントルは溶融するとマグマになり、これが海水と接触すると、熱水になって海底から噴き出します。

もうひとつは、これと逆の仕組み。海洋プレートが大陸プレートの下へ潜り込んでいる部分で生まれる熱水で、沖縄トラフはこれにあたります。地下へ流れ込んだ海水が、いったん地中で河のような流れを作って、少し離れた場所から噴き出すんです。こういう場所では、その河の中にも微生物がたくさんいるはずで――その予測の元に設置されたのが、現場培養器というものです。地下水流の中に直接培養器を置き、そこにいる微生物を採取するんです。筒を海洋底に打ち込み、人工的に熱水噴出孔を作って微生物を集める。

二十一世紀初頭、この方法がとても成果を上げたので、後に世界中の海で、同じシステムが展開されました。

〈あかつき〉も、この研究に携わっていました。

ターゲットとして選ばれた地点まで――さきほどお話しした伏せ字の場所ですが――ナイト・ブルーを潜水させて、他機との共同作業で、現場培養器を海洋底に設置する。企業は、熱水噴出孔での鉱物採取だけでなく、新種の微生物を発見することにも期待をかけていました。微生物の化学反応は、工業に応用できますから。

ナイト・ブルーは黙々と現場培養器の設置を続け、地殻内微生物の採取に勤しみました。繰り返されるミッションは、霧嶋さんの操船技術を、着実にナイト・ブルーの人工知能に学習させ――そろそろ、この方面では教えることがないのでは、と囁かれるほどになりました。

「では、もう少し深い海へ？」

「操作が難しい地形の奥や、南極や北極の海でも試してみましょう」

ナイト・ブルーの次期運用計画の検討が始まりました。

あの事件は、ちょうど、その頃に起きたのです。

最初の問い合わせは漁業協同組合から入りました。《最近、漁網に異様な塊が付着するようになった。かなり広範囲で被害が出ている。そちらの研究との関連性がないか、詳しい調査をお願いしたい》と。

それは、温暖な海域で発生する「粘質物」に関する情報でした。

粘質物というのは、巨大な細菌塊が海中に生じ、それが微生物の温床になるものです。大きなトロロ芋というか、真っ白な柔らかい塊が、クラゲみたいにゆらゆら漂いながら海流に乗って流れていくんです。その正体は海中の有機物。つまり、マリンスノー。プランクトンの死骸などがひとつに固まって、ねばねばした塊になるんです。人間よりも大きな塊になります。大規模なものだと、二百キロメートルもの長さまで広がっていくことがあるそうです。

夏になると沿岸で発生し、最初は海水浴客の体をベタベタにして困らせていた程度だったそうですが、中には感染症を引き起こすものがあり、やがて、致死性の大腸菌や大量のウイルスを含むものが発見され……。

二十世紀末以降、海水温度上昇によって、地中海で問題になっていた現象です。冬でも消えず、今世紀に入ってすぐの調査では、北海やオーストラリアまで被害が拡大している可能性が指摘されていました。事実、私たちが若い頃には、海流の変化で、日本近海でも見つかるようになっていました。

私は海事ニュースを読みながら、祐介さんに訊ねました。「これが私たちの研究と、何の関係があるのかしら」

祐介さんは、タブレットPCでデータを見せながら、私に教えてくれました。「地殻内微生物が海中に洩(も)れて粘質物を作っているんじゃないか――と言っている環境保護団体があるそうだ。漁協は、そこのレポートを読んで問い合わせてきたらしい。ほら、これだよ」

「うわっ。一団体じゃなくて、こんなに！」

「全部まともな団体だから安心していいよ。保護団体としては、どんな些細(ささい)なことでも視野に入れておきたいんだろう」

「現場培養器から洩れる程度なら、海底地殻の隙間(すきま)から、もっと流れているんじゃないかしら。だったら、このあたりでは、もっと前から粘質物が発生していたはず――」

「粘質物が浮遊しているのは海の上層だからね。重い粘質物が海底へ沈むことはあるが、海底で発生して浮きあがるというのは、ちょっと聞いたことがない。ただ、メタンガスを発生させる細菌が内部にいれば、そんなこともあるかもしれない。そういう仮説も載っているんだ」

「熱水噴出孔には確かにメタン生成菌がいるわ。でも、それが発生源なら、熱水噴出孔近辺でも粘質物が発見されているはず。過去に、そういう報告はないんでしょう？」

「まあ、そのあたりの説明は黒山主任にまかせるしかないね。地道に説明して、先方に納得してもらうしかない」

私たちが国立の学術研究所ではなく、民間企業の海洋開発部門にいたことも疑惑の対象となった理由かもしれません。粘質物の大量発生と地殻内微生物採取との関係性——これについての議論が、あちこちで交わされるようになりました。

粘質物は魚の鰓（えら）に詰まって窒息死させるので、漁業関係者にとっては死活問題です。ただでさえ天然魚の漁獲量が落ちている昨今、新たな現象で魚が大量死すれば生活が脅かされる。

研究班の責任者だった黒山主任は、質問への回答として、こう発言しました。

「粘質物の発生と地殻内微生物の間には、まだ、はっきりとした関連性は見出されていません。海流の変化で日本近海の海水温度が上昇していることや、もともと汚染されていた海域で、粘質物が発生しやすい条件が整ったことが原因とも考えられます」

「粘質物の分解には、むしろ、別の微生物の働きを利用するのが近道かもしれない。粘質物は栄養分の宝庫なので、これらを食う微生物を積極的に撒くことで、すみやかに撃退できる可能性があります。我が社ではそれをいま研究中です」

ナイト・ブルーにも、新たな任務が課せられました。浮遊する粘質物の調査です。人間のダイバーが接近するとウェットスーツをダメにされるし、感染症にかかる危険性があります。けれども、無人探査機のナイト・ブルーなら何の心配もいりません。揚収後の洗浄は大変ですが、マニピュレータや小型カメラを粘質物の奥まで突っ込んで、好きなだけ内部を観察し、サンプルを採ることが可能でした。

霧嶋さんが奇妙なことを口走るようになったのは、この任務が始まってからでした。

ある日、私が〈あかつき〉の食堂でお昼ご飯を食べていると、トレイを持った霧嶋さんが長テーブルの向かいに立って、「ここ、いいですか」と仰いました。

思いもかけない言葉に、私は「どうぞ、どうぞ！」と早口で答えました。

霧嶋さんは微笑して席につくと、ドライカレーをゆっくりと食べながら、私に訊ねました。「長妻さん。ナイト・ブルーが拾う触覚データは、ごく限定されたものですよね」

遠隔操作には、ものを摑んだときの感覚があったほうが便利です。ナイト・ブルーのマニピュレータにも、人間の触覚と連動するセンサーが搭載されていました。触覚といってもごく単純なもので、対象物の詳しい質感までは伝わりません。摑んだ／離した／固い／柔らかい、といった単純な感覚が伝わるだけです。霧嶋さんはそれを、必要以上にデータがフィードバックされているように感じると指摘したのです。

「どういうことですか」

「マニピュレータを使っているときに、指先から上腕にかけて、ぬるっとした感触が走るんです。これって変でしょう？　センサーがデータを拾っているのは、マニピュレータの先端だけですから」

「ああ。それ、脳の錯覚だと思います」

「錯覚？」

「ええ。霧嶋さんの脳の中には、粘質物に対するイメージが、なんとなくあるでしょう？　ぬるっとしたトロロ芋みたいなイメージが」

「確かにあります」

「それと似たものに触れた記憶もありますよね。ハンドソープや、虫に刺されたときに塗るジェル薬剤。この感覚が、頭と体に鮮明に残っているでしょう」

「はい」

「こういう記憶と対象物のイメージが重なると、本当に触れたように感じるんです。よくあることですよ。脳の中の幻覚です」

「そうなのかなあ……」

霧嶋さんは、自分の両手を不安そうにじっと見つめました。「ものすごく生々しい感覚なんです。直接触れているみたいな」

「ハードなスケジュールが続いていましたし、一度、メディカル・チェックをお受けになりますか。私から、ドクターに連絡しておきますが」

「いえ、そこまでは」

霧嶋さんは無理に作ったような笑顔を見せると、私に向かって軽く頭を下げました。

「すみません。たぶん、私が疲れているだけなのでしょう。主任と相談して、休み時間を長めに取らせてもらうことにします」

「それがいいと思います。お体、大切になさって下さい」

霧嶋さんとナイト・ブルーをつなぐセンサーは非侵襲型。神経に直接負担をかけるものではありません。そして、大半のデータはオペレータからナイト・ブルーへ送信されるもので、ナイト・ブルーからオペレータへフィードバックされるのは、極々限られたデータだけでした。

それでも双方向通信しているのは事実なので、私は、少し気に留めておくことにしました。

この頃から、操作室へ入っていくときもそこから出てくるときも、霧嶋さんは何か浮かない顔つきというか、ときには暗い表情で、どこか遠くの一点を見つめるような眼差しをするようになりました。

私はそれが気になったので、食堂や甲板で顔を合わせるたびに、体の調子について訊ねてみました。これはドクターの仕事で本当は私がやってはいけなかったのですが、霧嶋さん自身も、ドクターに話すよりも私相手のほうが気楽だったようです。変に大ごとになって、仕事から降ろされることを恐れている様子でした。

祐介さんだけが敏感に気づき、私に、そっと注意を促しました。「ドクターにも報告したほうがいいんじゃないかな。検査といっても、簡単なもので済むはずだから」

「立ち聞きしたの？」

「うん。悪いけど、偶然耳に入った」

「インターフェイス・プログラムの書き換えで済むなら、それでいいと思っているのよ。私は」

「目処が立ちそうなのかい」

「まだ、よくわからないけれど……」

「詳しく聞かせてくれる？　僕も、他の人には言わないから」

霧嶋さんから聞かされた事柄を、私はすべて話しました。ただ、霧嶋さんは不安がっているわけではないし、怖がっているわけでもない、違和感を気にしているだけで、仕事そのものに支障は生じていないのだと、そこは強調しておきました。

祐介さんは、自分も直接、霧嶋さんから話を聞きたいと言い出しました。私が気づいていないことを、自分で摑んでみたいと思ったようです。

私は、そのことを霧嶋さんに訊ねました。霧嶋さんは落ち着いた様子で、祐介さんが立ち会っても構わないと仰いました。

少しは反対してくれたほうがうれしかったんだけどな……と私は思いながら、でも、霧嶋さんの性格を考えると、こういうときに露骨に嫌がったりはしないのだろう、何か思うことがあっても心の奥底へ沈めてしまうのだろうな——と、そんなことを考えたりしていました。

霧嶋さんの感覚は、どんどん鋭敏になっていきました。粘質物の中には取り込まれた魚の死骸がよくあるのですが、マニピュレータで摑んだとき、鱗(うろこ)の感触まで伝わってくると言いました。ナイト・ブルーが海の中を進むと、自分の体にも水を切って進んでいく感覚が伝わってくる、潮(しお)の流れだけでなく、温度境界層を通過するときには海水温度の違いもはっきりわかる——と。

潮の匂いや味や舌触り、さまざまな海中雑音、遠くで鳴いているザトウクジラの声、音波が肌を叩(たた)くリズム——。ナイト・ブルーを潜行させると、それらが圧倒的な生々しさで迫ってくると言いました。

私と祐介さんは、「ありえない」という言葉を喉(のど)の奥へ吞(の)み込んだまま、ひたすら、霧嶋さんの体験談に耳を傾けました。霧嶋さんの話は真に迫っており、普段の生真面目な態度から考えると嘘をついているようには見えず、もしかしたら、未知の生理現象が起きているのではないかと私たちは推察しました。メディカル・プログラマとしての直感で。

操作室には全方向スクリーンがありますから、視覚情報は全部入ってくる。海中の明暗は海水温度と関係していますから、温度感覚は、あるいは、その連想から引き起こされるのではとも考えました。人間は、普段の生活でも、赤色やオレンジ色には温かみを感じ、雪国の写真を見れば冷たさを感じるでしょう。それがもっと拡大された錯覚が、霧嶋さんの脳内で起きているのではないかと推察したのです。

あるいは、これは人間と機械を接続することで生じる、新しいタイプの共感覚なのではないかとも思いました。共感覚というのは、字を見ると色を感じたり、音を聴くと味を感じたりする知覚現象で――ひとつの刺激に対して、複数の感覚が生じる反応です。特に珍しい現象ではなく、いろいろと研究もされている事柄なので、そちらから掘り下げていけば仕組みがわかるかもしれないと考えました。

霧嶋さんの感覚異常が昂進していく一方で、私たちの会社は、対外的な措置に追われていました。漁協は原因の究明よりも、

「いますぐ、網への被害を減らして欲しい」

「魚の大量死を防いで欲しい」

「赤潮(HAB)と同じ被害が出るのか。もっと大きな被害になるのか。対処法を教えて欲しい」

と、具体的な対策を求めていました。粘質物の撃退法については、他の研究機関との協力で研究が着々と進められ、黒山主任が言っていた「他の微生物による粘質物分解」というアイデアが実現しつつありました。

以前から、海の有機物を分解する方法として、ラビリンチュラ類というアメーバ様生物を使う研究がありました。これをうまく使えないかという方向で、話が進められていました。ラビリンチュラ類は、普通に海に棲んでいる生物です。使っても環境に対する影響は少ないだろうと言われていました。海洋性ウイルスを使って粘質物内の微生物を殺すという方法も検討されました。

これらのひとつひとつに、漁協だけでなく、数々の環境保護団体からも大量の質問が寄せられました。

「危険性はないのか」

「微生物とはいえ、特定の生物を意図的に大量に撒いて、海洋環境を破壊しないのか」

中には話し合いなど最初から求めておらず、ただただ、中止だけを強硬に要求する団体も出始めました。

でも、意見が違うからといって一蹴していたのでは、お互いの間に憎悪しか生まれません。悪感情が生じる場には、真面目な保護団体ではなく、環境テロ集団がつけ込んできます。こういう集団は政治的な背景を持っていますから、入ってこられると、予想外の方向へ問題がこじれていく。そうさせないためにも、まともな保護団体との間には、きちんと信頼関係を作っておかねばならないのでした。

関係者が侃々諤々（かんかんがくがく）としている間にも、粘質物は、どんどん規模を拡大していました。夏期に入って一気に増え始めたのでしょう。ヘリコプターで上空から眺めると、何キロメートルにもわたって、白い粘質物が広がっているのが観察されるようになりました。巨大なアメーバが仮足を伸ばしていくみたいに、粘質物は、日本列島沿岸を覆い尽くすかのような勢いで、北上しつつありました。

この頃には、物理的に除去したほうが早いのではないかという話も出て、ボートを出し、人力で粘質物を引き上げる作業も始まっていました。陸まで運んで、焼却処分するのです。あるとき、ナイト・ブルーは、この作業用ボートと衝突してしまいました。お互いに位置情報には気をつけていたのですが、いくら注意していても、事故は起きるときには起きてしまうものなのです。

操作室の外でモニターしていた私たちは、衝突音を耳にした直後、霧嶋さんに向かって呼びかけました。《ナイト・ブルーの状態を報告して下さい。損傷はどの程度ですか》

しかし、操作室からは返事がありません。

《霧嶋さん、大丈夫ですか。霧嶋さん！》

通信不良かな、と誰かが、のんびりした口調で言いましたが、私と祐介さんは「違う！」と直感しました。ナイト・ブルーは、危険な場所へ調査に入ったことなどいくらでもあります。底引き網に引っかかって動けなくなったこともある。そんなときでも霧嶋さんは、冷静に対応し、危機を乗り切ってきました。どんなときでも、返事をしないなんてことはなかった。

私は祐介さんと一緒にモニター室を飛び出しました。操作室の扉にはロックをかけませんから、外側から開いて、中へ飛び込みました。

嫌な予感は的中していました。

霧嶋さんは操作席に座ったまま意識を失い、ぐったりとしていました。私は緊急事態発生を知らせるボタンを拳で殴りつけるように押し、ドクターが駆けつけるまでの間、霧嶋さんに向かって何度も呼びかけました。体を揺すると危険なので、声だけで、何度も何度も起こそうとしたのです。

けれども、霧嶋さんは少しも目を開けませんでした。

完全に意識を失ったまま、ぴくりとも動きませんでした。

霧嶋さんを操作室から運び出すと、私たちは医療室で検査を始めました。その結果わかったのは――。

脳震盪。

そうとしか思えない状態だとわかりました。

検査の途中で、霧嶋さんは目を開けました。けろりとした口調で、「いったい何があったんですか」とスタッフに訊く始末でした。

でも、実際に何かに頭をぶつけたわけでもないのに気を失うのは明らかにおかしい。ドクターは霧嶋さんを作業から外し、東京の病院で精密検査を受けるように命じました。霧嶋さんは嫌そうな顔をしましたが、例の触覚異常のこともあるし、ご自身でも不安はあったのでしょう。〈あかつき〉が近くの港に寄ったとき、ひとあし先に下船し、医師が書いてくれた紹介状を持って東京へ向かいました。

後日、霧嶋さんから、メールで〈あかつき〉に連絡が入りました。

MMAS。

それが、東京の大学病院で霧嶋さんにつけられた診断名でした。

ヒト機械同化症候群（MMAS）。

人間と機械を神経接続する装置が一般的になった結果、接続の程度が深いユーザーに、このような現象がよく起きることが、当時、世界中でわかり始めていたそうです。

人間の脳がもともと持っている「身体拡張機能」――これが神経接続によってさらに拡大し、操作している機械を完全に自分の体と同一視し、あるはずのない刺激を〈実感〉してしまう現象。作業が順調に進んでいるときには、この一体感はむしろ役に立ちます。機械をスムーズに動かすために。しかし、場合によっては、人間側にトラブルをもたらす。

　ナイト・ブルーがボートと衝突した瞬間、霧嶋さんは自分が頭をぶつけたように〈実感〉し、〈脳震盪を起こした〉のでした。本当に頭をぶつけたわけでもないのに。ナイト・ブルーの触覚センサーから流れ込んだ電気信号は、霧嶋さんの脳内で拡大解釈され、ものすごい衝撃となって彼に襲いかかったのです。

　脳内の情報処理の混乱ですから、脳細胞自体に障害が起きるわけではありません。ただ、心理的な衝撃が体にストレスになってしまうのも、また人間です。脳細胞に異常はなくても、心臓や胃腸にトラブルが生じる可能性はある。

　黒山主任は、ナイト・ブルーのテストを中断しようとスタッフに提案しました。霧嶋さんが人工知能に教え込んだデータは、かなりの量になっていました。そろそろ、自律的に人工知能を活動させる段階に移行してもいい頃だ、と判断したようです。皆も同じ意見でした。私と祐介さんも賛成しました。正直なところ、もう少しデータを蓄積したいという気持ちはありましたが、人の命や健康には代えられません。

　予定の調査を終えた〈あかつき〉は横浜へ入港し、黒山主任と私は、そこで霧嶋さんと落ち合いました。牛鍋屋に入って、お肉と野菜を一緒につつきながら、じっくりと話をしました。

「私は降りたくないんですが……」と霧嶋さんは言いました。「これは病気じゃなくて、ただの錯覚なんでしょう。だったら、私の気持ち次第で、どうとでもなるんじゃありませんか？」

黒山主任は霧嶋さんにビールを勧めながら言いました。「体へのストレスを甘く見ないほうがいい。その単なる〈気持ち〉だけで、人間は胃に穴が開くんだよ」

「穴が開いたら薬を飲めばいい。労働者は、みんな、そうやって黙って働いている」

「君の場合は状況が特殊過ぎる。私たちは前例のない領域へ踏み込みつつあるんだ。それが人体実験と同じものになってはいけない」

「新しい技術を試すことを恐れては、人間は前へ進めません。私の経験は、ＭＭＡＳの症例として貴重なデータになるはずです」

「まあ、ちょっと肉でも食って落ち着け。一番高いやつを注文したんだぞ。しっかり食え。ほれ、野菜も」

「では期限を決めませんか。一年とか二年とか――それを過ぎたら私もあきらめましょう。でも、いますぐ実験から降りるのは嫌だ」

「それは意地なのか。ナイト・ブルーの教師としての……」

「違います。なんと言えばいいのかな。誤解されそうな表現ですが、私、この仕事が気持ちいいんですよ」

「気持ちいい？」

「ええ。潜水船のパイロットは、潜るといっても体が直接海水に触れるわけじゃない。素潜りとは違いますから。でも、ナイト・ブルーを使うと肌に水を感じられる。人間は、ナイト・ブルーを使うことで初めて、〈人工的に作られた海の生物〉になれる」

「そんなことは我々の仕事とは関係ないだろう」

「違いますよ主任。自分を海の生物だと感じられれば、人間の〈海に対する意識〉は変わる。観察し、開発するだけの対象から、〈私たちの体の一部〉という実感を得られるようになる」

「それは環境保護団体の視点だな。科学者や技術者の視点じゃない」

「わかっています。科学者や技術者が、この視点をメインにする必要などないでしょう。でも、私は、できるだけ多くの人たちに、この感覚を知ってもらいたい。粘質物の発生は、海の汚染や海水温度上昇が原因です。海を自分たちの体の一部だと感じるようになれば――それが当たり前のこととして認識されれば、人間は、もっと真剣に海のことを考えるようになる。海洋調査に時間と費用をかけ、海水温度や海流の研究に労力を割くようになる。それが成果を上げれば、粘質物の発生だって減るでしょう」

「理屈はわかるが、ＭＭＡＳを体験していない人間に、君の感覚をどうやって実感させるんだ」

「この感覚そのものをデータ化すればいいんです。そして、他人の脳内でも再生できるような装置を作ればいい」

「夢物語だ。それに、他人の頭の中に別の人間の感覚を流し込むなんて、倫理的にどうなんだよ……」

「そうでしょうか。これは、小説や映画や音楽を楽しむのと同じだと思いませんか。この体験を受けとめた人が、それをどう考え、どう行動を変えるのか。あるいは、何も変えないのか。それは個人の自由でしょう？　私は、その基盤となるデータを提供したいだけです」

長い話し合いの末、霧嶋さんの仕事は、あと二年と決められました。ただし、霧嶋さんが体調を崩したらその時点で中止。

新しい仕事として、私たちはナイト・ブルーの人工知能を鍛えるだけでなく、霧嶋さんの脳活動をリアルタイムで記録し、可能な限り「感覚」のデータを蓄積することになりました。

〈あかつき〉に戻った霧嶋さんは、私と顔を合わせると、そっと言いました。「少しご相談があるんです。お時間頂けませんか」

黒山主任やドクターに言えないことがあるのだろうか。私は緊張しながら言葉を待ちました。以前とは違い、体に負担がかかることがわかっていてこの仕事をするのです。世間話を聞くような気軽さは、もう存在しない。

霧嶋さんは続けました。「ナイト・ブルーを使っているときに、長妻さんと会話をしたいんです」

「会話？」

「ええ。操作室とモニター室は音声入出力装置でつながっているでしょう。これまでは、作業に関するやりとりにしか使っていませんでした。どの方向へ進んでくれ、何々を見つけてくれ、それを獲ってくれと——私が指示を受ける形で。でもこれからは、私のほうから、〈私が感じていること〉を長妻さんに伝えたいんです」

「それは、いったい何のために」

「ひとつは、私の脳活動の記録とリンクさせるためです。どんな気持ちのときに脳のどの部分が活動しているか。その関連づけデータは必要でしょう？」

「確かに」

「もうひとつは、MMASのせいで私の側に起きる苦痛を和らげるためです。長妻さんは、幻肢痛ってご存知ですか」

「はい。事故で手足を失った患者さんが、実際には存在しない部位に痛みを感じる現象ですね。いまは、大脳皮質運動野に電気刺激を送ることで、その幻覚痛を消す方法がありますが」

「そういう大がかりなことをしなくても、〈言葉〉で痛みを消せると思うんです」

「え？」

「東京で少し調べました。看護師さんが幻肢痛の患者さんに、『大丈夫、大丈夫』って声をかけながら手足をさする真似をすると、痛みが和らぐことがあるそうですね。幻肢痛は脳の知覚異常だから、〈外部から言語によって新たな情報を与えてやる〉と、〈脳が反応して、現実に対する認識を変えていく〉――」

「私が霧嶋さんと会話する程度で、それが可能なんでしょうか」

「やってみないとわかりません。でも、試してみる価値はあると思います」

私は迷いました。本当にそんなことで、霧嶋さんの感覚異常が和らぐのだろうか。しかし、論理の筋道は通っているように思えました。やらないよりは、試してみたほうがいいかもしれない。

私はうなずき、霧嶋さんに言いました。「わかりました。じゃあ、こうしましょう。私だけでなく、他の人にも、声かけをお願いしておきます。モニター室の人間全員で、霧嶋さんをサポートするんです。これなら、私では対処できない状況になったときでも、すぐに別の誰かが助けてくれます」

「なるほど。確かに、そのほうが安心ですね」

霧嶋さんの提案を、私は、まず黒山主任に相談し、〈あかつき〉のスタッフで検討してもらいました。あと二年間仕事をするからには、何らかのサポートは必要と考えられていたので、すぐに承認が下りました。

ただ、私と祐介さんには、もうひとつ別の課題が残されました。

MMASで生じた霧嶋さんの感覚を、今後、どう活用するのかという問題です。

祐介さんは言いました。「いまの技術で、MMASを他人に実感させるのは無理だ。あの感覚は〈主観的なもの〉だから。他人と共有することはできない」

「でも、感覚の再生実験は、もう成功しているでしょう。触覚で実例があったはずだわ」

「それは、本人が持っている記憶を、特定の刺激をトリガーにして再生する方法だよ。外部からデータを差し込む方法では、単純な喜怒哀楽や食欲や性欲を刺激するものは成功しているが、霧嶋さんの感覚は、もっと複雑だからね。あれは、脳活動のすべてをベースにしたうえで生まれているものだから」

たとえるなら、と言って、祐介さんは自分の頭を両手で包み込むような仕草をしました。

「霧嶋さんのあの感覚は、脳全体を土壌と考えたとき、その上に咲いた一輪の花のようなものなんだ。過去のすべての記憶と感覚、それに加えて、いま現在の脳活動――それらが全部連動したとき、初めてあの感覚が立ちあがる。そんな複雑なものを、他者と共有することはできないよ。むしろ、共有できないからこそ、価値があると言ってもいい」

「じゃあ、脳の記録を取っても、他人には使えないの？」

「記録を何も残さないよりはマシだろうし、本人にとって気休めになるならそれもいい。

だが、実用化の可能性は低いと思ったほうがいい」

脳の仕組み自体は、人間ならば誰でも同じです。側頭葉には記憶を、頭頂葉には運動機能を管理する部分があり、辺縁系には本能と直結する部分がある。

けれども、記憶と体験は個人の人生と関係しています。皆が同じ箇所に同じ記憶を持っているわけではない。同じ場所を外部から刺激しても、ある人が猫について思い出す場所は、別の人にとってはカレーライスの作り方を思い出す場所になっている。

だったら、と私は祐介さんに言いました。「皆で共有できる部位を脳内に人工的に作って、その部分でデータを走らせれば、感覚の共有が可能なんじゃないかしら。霧嶋さんから採取するデータも、そこで再生できれば」

「考え方として筋は通っているが、法律的に許されるか？　それこそ、洗脳の道具に使われるじゃないか」

「技術的には可能でも、倫理的にダメということ？」

「社会に大きな変化が起きて、人間の価値観が、ものすごく変わらないと無理じゃないかな。それに、人工部位でデータの共有が可能でも、生体脳との結線部分でトラブルが生じるかもしれない。ある人にとっての快感情報が、別の人にとっては恐怖を引き起こすものになる可能性だってあるんだ。生体脳の仕組みは、それぐらい複雑だし、まだわかっていないことのほうが多い。開発初期には、かなりの混乱が起きると思うよ」

可能性はあっても、実現には困難が予想される――。それが私たちの結論でした。これを霧嶋さんに告げるべきかどうか。迷った末、私たちは沈黙するほうを選びました。

私たちがダメだと思っていても、別の研究所ではもっと解析が進み、いい形で実現させる人がいるかもしれない。だったら、そこに希望を見出すべきだろう。自分たちが開発できそうにないから実現しないと考えるのはおかしい。技術も社会もどんどん変わる。法律の基準だって変わるだろう。

変化を期待して、私たちは待つことにしたのでした。


この頃には、さきほどお話ししたラビリンチュラ類を使う〈粘質物除去計画〉が始まっていました。私たちも、テストに参加することになりました。

実験室で粘質物の分解に成功した〈対粘質物ラビリンチュラ〉――略称ａｂＬを、ナイト・ブルーを使って、実際に海にいる粘質物に注入するテストです。粘質物の分解にかかる日数や過程を観察し、効果を確認できたら、もっと広範囲に撒く。その前段階の作業でした。

〈あかつき〉は再び航海に出て、粘質物が広がっている海域を目指しました。霧嶋さんはこれまで通り操作室に入り、私たちはモニター室で待機。ナイト・ブルーは潜行を始め、海を漂う粘質物に、ゆっくりと近づいていきました。

やがて、ナイト・ブルーはマニピュレータを伸ばし、粘質物の内部で、ａｂＬを収めた水溶性のカプセルを放出しました。

私はマイクを通して、霧嶋さんに訊ねました。「気持ち悪いですか。やっぱり、ぬるっとした感じがありますか」

操作室から霧嶋さんの声が返ってきました。《ええ、相変わらず……。背筋がぞわぞわしますよ。でも、糊に腕を突っ込んでいるとでも思えば、なんとか乗り切れるかもしれません……》

「水温はどうです。温(ぬる)いですか、冷たいですか」

《生ぬるい感じです。粘質物が発生するにはちょっと低い温度です。こいつは、別の場所から流れてきたのかも。本体は別の場所にあって……。あっ》

「どうしました？」

《イルカの鳴き声が聞こえる。近くに来ているようです。興味深そうにキュイキュイ鳴いている》

水中マイクが、バードコールを回したときのような甲高い音を拾い始めました。ナイト・ブルーの作業に好奇心を刺激されたのか、数頭のミナミハンドウイルカが、粘質物を遠巻きに眺めているようでした。

粘質物が好ましくないものであることを、イルカたちは知っていたのでしょうか。周囲をぐるぐると泳ぐばかりで、ナイト・ブルーに体を寄せてくることはありませんでした。霧嶋さんの微かな笑い声が、スピーカー越しに聞こえました。ＭＭＡＳを発症して以来、初めてだったのではないでしょうか。私はちょっと驚きました。私たちと会話することで、霧嶋さんの苦しみは、確かに軽減していたようでした。

　霧嶋さんは楽しそうに言いました。《すごいな。クリック音を肌で感じる。まるで音のシャワーを浴びているようです。音波の雨だ》

「他にも、何か感じます？」

《そうですね――匂いを感じます。でも、海の匂いそのものじゃない……》

　霧嶋さんの脳活動をリアルタイム表示している立体画像は、いろんな部位が、ちらちらと発光していました。それは頭頂部から見た画像でしたが、回転させれば、辺縁系の部分も含めて、さらに詳しく観察できるはずでした。私は、それを眺めながら続けました。

「何か、思い出してらっしゃるんですか？」

《いいえ。なんと言えばいいのかな。いい音楽を聴いたり、素敵な景色を見たりしたときに、心の底から湧きあがってくる感動があるでしょう？　私がいま感じているのは、それに近いものです。具体的な何かじゃない。もっと抽象的な匂いなんです……》

　そのとき水中マイクが別の音を拾い始めました。ざわっと海水が掻き乱されるような音。《モニター下方に注意》と霧嶋さんは私たちを促しました。《水深四十メートルあたりか

な。魚のトルネードです》

ナイト・ブルーの音響画像が対象物を捉えました。たくさんの魚たちが、竜巻を作るような形で群れていました。カメラがズームし、濃い青色に半ば溶け込んでいるかのような魚たちの姿を映し出しました。

《群れはふたつ。アジとカマスですね》

ぎらぎらと銀色に輝くギンガメアジの大群と、浮き出た縦縞模様と細長い体つきが特徴のオニカマスが、それぞれに集団を作って泳いでおりました。まるで、塊全体がひとつの生物であるかのように、微かな海水の流れや周囲の物音に反応し、ときどき、ぱっぱっと群れ全体の形を変え、ホバリングするように一ヶ所で留まり、また前へ進み……。

そのとき、リアルタイムスキャンしていた霧嶋さんの脳画像全体に、さざ波のように、ぱーっと光が走りました。脳の活動を示すその光は、頭蓋内を駆け巡り、何度も跳ね返り――。

それは霧嶋さんが、ナイト・ブルーを経由して、全身で感動を味わっている証拠でした。文字通り、体が震え出すような感動を。

霧嶋さんは粘質物からナイト・ブルーを離すと、魚たちのほうへ近づけていきました。彼らが逃げ出さない絶妙の距離で、中性浮力を保ちながら群れを観察し始めました。

《そちらでも、よく聞こえますか》

「え？」

《魚たちの鰭が海水を掻き乱している音です》

「そんなものまで聞こえるんですか」

《ええ。私はいま、耳だけでなく、肌でそれを聴いています。聴覚が、どんどん触覚に置き換わっていくのを感じます。夢のような体験です》

「それは、いったい――」

《まるで高級なヴェルヴェットに包み込まれているような……。この世のものとは思えない、背筋がぞっとするほどの――。〈気持ちいい〉などという言葉は、もう完全に超えている》

……私たちは感動するというよりも、自分と霧嶋さんの間に、もはや、埋めることのできない深い溝が生まれていることを知りました。

一個の生物として――私たちと霧嶋さんは、もう違う種類の生き物なのではないか。

感覚が違えば思考も変わる。

意識も変わる。

霧嶋さんは、機械による身体拡張で、すでに、旧来の人間としての枠組みを超えつつあるのではないか。

けれども、共に同じ社会で暮らしていく以上、機械と人間のハイブリッドが当たり前になっていく中で、私たちは「同じ人類」であったほうがいい。ＭＭＡＳを持つ人間もそうでない人間も、同じ社会の中で暮らす「生物」であることに違いはない。どれほど変わってしまっても、私たちがお互いを同類と見なし続ければ、なんとか共存は可能でしょう。技術が、人の間に、社会的な溝を作ってはならないのです。

ａｂＬの挿入実験は成功し、やがて、本格的な粘質物除去作業が始まりました。無人探査機や海上の船舶からの投擲（とうてき）で、粘質物にａｂＬが散布され、海のやっかいものは次第に駆除されていきました。

もちろん、海の汚染が止まらなければ、海水温が上昇したとき、新しい粘質物はいくらでも発生します。けれども、初期段階で処理する技術は確立されました。私たちの仕事は、またひとつ成功したのです。

二年の期限が終了した後、霧嶋さんは、ナイト・ブルーのオペレータから降りました。〈あかつき〉を下船し、陸上勤務に変わりました。

以後も、呼ばれれば、ヒト機械インターフェイスの開発のために、いろんな機械の被験者となっていたようです。商船大学で、海洋開発関係の講義を受け持ったこともありました。

私は後年、祐介さんと結婚しました。ええ、名前がいまでも違うのは、夫婦別姓にしているからです。私は仕事で論文を書きますから、姓を変えるのは望ましくないんです。名前が変わってしまうと、同一人物だと思ってもらえなくて、それまでの研究実績が、なかったことにされてしまいますから。

霧嶋さんは、生涯、独身のままでした。

どうして家族をお持ちにならないのですか？　と伺ってみたら、霧嶋さんは照れたように笑いながら、「私は、海と結婚したようなものですから」と仰いました。

海と結婚した——。

海を好きな人ならば、一度は答えてみたい言葉ではないでしょうか。でも、霧嶋さんの言葉には、それ以上の意味があったような気がします。

「ナイト・ブルーを使わなくなっても、ＭＭＡＳが消えないんです」と霧嶋さんは言いました。「どうやら私の脳には、あの感覚の回路が固定され、常に体の拡張を求めているようです。共感覚が定着したんでしょうかね」

人間は、赤ん坊の頃は、みんな共感覚を持っているそうです。成長するに従って、各感覚は切り分けられていく。

ＭＭＡＳは人間の脳を変質させるのでしょう。いったん分化した機能を、再び統合するように働くのかもしれません。

私は霧嶋さんに訊ねました。「それって、どんな感覚なんですか。陸上でも身体拡張があるというのは」

霧嶋さんは静かに微笑しました。「……たとえようもなく美しい音楽を耳にしたとき、〈音が降ってくる〉と表現することがあるでしょう。あれによく似ています。世界全体が降ってくるんです、私の上に。〈道具〉をひとつ使うたびに、それを通して、はっとするような感覚が体中に響きわたる。たとえば、森の中を吹く風はとても甘い。人々のざわめきは、何種類もの香辛料を利かせた料理を頰張って（ほおば）いるかのように感じられる。工事現場の機械の音には、規則正しく凸凹が刻まれた何かが皮膚（ひふ）の上を転がっていくような気持ちよさがある――」

霧嶋さんは天を仰ぐように顔をあげ、ほんの少しだけ哀（かな）しそうな表情をしました。「人間の脳の認識は、これほどまでに変わりやすいものなのに――なぜ、〈人間の人間性そのもの〉は、変わることができないのでしょうか。なぜ人間は、どこまでも自己を規定し続け、それ以外のものや、それ以上のものになろうとしないのか。不思議です。これは、生命の本質と変化のせめぎ合いなのか……」

ＭＭＡＳのせいで、自分の感覚が普通の人間とは違うものになったことを、霧嶋さんは強く自覚しておられたようです。自分の目や耳や皮膚は、他人とは違う感じ方をする。まったく違う感覚で世界を見ている。そのこと自体は別に構わない。しかし、一緒に暮らす人間が、その差異についてゆけず孤独を感じることに、霧嶋さんは耐えられなかったのかもしれません。もしかしたら、どこかで、そんな人間関係を体験してしまったのかも……。私は、本当は教えてあげたかった。誰と一緒に暮らすにせよ、人間というのは、別に、同じ感覚など持たなくて構わないのだと。ただ共に暮らし、何となく大雑把に、同じ方向を見ていればそれでいいのだと。

でも、言えませんでした。

あのとき——魚たちの群れのざわめきを「肌で聴いた」と言ったときの霧嶋さんの煌めくような声——私たち旧来の人間が届かないところまで行ってしまった方の、怖いほどに鋭敏な感覚を——それを体験していない自分が言うことは、間違いであるような気がしてならなかったのです。

でも、いまならわかる。

言わなかったことこそ、間違いでした。

「これからも、ときどき連絡を取っていいでしょうか」と私が訊ねると、霧嶋さんは、うれしそうに微笑を返しました。

「いつでもどうぞ。また、一緒に海の話をしましょう。あなたの話も聞かせて下さい……」

長妻涼子はそこまで話すと、いったん言葉を切った。

*

応接室の棚に目をやった。

私は、その視線の先を追った。

液晶ディスプレイの上で、写真がゆっくりと切り替わっていた。船の上で撮られた写真だ。Aフレームクレーンを背景にした写真。一緒に写っている海洋無人探査機の形から、それが開発最初期の機器――ナイト・ブルーであることは一目瞭然だった。

その前で笑いながらカメラに向かってポーズをとっている〈あかつき〉のスタッフたち。一番端で、はにかむように微笑している若き日の霧嶋恭吾――。

長妻涼子は言った。「MMASは、いまでは医学的な対処法が確立されています。しかし、霧嶋さんは、生涯、その治療を受けませんでした。『これは病気ではない』『自分の中で生まれ、成長した感覚の一部だから』と言って……」

「私も聞いたことがあります。MMASを経験した人の中には、そういう方が結構いるそうですね」

「脳の構造を弄る技術は、合法・非合法ともに大きく前進しました。人間の頭蓋内に、より複雑な働きをする機械器官を移植する技術が、そろそろ本格的に実用化されるそうです。

人間にとっての第二の脳——副脳を作るのだと、研究者たちは言っているようです。昔、霧嶋さんが、『人間は、これ以上変われないのか？』『なぜ、どこまでも自己を規定し続けるのか？』と仰った限界を、私たちは、もうじき超えようとしているのかもしれません」

「では、お話の中で霧嶋さんが仰っていた、〈霧嶋さんの感覚を他人が体験できる装置〉も、いつかは」

「熱心に研究しようという方がいらっしゃるなら……。データは、いまでも保管されているはずですから。ただ、昔の不充分な装置で保存した記録が、果たして、どれほどの現実感を伴って再生されるのか——それは、私にはわかりません」

「なるほど……」

「とりとめのない話になってしまってごめんなさい。記事としてまとめて頂くのは、とても大変そうね」

「いえ、大変興味深い話でした。ありがとうございます」

「霧嶋さんがナイト・ブルーの人工知能に教え込んだデータは、いま、多くの海洋無人探査機に活用されています。そこに、人間としての霧嶋さん自身の意思や意識はありません。しかし、それらは間違いなく彼の一部なのです。彼自身は海の仕事から引退しましたが、形を変えて、永遠に働き続けているとも言えますね」

「そうですね。私のような人間が興味を持ったのも、そのお陰ですし。でも、霧嶋さんは、なぜ、あなたに託してまで、この話を伝えようとしたのでしょうか。お話を聞いていると、大変真面目な方だったということはよくわかります。でも、なぜ、ここまで熱心に」

「私たちが話さなければ消えていく話だからでしょう。ここまで詳しくお話しするのは、初めてのことですから」

「とは言っても、これだけの分量をすべて記事にするのは難しい。霧嶋さんには、コラムのサイズと文字数を、あらかじめお伝えしていました。私が担当しているのは、それほど大きな記事ではありません。それは霧嶋さんも、よくご存知だったはずなのですが……」

「記事として広めることよりも、〈あなた〉という個人に伝えることが重要だったのかもしれません。こうやって話しておけば、私たちの体験は、あなたにとって〈物語〉になります。〈物語〉の中では、登場人物は永遠の存在です。そこでは、現世において結ばれなかった者同士もストーリーによってつながれ、ひとつの大きな存在に変わります。霧嶋さんは、それこそを望んでおられたのではないでしょうか」

私は長妻涼子の顔を見つめ直した。

語り始めた頃からの姿勢を少しも崩さぬまま、老婦人は、静かな雰囲気を漂わせていた。結ばれることのなかった者同士をひとつにつなぐ。そこには〈人間同士〉の関係だけでなく、〈ヒトと機械〉の結びつきも当然あるはずだ。〈あかつき〉のスタッフ、長妻涼子、霧嶋恭吾、そしてナイト・ブルー。私が記録を書き記せば、それらは、ひとつにつながり合い、記録が残る限り永遠の存在として輝き続ける。

まるで、ひとつの巨大な生物のような姿で。

繰り返し繰り返し参照され続ければ、それは永遠性を獲得する。記者はある意味、そのために記事を書き、記録を残しているのだ。

少しだけ考え込んだ後、私は続けた。「新聞で扱えなかった部分を、文字にしてどこかで発表させて頂くことに許可を頂けますか」

「発表媒体が決まったらお知らせ下さい。大きな記事になるのなら、私の話だけを元に書くことはお勧めできません。夫の祐介はいまも健在ですし、黒山さんもお元気です。〈あかつき〉のスタッフの中にも、連絡がつく方はまだおられます。なるべく多くの方に、話を聞いて回られるのがいいでしょう」

「わかりました。時間を見つけて、徐々に取材してみます」

「話したくない方には無理強いしないで。書かないで、と言われたことは文字にしないで下さいね。わからないことがあったり、難しい問題にぶつかったりしたら、遠慮なく相談して下さい。私が生きている間は、なるべくご協力しましょう」

私は来たときと同じように、ひとりで応接室から退いた。玄関を出ると、扉が自動的にロックされた音が耳に響いた。門を開いて道路へ出ると、私は坂道を下り始めた。

登ってくるときに眺めた風景が、全然違うものに見えた。

長い時間を旅して帰ってきた人間のような気分だった。仕事に戻るには、このふわふわした不思議な気持ちを捨てねばならない。だが、しばらくは忘れられそうにない。

まずは、長妻涼子から聞かされた話を、新聞記事として短くまとめねばならない。これは、ごくありふれた記事になるだろう。海洋無人探査機の開発初期の逸話。粘質物の話。ラビリンチュラ類の話。そこには、海洋開発におけるビジネスの成功譚しか綴れないはずだ。編集部はそういうものを求めている。一点の曇り(くも)も翳り(かげ)もない、明るい物語を。

けれども、それを終えたら私は詩人になる。ジャーナリストではなく詩人に。人間の心の機微と、人間という生物の不可思議さと、科学技術が生み出す新しい価値観の話を、暗さを厭(いと)わず書き記さねばならない。

それこそが、ナイト・ブルーの記録を通して語られる〈彼らの物語〉を完成させるのだから。書くことによって、私もまた〈物語〉の一部となるのだから。

ナイト・ブルーの記録を書くとき、私もまた、霧嶋氏の感覚を擬似的に体験できるだろうか？

音を肌で聴き、肌で海の味を知るような感覚を——。

幻のクロノメーター

ようこそ。

はじめまして。

ここは静かでいい場所でしょう。屋形船というのは、こっそり話をするには最高の場所ね。昔は逢い引きにも使われていたほどですもの。以前はサマセット・ハウスの向かいに〈阿呆亭〉という名前の船がいて、夜毎に艶めかしい秘め事が繰り広げられていたの。でも、最近のテムズ河に浮いているのは小綺麗な観光船ばかり。だから安心して。私にはあなたをどうこうしようなんて気はないし、真面目な物書きさんをからかったって面白くもなんともないものね。

ほら、外を見て。

ここらは、ずいぶん綺麗になったのよ。百年前はもっと雑然としていた。商船や漁船がびっしり浮いて河面も見えないぐらいだった。私が生まれたのはそういう時代よ。

訊きたいことは何？　私は大抵のことなら知っているわ。

ああ、ハリソンさんのこと。

マリン・クロノメーターの歴史について知りたいのね。

それなら一番詳しい人間は私だわ。よく調べたわね。そう、確かに私は一時期ハリソン家で家政婦をしていたわ。だから当時のことなら何でも訊いて。〈不老のエリー〉と呼ばれるほど長生きしている人間だから。

本にするの？　記録文学？　あら違うの。庶民向けの楽しい読み物？　最近はそういうものが増えたわね。わかった。じゃあ、ハリソンさんの話と一緒に、とびきり面白い話をひとつ教えてあげましょう。人知れず歴史の裏へ消えていった〈幻のクロノメーター〉の話よ。これを知ったら、この国の技術力がなぜこんなに発展しているのか——その理由がわかるはずよ。

ただし、クロノメーターの話をするには、私の生い立ちから話さなきゃならない。それでも構わないかしら。

いいのね？

じゃあ、順々に話していくわ。

とても長い話になるけれどね。

一七四一年。

私は、リンカンシャーのバロー村で生まれた。ロンドンから北へ遠く離れた場所よ。地図で見つけられるかしら。そう、そのあたり。

村に住んでいた頃には肉なんてほとんど食べられなかった。毎日野菜とパンとチーズだけ。でも、ロンドンの食事よりもずっと美味しかったわ。それがわかったのは、実際にこの街で暮らすようになってからよ。

誕生日は六月二十八日。蟹座なの。蟹座の女の子はお料理が得意なんですって。だから家政婦さんにも向いていたんでしょうね。

私には兄が三人、姉が一人いた。私が三歳のとき、二番目の兄と三番目の兄が病気で死んだ。別に珍しいことじゃなかったわ。あの頃のイングランドでは、些細な病気で人間がころころと死ぬのが当たり前だったから。いまでは信じられないでしょうけど、医学は未発達だったし、そもそも我が家にはお金がなかったの。

私はエリザベスと名づけられたけれど、その名で呼ばれたことはほとんどない。いつもエリーって呼ばれてた。ありふれた名前だからね。村には同じ名前の女の子がたくさんいて、だから区別をつけるには愛称で呼ぶ以外になかった。ベス、リズ、ベティ、リリィ、リビィ——軽く見積もっても二十はある愛称の中から選ばれた私の呼び名はエリー。おそらくお墓にもそう刻まれるでしょう。

まともにお墓に入る機会があればの話だけどね。

バロー村の匂いって、いまでもよく思い出せるわ。山羊や羊や放牧犬の匂い。草木や苔の匂い。自然と人間と家畜の匂いが混じり合った温かみのある匂いよ。じゃがいもや蕪を茹でる匂い。働く大人や子供が発散する饐えた汗の匂い。湿った土の匂い。赤ん坊の甘ったるい匂い。かちかちに堅いベッドの匂い。牛の血で固めた剝き出しの土間の匂い。そこにこもる臭気を隠すために敷かれる藺草とハーブの匂い。近くにハンバー川が流れていたせいで冬は酷く寒かった。河面を渡る風は氷の針みたいで、私たちを骨の髄まで凍えさせたわ。

一番上の兄は私が物心つく頃にはもう働いていた。じきに結婚して独立していった。姉も同じよ。そのまま普通に暮らしていたら、私もどこかの元気のいい男の子と結婚して子供をたくさん産んで、平凡な一生を終えていたでしょうね。

でも、運命の輪は私の意思を裏切って回転した。

これは、それにまつわる話なの。

バロー村には、昔、とても優秀な大工さんがひとりいてね。私が彼の名前を知ったとき、彼はすでにロンドンへ引っ越したあとだったけれど、村では長いこと語り草になっていたわ。なにしろロンドン一の時計職人ジョージ・グレアムの後援を得て、王室天文官のエドモンド・ハレー博士にまで才能を認められた人なんですもの。時計製作の歴史を塗り替えた人物よ。それがジョン・ハリソン。あなたが伝記を書こうとしているその人。

そう、奇妙なことに、彼は大工出身でありながら時計職人として有名になった。

多少なりとも工学に知識のある人間なら、これだけで首を傾げるでしょう？

大工というのは家を建てる人間よ、時計を作る人間じゃない。でも、ハリソンさんは、このふたつの才能を兼ね備えた希有な人物だったの。

生まれはヨークシャーで、バロー村へは子供の頃に引っ越してきたんですって。私の父はハリソンさんと幼なじみで、一緒に大工の修業や仕事をこなしてきた仲だった。

父はエールで機嫌よく酔っぱらっては、私にハリソンさんの話を聞かせてくれたわ。

「ブロックルズビー・パークに行く機会があったら、チャールズ・ペラム卿の厩の時計塔を見るといい。あれはジョンが作ったものだ。普通の時計じゃないぞ。絶対に狂わないうえに、油を差す必要がないんだ」

「どうしてなの？」

「時計の内部にほとんど金属を使っていないからだ。大切な機構の大半が木で作られている。大工の誇りと意地を見せた時計さ」

普通、時計は金属で作られる。金属製の歯車や軸やアンクルを組み合わせて。何度ねじを巻いても壊れない強度を保つには、金属で作るのが一番だからね。

ところがハリソンさんは、依頼された時計の内部機構に木材を使った。これは意図的なものだったの。

金属は強度の面で優れているけれど湿気と温度変化に弱い。すぐに錆びるし気温の変化で歪む。だから順調に動かすには、たびたび潤滑油を差す必要があるの。ところが潤滑油は、時間が経つと時計の内部で劣化して、逆に部品の動きを損なうようになる。だから金属製の時計は、定期的に分解して綺麗に掃除しなきゃならない。

でも、木製の時計なら、その欠点をクリアできる。

ハリソンさんが作った時計にはユソウボクという木が使われていた。ユソウボクは樹脂をたくさん含んでいるから、これで時計の部品を作れば、部品そのものが常に油を含んでいる状態になる。金属時計につきものの油差しが不要になるの。分解掃除の手間が激減するわけね。

どうしても金属がいる部分だけに真鍮（しんちゅう）を使い、ハリソンさんは他の部品をすべて木材に置き換えた。

とはいうものの、金属よりも強度の低い物質で欠けたり歪んだりしない部品を作るのは大変だわ。そこに込められた情熱と技術は半端なものじゃなかったでしょうね。

「こんな時計はイングランド中探したってあるまい。いや、世界中探したって見つからんさ！」

父はいつも全身で喜びを表したものよ。「あいつはあの時計をたったひとりで作った。図面を引くのも部品を作るのも、それを組み立てるのも全部ひとりでやった。時計職人の助けなんぞひとつも借りずにだ！」

にわかには信じがたいけれど、これは本当の話なの。ハリソンさんは二十代の時点で、すでに一人前の時計職人なみの技術と勘の良さを持っていた。誰かに教わったわけでもないのに、時計という機械の仕組みを完璧に把握していたのね。

時計塔を作るとき、父はハリソンさんと一緒に木材の手配をしたり、材料の相談に乗ったりしたそうよ。新しい素材を探して駆けずり回り、組み立て作業を見せてもらったらしいの。できあがった時計のねじを一番初めに巻いたのは自分だと、誇らしげに胸をそらしていたわ。

〈油を差す必要のない時計〉を完成させたとき、ハリソンさんは二十九歳だった。学問のある身分の人間じゃない。私たちと同じく下層の庶民。なのに、どこで時計の作り方なんか知ったのか。父が不思議に思って訊ねると、ハリソンさんはこう答えたそうよ。

『子供の頃、家にあった古時計を分解してみたことがある。一瞬で心を奪われたよ。ひとつの動きが別の動きと嚙み合い、次々と別の部品へ仕事を受け渡していく——。その動きには無駄というものがひとつもなかった。完璧な美だ。論理が作りあげる美だ。大工の修業を始めてからも、僕の頭からは時計のことが離れなかった。鋸を引くときも釘を打つときも、いつも時計のことを考えていた』

『自分にも時計が作れるんじゃないかと思ったのは十代の終わりだ。考えついたことはなんでもやれると思う年頃だからね。図面を引き、木と真鍮で部品を作り、どきどきしながら組み立てていった。ゼンマイを巻き終えて手を離したとき、僕は喜びで飛びあがったよ。振り子も針もちゃんと動いてくれた。止まることなく滑らかに。正しい論理に従ってものを作れば、機械は必ず命を持つ――そう知った瞬間だ。あまりにも楽しかったから、続けて何個も作った』

『いまの目で見れば、それがいかに拙い試作品だったかわかる。でも、自分の手で作りあげたものが生き物のように動き出す――その感動をいつまでも忘れられなかった。この世に存在するものは、すべてこうやって設計され、厳格な仕組みによって動いているんじゃないかとすら思ったさ。もしかしたら生き物も同じように……とね』

ブロックルズビー・パークはバロー村の少し南にある。後年、私はこの時計を実際に見に行ったことがあるわ。一八〇〇年代に入ってからのことよ。

ハリソンさんの時計は塔の上でまだ動いていた。あたりに住んでる人に訊ねたら、一度も故障したことがないって言ってたわ。いまでも正確に時を告げているって。時計塔の管理人さんは、「こいつは、あと三百年ぐらいたってもきちんと動き続けているだろうさ」

と楽しそうに笑いながら、私にねじ巻き作業を見せてくれた。

父の話からイメージされるハリソンさんは、器用という言葉では説明のつかない人物だった。なにしろ時計がまだ高級品だった時代よ。家にあったからといって、好奇心だけで簡単に分解するかしら。年端も行かない子供がそうすることを、果たして家族が許すかしら。そして一旦分解したものを、何の知識もなしに元通り組み立てられるのかしら。時計のことなど何ひとつ学んだことのない子供が。

バロー村には時計職人なんていなかった。そんな職種が成立するような洒落た場所じゃなかった。となると、ハリソンさんは家にあった一個の時計を観察しただけで、ブロックルズビーの時計を作るよりも前に、何個もの時計を自力で試作したことになる。しかもこれが、すべて一度の失敗もなく動いているのよ。そんなことが果たして可能なのかしら？

天才は常人を超えている――そんな言葉で片づけていいものじゃないはずだけど、このあたりの事情については私も知らないの。ハリソンさんは子供時代の話を私にはしなかったし、当時のことを知っている者は、もう誰もいないのよね。

ハリソンさんはヴィオールを奏でる音楽的感性を持ち、大工としても一人前で、時計作りに抜群のセンスを備えていた。でも、文字の読み書きは私たちと同じぐらいしかできなかった。文章の組み立てには信じられないぐらい才能がなかった。家も時計も作れるのに、精巧な文章だけは作れなかったのよ。不思議な人でしょう？　そのせいか、シェイクスピアが大嫌いだった。流麗な言葉を繰り出す彼のお芝居を観ていると、劣等感をひどく刺激されたのかもしれないわね。

父から何度も聞かされるうちに、私の頭には、いつしかハリソンさんの時計の姿が浮かぶようになったわ。

空想の中の時計はいつもぴかぴかに輝き、力強く時を告げていた。父が地面に描いてくれる稚拙な絵から、やがて私にもハリソンさんが次に目指している時計のことがわかった。自分では作らなかったものの、父は時計の仕組みをきちんと把握していたわ。何度もハリソンさんの時計を目にしていたせいね。分野違いとはいえ、大工である父が設計図を読めるのは当然だった。ただ、自分で作ることはなかったの。

時計は無駄のない論理で動いてる。曖昧な部分は少しもない。決められた形の部品を決められた手順で正確に組み立てれば、ゼンマイも振り子も針も必ず動くようになっている。そこから先は、センスと精度の問題なの。

効率的な機構を創造し、それを可能にする高性能の部品を作り出す技術。父にはその才能が欠けていたのね。

本物を見たい、と私は思うようになったわ。

それは父の熱気――ハリソンさんと同じように時計を作ってみたいと渇望した、才能に恵まれなかった男の焦燥が私に伝播した結果なのかもしれない。

昔話を繰り返す父は、幼なじみを自慢する無邪気な同郷人には見えなかったわ。才能に導かれるままに高みへ羽ばたいていった友人に対して、嫉妬と羨望の炎を燃やし続ける凡庸な人間のように見えた。「あいつは凄い」と口にするたびに、でもその声には、そこへ至れなかった父自身の絶望が確かに滲むの。

生まれて初めて時計を分解したとき、ハリソンさんはその機構を「美しい」と感じたという。父も同じように感じたんじゃないかしら。ハリソンさんの時計を見たときに。

――こんな素晴らしいものが、なぜ自分と同じ大工に作れるのか。そして、なぜ自分には作れないのか。

私は父親の歪んだ憧憬を疎（うと）みはしなかった。それがなければ私がハリソンさんの時計を知ることもなかったし、後年、夢みるように美しいマリン・クロノメーターを、この手に取ることもなかったでしょうからね。

私が十一歳になった冬、父は病で倒れた。大工仕事で鍛えた体を日々自慢していたから、こんこんと咳が続き熱が上がるぐらいのことでは仕事を休まなかった。いつも通りに家を出て何日も働き続けた。これがよくなかったのね。

あるときを境に父はベッドから起きあがれなくなった。食事はおろか薄いスープも受けつけなくなり、エールは欲しがったけれど、飲ませるとすぐに吐いてしまうような状態になった。

病み衰えていく父の姿を見るのは恐ろしかったわ。死んだ兄たちのことを思い出した。あのときは幼過ぎて事情を把握できなかった。でも、この頃には、それがどういう意味を持つのか、はっきりとわかっていたから。

恐ろしかった。ただ恐ろしかった。人間が羊や犬のようにただ死んでいくしかないなんて。それに対して何の手だてもないなんて。

死期を悟った父は、ある日、私と母を枕元へ呼び寄せた。ぜいぜいと喉を鳴らしながら、皺だらけになった手紙を私たちに見せた。「——ジョンが来ていいと言ってくれた。この際だ。身を任せなさい」

私には何のことかわからなかった。でも、父と母との間では、あらかじめ話がついていたみたい。

「大丈夫なのね、本当に？」母は念を押したわ。「行ってみたけれど追い返されるなんてことは嫌よ。ロンドンへ行くには、とってもお金がかかるんだから」

「あいつは情の深い男だ。大工時代の恩を忘れちゃいまいよ。手紙には、いつ来てもいいと書いてある。ただ、何か仕事はして欲しいそうだ。何もしない家族がふたり増えるのは苦しいと」

「じゃあ家事でも手伝えばいいのかしら」

「それが一番いい。家の掃除。料理。ハリソン親子の身の回りの世話。ロンドンで家政婦を雇うには金がかかる。おまえたちが住み込みを条件に家政婦になるなら、ジョンは断るまい」

「彼に仕えろということなのね……」

「王様の家臣になれというんじゃないんだ。とりたててへつらう必要はないさ。もしそんな扱いを受けたらバロー村へ戻ってくればいい。貧民にだって誇りぐらいはあると教えてやれ」

「ジョンは家政婦なんていくらでも雇えるほどお金持ちになったんじゃないの？」

「そんなものは妬みに満ちた連中の中傷だ。精密時計を作るには金がかかる。あいつが手がけているのは、この世でまだ誰も成功させたことのない時計だ。経度評議員会からもらう援助金など、試作品の材料をそろえるだけで全部消えているだろう。贅沢をする余裕はないさ」

私は父にそっと訊ねた。「私と母さんは、時計のおじさんの家に住んでいいの？　ロンドンへ行っていいの？」

「ああ」父は力強くうなずいた。「おれがおまえにしてやれることは、この程度だ。おれが見られなかった完璧な時計を、おまえはその目で見てくるといい。それがおまえの人生に何の役にも立たなかったとしても、見ること自体に値うちがある。あれはそういうものだ」

父の言葉の意味を私はすぐに理解した。野に咲く花や蜜を求めて飛ぶ蝶が、人間の生活や思惑とは何の関係もないのに息を呑むほど美しいのと同じ理屈で――人間が作り出すものにも同じ種類の美が宿ることがある。

父はそれを見ておいでと言ってくれた。

新しいものを作る才能はなくても、その価値を先入観なしで認める感性には恵まれていたのだと思うわ。

私と母は、本来ならば兄の世話になるのが筋だった。兄夫婦と同居し、いずれ私がお婿さんを見つけて家を出ていくというパターン。

父が私をロンドンへ行かせる気になったのは、私に取り憑いて自分もロンドンへ行きたかったからかもしれない。いまでも時々そう思うことがあるわ。

数日後、父は静かに息をひきとった。

ロンドンへ行く支度を整えている間、私は自分の肩のあたりにずっと父がいて、手元を覗かれているような気分だったわ。

哀れな父は、牧師さんにお祈りしてもらっても、天国にいけなかったのかもしれない。

幽霊になって私に取り憑き、早く早くロンドンへ行こうと、せかしていたのかもしれないわね。

私は背中に父がいることがさほど嫌じゃなかった。ハリソンさんの時計には、きっと死んでからでも見たいほどの魅力があるんだろうと思って、かえってわくわくしたわ。

諸々の片づけと家の処分を済ませたあと、私と母はロンドンへ旅立った。

馬車が来る場所までは歩いて行き、そこからは荷馬車に乗ったわ。近くには駅馬車も来ていたけれど、そんな上等なものには乗れなかったの。私たちにとっては駅馬車ですら贅沢品で、その上の駅伝馬車、郵便馬車、さらに上を行く自家用馬車なんて想像もつかなかったわ。

荷馬車の乗り心地は酷いとしか言いようがなかった。凸凹道を行くと振動が直に伝わってくる。馬車が動くたびに全身を打たれているのと同じだった。木賃宿に着いたときには、自力で歩いてきたわけでもないのに、へとへとになっていたわ。宿では冷肉が一切れと野菜がほんの少し出ただけ。一泊で一シリング。これが私たちが旅程で払える範囲内の金額だったの。

泥道が次第にしっかりとした道になり、やがて石畳の道路に変わったとき——私は自分たちが目指す大都市の姿を目のあたりにした。

ロンドン。

そこは偉大というよりも、猥雑なエネルギーに満ち溢れた街だった。

初めてロンドンに足を踏み入れたとき、私と母は驚喜に目を見開くよりも、まず口と鼻を覆って顔をしかめたわ。

むかつくような酸っぱい大気が街に充満していた。煙と糞尿と腐敗した野菜の臭いが、一緒くたになって漂っていたわ。どこの通りを歩いても清浄な場所なんてなかった。都市全体が淀んだ大気の底にあった。風通しのよい田舎では考えられないことだったわ。

臭気の原因はすぐにわかった。家屋の煙突から吐き出される黒い煙よ。そして、頻繁に道を行き来する車を引く馬たちが遠慮なくコロコロと落としていく糞。人家の窓から遠慮なく投げ捨てられる汚水。それらがすべて混じり合い、都市中に腐った匂いをまき散らしていたの。テムズ河の表面を渡る風は、街の臭気を流し去ってくれるのではなく、むしろどこまでも拡散させていたわ。

魚が腐ったような匂いも漂っていた。それが魚売りの発するものではなく、珍しくもなく街角に横たわる死体や、橋のそばで晒しものになっている犯罪者の頭部——日もちするように、斬った後に釜で茹であげておくの——が発していると知ったのは、この街に住み着いて少したってからのことよ。

私も母も、村の暮らしで糞尿の扱いには慣れていた。家畜の匂いは日常の一部だったし、そもそも人間自体が臭かったしね。あの頃は沐浴なんて年に一、二度する程度で、ふだんは顔と手しか洗わなかったものだから。最近みたいに、庶民までもが全身を洗浄できる装置があるなんてことは、夢のまた夢だったのよ。

臭気と混じり合った煙は、私たちの目をちくちくと刺激し、喉を痛めつけた。髪は湿気と煙で、あっというまにべたついてしまった。雨が降ってくれないかと思ったほどよ。そうすれば、この煙たさが多少は軽減されるだろうと。

石畳の上の汚物は、何度も踏みつけられるせいでぐちゃぐちゃになっていた。それを馬車の車輪が勢いよくはね飛ばすし、せわしく歩く人々の靴が周囲に容赦なく散らかすから、もう大変だったわ。

私たちは汚物のはねを気にしながら、ハリソンさんの家を探した。一日に二度三度と着替えられるほどの服は持っていなかったから、汚れたらそれでおしまいでしょう。汚れきった格好でハリソン家を訪問するわけにはいかないから神経を使ったわ。いくら生活に差があるとはいえ、最初からみじめな姿を見られたくはなかったもの。

街は臭いだけでなく騒音もすごかった。馬のひづめが石畳を叩く音や金属製の車輪が転がる音は耳を聾（ろう）するほどだった。野菜や薬を売る商人の呼び声があたりかまわず響き渡り、バラード歌手が街角で輪になって音楽を奏でているの。役場からの通知を市民にふれ回る役人の怒鳴り声と、煙突掃除夫たちの騒がしい会話が混じり合う。牛乳を配達する女の声は怪鳥の叫びのようだったわ。包丁研ぎ機の騒音は屋内から外へ抜け、ロンドン中の市民の耳をつんざくように響いていた。

「まだなの、母さん？」私は臭気と騒音で倒れそうになっていた。「もう嫌。もう死ぬ。この匂いと騒音……気が変になりそう」

「もう少しだから我慢して」

父からもらった手紙を見ながら母は言った。「レッドライオン広場の近くだから、方向はあっているわ。たぶん、この次の通りに」

「どの家もすごく変わってるね」私はあたりを見回しながら言った。「みんな煉瓦か石で作ってある。木の家がない」

「ロンドンは百年ぐらい前に大火事があったから、そのときに木で造るのをやめてしまったのよ」

「へぇ……」

「煉瓦や石なら燃えないものね。さあ急ぎましょう」

ようやく辿り着いたハリソンさんの家も、他と同じように石造りだった。私たちは玄関前でお互いの服を確認し、手で落とせる汚れを丁寧に払った。小さな階段を昇った先にある扉を拳で強く叩いたわ。

すぐに返事があり、私の母と同じぐらいの年格好の女性が扉を開けてくれた。「ようこそ、アン。大変だったでしょう。さ、中へ入って」

「お邪魔するわね」母は、めいっぱいの愛想笑いを浮かべながら奥へ進んだ。私はふらふらしながらついて行った。ふたりの会話から、出迎えてくれたのがハリソンさんの奥さまだとわかった。

ハリソン夫人は言った。「ボブは本当に気の毒だったわ。うちの夫よりも若いのに」

「仕方ないのよ。仕事仲間では三十代で亡くなった人もいるんだもの。田舎では長生きなんて出来ないわ」

「こっちも一緒よ。空気が悪いでしょう。みんな胸をやられるの」

「どこへ行っても苦労ばかりね」

「そうよ。人間がいる場所はみんな同じだわ」

居間へ行くと、ハリソンさんは椅子に座って私たちを待っていた。私は母に背中を叩かれ、あわてて背筋を伸ばしたわ。

ハリソンさんは私が想像していたよりもずっと若々しく見えた。父の話によるとすでに六十歳のはずだったけれど、十歳は若く見えたわよ。精力的に働く職人の気迫が全身から放たれていた。服も、田舎で着るようなものとは布地の質が違っていた。

みんなから才能を認められて都会で暮らしていると、こんなふうになれるのかしらと思ったわ。父は洗練とは無縁な人だった。泥臭い情熱を持ち、無骨だった。でも、ハリソンさんは違った。それでも、本物の貴族のように垢抜けているわけじゃなくて、どことなく、庶民のぬくもりをまだ残していたわ。

ハリソンさんの傍らには若い男の人が立っていた。「息子のウィリアムです」とハリソン夫人が教えてくれた。当時二十五歳。雰囲気のいい、優しそうな殿方だった。怖い人じゃなくてよかったと私はほっとした。これから一緒に住むんですもの。その点が、ちょっと心配だったのよね。

テーブルの反対側には若い女性がいて、お茶の準備をしてくれていた。ウィリアムさんとは四歳離れた妹、エリザベスさんよ。なんと、こんなところまで来て私と同じ名前。でも、もっと驚いたのは、ハリソン夫人の名前もエリザベスだったこと。

私が遠慮がちに、「あの、私の名前もエリザベスで……」と告げると、夫人は「まあ」と言って優雅に微笑した。「バロー村では女の子も男の子も名前のバリエーションが少なかったものね。普段はなんて呼ばれているの？」

「エリーです」

「よかった。じゃあ、私や娘とはかぶらないわ。私はベス、娘はリズと呼ばれているから。よろしくね」

「はい。でも私はお手伝いさんとして来たのですから、みなさまのことは、奥さま・お嬢さまと呼ばせて頂きます」

「小さいのにしっかりしているわね。でも、あんまり気をつかわなくていいのよ。親戚の家にでも居るつもりでね」

「その通りだ」とハリソンさんも言った。

リズさんも言ってくれた。「私のことはリズでいいのよ。お嬢さまなんて呼ばないで」

「では、せめてリズさまと呼ばせて下さい」

「お姉さまって呼ばれるほうが素敵なのに……」

「いえ、それではあまりにも」

ウィリアムさんが横から割り込んだ。「僕はお兄さまと呼ばれるよりは、ウィリアムさま、ウィルさまと呼ばれるほうがいいな。そのほうが気持ちいい」

「では、ウィルさまとお呼びします。ハリソンさまのことは旦那さまと」

「まあまあ、子供がそんな気の回し方をするもんじゃないよ」ハリソンさんは椅子から腰をあげると母に近づいていった。両手を強く握り、笑顔を浮かべた。

「疲れただろう。まずは、ゆっくりと休んでくれ」

「このたびはお気づかいありがとうございます。夫から言い出した我が儘を……」

「構わんのだよ。いつまでもここに居なさい。私はどうも都会の人間と馴染めなくて、こちらの人間を家政婦として入れる気になれなくてね。家事は妻とリズに任せきりなんだが、リズの嫁ぎ先が決まってってね」

「それはおめでとうございます。こんなときに来てよかったのかしら」

「いいんだよ。これから妻ひとりに任せるのは大変だからね。何しろこっちは何もかもすぐに汚れてしまうんだ。石炭のせいだよ」

「石炭？」

「ロンドンで使っている燃料は石炭だ。薪じゃなくて、これぐらいの大きさの黒い塊に火をつけて燃やす」ハリソンさんは身振り手振りで、石炭というものについて教えてくれた。

「石炭はとても安いからロンドン中で使われているんだが、燃やすと煙がひどくてね」

私は不思議に思って訊ねてみた。「精密な時計を作るのに煙は邪魔にならないんですか」

ハリソンさんは、おや？　という顔つきをした。「時計を弄ってみたことがあるのかね」

「いいえ」

「それなのに煙のことに気が回るとは」

「父からいつも聞かされていましたから。時計は内部機構がどれほどスムーズに動くかで精度が決まるって。だからこんなに髪がベタベタになっちゃう街では、作るのが大変そうだなあって」

「大丈夫。この街の工房は煙も埃も一切入ってこないように密閉されている。うちの工房も、私とウィリアム以外は絶対に入れないしね」

「じゃあ、わたしも……」

「すまないね。私の仕事は国王陛下がお待ちのものだから、遊びでは他の人を部屋に入れられないんだ。でも、作ったものをここへ運んでくることはできるよ。H-1もH-2も試作品だから本格的な航海用時計として量産されることはない。いくらでも見ていいよ」

「本当にいいんですか！」

「うちには『H-1を見たい』という客がしょっちゅう来るんだ。時計職人や芸術家や科学者だ。機械が好きな真面目な人たちだから、いつも歓迎しているんだよ」

「うれしい！　ありがとうございます！」

私たちの会話をつまらないと感じたのか、母がリズさんに声をかけた。「それにしても、リズちゃんは綺麗になったわね。都会に出ると、やっぱり女の子は変わるのね。うちの子にも見習わせたいわ」

リズさんは茶器を並べながら軽く会釈した。「ありがとう、アンおばさん。私が最後におばさんと会ったのは七歳のときだけれど、いまでもよく覚えています。ボブおじさんのことも、はっきりと」

「ありがとう。うちの人も、生きていたら一緒に喜んでくれたのにね！　あなたのお婿さんは、どんな方？」

「父さんと同じで時計職人なんです。この街には時計職人がたくさんいるから。私たち、ロンドンへ来てから、たくさんの時計職人さんとお付き合いするようになりました。最初は田舎の出身だから心配だったけれど、同じ仕事をしていると、お互いを理解し合うのも早いんですね。ウォッチメーカーのグレアムさんや、ハレー博士の後押しがあったことも効いてるんですが……。ハレー博士ってご存知ですか」

「いいえ」

「アイザック・ニュートン卿と一緒に天星録を出した人です。王室天文官なんですよ」

「まあ。そんな偉い方とお知り合いなら、この先もずっと安泰ね」

「そうだといいんですが、都会は怖いから」

しばらくお茶とお喋りを楽しんだあと、ハリソンさんはウィリアムさんたちに言った。

「ウィル、リズ。H-1とH-2をここへ運んでおいで。エリーちゃんに見せてあげなさい」

「わかりました」

ウィリアムさんとリズさんは一緒に居間を出た。やがてふたりは、ひとつずつ大きな木箱を抱えて戻ってきたわ。

ふたりは箱を慎重に床に置いた。

ウィリアムさんは木箱をあけ、中から重そうに時計を持ちあげた。

その瞬間、金色の輝きが私の目を射貫いた。磨きあげられた真鍮の塊――マリン・クロノメーター、H－1よ。

その骨組みは、時計というよりもガレー船を私に連想させた。櫂のような棒が本体から外へ斜めに突き出し、マストのように立つ二本の支柱のてっぺんには輝く球がふたつ載り、その反対側の端にも同じ大きさの球がついていた。支柱と支柱の間にはスプリングが張られ、細い柱が何本も組み合わさっていた。何がどんな働きをするのか、私には見当もつかなかったわ。

高さは二十六インチほどあって、前面の四つの文字盤にはそれぞれに針がついていた。内部機構はすべて剝き出しになっていて、中の部品がどう動くのか外からすべて見られるの。そして何とも奇妙なことに、骨組みは真鍮製なのに歯車は全部木製だったのよ。

父から教えてもらった時計のことを私は思い出した。チャールズ・ペラム卿の時計塔の話。内部機構のほとんどがユソウボクで作られていたというハリソンさんの時計――H－1も、その後続機なのかしらと思ったわ。

H－1は、見れば見るほど不思議な気分になってくる時計だった。時を知るための機械というよりも、まるで、それ自体が時を作り出している装置のように見えたわ。背筋がざわざわした。時計職人というのは、いったいなんというものを作る人たちなのだろう、自分と同じ〈人間〉がこれを作ったとはとても思えない――と。

ウィリアムさんは得意げに言った。「こんな時計、見たことがないだろう？」

「すごいです。まるで船みたいな形」

「これは航海用時計(マリン・クロノメーター)だから、普通の時計とはちょっと違うんだよ」

「どこが違うんですか」

「船というものは揺れるだろう？　外洋に出る船ならばなおさらだ。だから普通の振り子時計では、波に揺られるとすぐに時刻が狂ってしまう。H‐1は、揺れの影響をとことん排除する作りになっているんだ。普通の時計が一日あたりどれぐらい狂うか知っているかい？」

「さあ……」

「一分だ。一日あたりで一分、遅れたり早まったりしてしまう。揺れのない平地で使っていてもそうだ。だが、僕たちが作っているのは、もっと高性能の時計でね」

「どれぐらいの精度があるんですか」

「経度評議員会が言うには、マリン・クロノメーターは、六十日間の航海での誤差が、トータルで二分以内でなければならないということだ」

「信じられません！」

私は思わず叫んじゃったわ。

一日一分狂うのがあたりまえの当時の技術で、波に揺られて嵐に襲われる六十日間の船旅でも、トータルでたった二分ぐらいしか狂わないなんて――そんな時計を人間が作れるものなんだろうかって。

「これ、いまでも動くんですか」

「もちろんだ」

ウィリアムさんがねじを巻くと、スプリングの部分が左右に伸縮し始めた。私は、あちこちの部品を指さして訊ねた。「ええと、ここはテンプってところですよね」

「よく知っているね」

「父から教えてもらいました」

父は時計の仕組みを何度も私に教えてくれた。でも、図は平面でしょう。実際の動きまでは伝えきれない。父は身振り手振りで機構を教えてくれたけれど、自分が漠然としたイメージしか描いていなかったことを、私はＨ-１を目のあたりにして痛感したわ。

父が表現したものには理屈としての正確さはあった。けれども臨場感には欠けていたの。そのとき私の眼前で動いていたＨ-１には、その欠けていたものがあった。完璧な論理の積み重ねによって機械が動く――たったそれだけのことが、なぜ、これほどまでに美しく見えるのか。くすんだ日常を吹き飛ばすほどに、深い感動を伴って迫ってくるのか。

――まるで、機械が生き物のように見える……。

父が取り憑かれたのは、この感覚だったんじゃないかしらと私は思ったわ。

「さて、エリーちゃんは」とウィリアムさんは続けた。「外洋航海に、なぜ精密時計が必要なのか、わかるかな」

「海の上でも時間をきちんと計って、毎日のお仕事をするためですか」

「それもあるが、もっと大きな理由がある。時刻が正確にわかると、計算で経度を割り出せるんだ。経度ってわかる？」

「いいえ」

「船が東西にどれぐらい移動したか、ということを知るための基準だよ。いまの航海技術では、これを知るのがとても難しい。緯度——つまり、船が赤道からどれぐらい南北に離れているのかは、空の星を観測すれば簡単に割り出せる。でも、航海中の経度は天測だけではわからない。外洋を行く船長たちは、実は、経験だけを頼りに船を東西へ進めているんだ。だから、いまの僕たちの知識では、自分たちの船を最短距離で目的地へ向かわせることができない。そのせいで、どの船も自分の位置を見誤りやすく、難破や遭難が後を絶たないんだ」

経度を割り出すには、グリニッジ天文台での時刻と、船上で観測される時刻との差——つまり時差を知ることが必要よ。時差がわかっていれば、グリニッジを中心として船が東西にどれぐらい移動しているのか、簡単に把握できる。で、当時、経度を計算するための時差を知るには、二通りの手段があったの。

ひとつは、天測のみで計算する方法。

もうひとつは、時計を一緒に使う方法。

じゃあ、まず天測のほうから説明するわね。

経度を知るための天測には、月距法が有効だと言われていたわ。月と星との見かけ上の距離を測って、グリニッジ時刻と航海中の現地時刻との時差を求めるの。そこから経度を計算するわけ。

手間はかかるけれど理論は簡単よ。紙とペンを貸してくれる？　ありがとう。じゃあ、この図をよく見てね。

月距法では、月と黄道付近の星を使って、角度や高度を計算するわ。仮に木星を使ってみた場合で話すわね。

夜空を見あげたとき、月と木星は同一平面上に置かれたように見えるでしょう。だから、あくまでも見かけ上のものだけれど、月と木星の間隔を測ることができる。この間隔のことをルナ・ディスタンス——つまり月距と呼ぶの。

計測された間隔を直線で描いてみるわね。この線分を底辺とし、観測者の位置を頂点として二本の斜辺を引くと、大きな三角形ができるでしょう？　長い斜辺に挟まれて出来るこの角度は、実は、ある一定の条件さえそろっていれば、月と木星が同時に見える地球上のどこで測っても、同じ角度になるの。

月距法は、この事実を応用するのよ。

まず、グリニッジで何十年もかけて月と星の運行記録を作る。何年の何月何日何時に、この星々はこの位置にありました――っていう記録を蓄積していくわけ。たとえば、惑星は時計の針みたいに等間隔では動かない。地球から木星を見ると、その動きが複雑になる理由はわかるわよね？　そう、どちらも太陽を中心に公転しているから、公転周期の違いによって、地球から見た木星は、ときに夜空を惑うような動き方を見せる。これが、木星を含む幾つかの星が〈惑星〉と名づけられた理由なの。惑星は順行するだけじゃなくて逆行もするから、すべての動きの記録が必要になるわ。

月距法の理論で考えると、グリニッジでの観測結果は、条件さえ同じならば、航海中の船上で測ったときも、月と星との間隔や、そこから得られる角度が同じになるはず。だから、グリニッジで作った記録は、船上で対比表として使えるの。

まず、船上の天測で、月と星との間隔・月と星のそれぞれの高度を測り、角度を求める。そして、それらの値を、グリニッジで作った記録と突き合わせれば、観測した瞬間のグリニッジ時刻が判明する。

いっぽう、船上での時刻――つまり現地時刻は、これも月や星を観測することで簡単に得られるわ。星の運行について知識があれば。

月距法では、こんなふうにして、グリニッジ時刻と現地時刻を、両方とも天測と計算によって弾き出すの。

ふたつの時刻のズレ――すなわち時差がわかれば、ここから経度を計算できるわ。

ただ、この方法には、いろいろと短所があったの。

一番目の短所は、計算の基準となる観測記録を膨大に蓄積する必要があったこと。しかも、それをすべて書物にして、各船に持たせなければならない。惑星の運行は複雑だし、月は満ち欠けする。その記録を全部取らなくてはならないのよ。

二番目は、観測上の誤差の問題。船は揺れているから、水平線から星までの高度を測るのが難しいの。船首で測るか船尾で測るかという違いだけでも、とても大きな誤差が出るのよ。その他にも光の屈折による影響とか、難しいことがたくさんあるわ。

三番目は、天候が悪いときには月距法は使えないという問題。雲のせいで月や星が隠れてしまう夜は悩ましいわね。新月のときもだめね。

四番目は、観測値から計算して経度が弾き出されるまで、ものすごく時間がかかること。正確な天測には技術が要求されたし、誤差修正もややこしい。これができるのは一種の特殊技能だった。船乗りの誰もができるわけじゃなかった。船上での観測は、揺れない陸上で定点観測しているグリニッジよりも、はるかに困難だったの。

月距法自体は、とても見事な理論よ。

私は大好きだわ。

天文学って、なんて面白いんでしょう。星々の動きを観察し、角度や高度を計算するだけで、地球上での自分の位置がわかるのよ。素晴らしいことだと思わない？

でも、さっき言ったような理由から、月距法は運用がとても難しかったの。航海の現場では、もっと簡単な方法はないのかと、長いあいだ困っていたのよね。


一方、時計を使う方法は、これよりもはるかにシンプルよ。

まず、出航前に、航海用時計をグリニッジの時刻と合わせておく。

船上での時刻——すなわち現地時刻は、太陽や星の高度を観測することで簡単に得られるわ。

その時刻は、さっき話したのと同じ理由から、グリニッジ時刻を指している時計の表示とはズレが生じているはずなの。

このズレが時差なんだけれど、月距法と比べると、とても素早く把握できることがわかるでしょう？

難しい計算はいらない。

膨大な記録と突き合わせる必要もない。

船上での天測結果を、時計の時刻と見比べるだけでいいんだから。

それだけで時差が得られて、経度を計算できるの。

月距法にも時計にも一長一短があったわ。

月距法には、さっき話したような問題が山積している。でも、天体の運行を利用するから、観測記録がきちんとあって、船上での天測さえ正確だったら、必ず確実な数値が出てくる方法なの。

時計は便利な道具だけれど、その代わり、絶対に狂わない精度を備えていなければ意味がない。でも、どの国のどんな時計職人も、そんな時計を作ることには、まだ成功していなかったのよ。

そこでイングランドでは経度評議員会というものが作られ、「優秀な経度測定法を提示できた者には、最高で二万ポンドの賞金を与える」という告知が政府からなされたの。ハリソンさんたちは、これに挑戦していたのね。

ウィリアムさんは楽しそうに訊ねた。「君のお父さんも時計を作っていた？」

「いいえ。父は、旦那さまから教えてもらったことを、ずっと覚えていただけです。物覚えだけはよかったので」

ハリソンさんは紅茶のカップをテーブルに置いて言った。「ボブとはよく時計の話をしたよ。私が一方的に喋るばかりだったが、彼は私が話したことを絶対に忘れなかった。勘のいい男だったんだ」

「でも、父は時計を作りませんでした」私はハリソンさんを見つめ、訊ねた。「なぜでしょう。父だって、大工をやめてロンドンへ行く人生を選べたはずなのに」

「君のお母さんがもう妊娠していたから、成功するかどうかわからない時計職人の道なんて選べなかったんだろうな。彼は大工として、すでに一人前だったから」

「旦那さまと一緒にロンドンへ行けばよかったのに。ロンドンにだって大工の仕事はあるのでしょう?」

「大人の世界は、そう簡単にはいかないんだよ」

私はH‐1に視線を戻した。くるんくるんと身を揺する時計の機構は、私を非現実の世界へ誘うように動き続けていた。

——おまえは、H‐1を知らなかった頃の世界へはもう戻れない……。

そんな言葉を誰かに囁かれたような気がしたわ。

「……作ってみたいです」私は思わずつぶやいていた。「旦那さま。それは私のつぶやきじゃなくて、私の背中にいる父の言葉だったのかもしれない。私も勉強したら、こういう綺麗な時計を作れるようになりますか」

ハリソンさんは低い声で笑った。「君は十二歳だったな」

「はい」

「勉強しなさい。まずは妻を手伝っておくれ。家事を完璧にこなせるようになったら、いくらでも勉強するといいよ。ロンドンには大きな本屋さんがある。時計職人もいっぱいいる。うちのリズのように時計職人と結婚する道もある。時計を勉強する方法はいくらでもあるよ」

それはつまり「私は弟子を取らないよ」という宣言だった。ハリソンさんは自分の研究だけで手いっぱい。他のことに手を回す余裕はなかったのね。

リズさんが励ますように言ってくれた。「勉強したいなら、いくらでも時計職人を紹介してあげるわ。H－2の製作は私にも手伝えたぐらいだから」

「リズ、エリーちゃんをそそのかしちゃいかんよ。女の子には、時計作りの前にまず覚えるべきことがあるだろう」

「私が手伝ったことを、なぜエリーちゃんが手伝っちゃいけないの？　いまどきの女性は何でもやるのよ。海軍や陸軍に入っている人もいるし、海賊になって冒険した人だっているわ。ロンドンには女ボクサーだっているのに」

「そんな人たちとエリーちゃんを一緒くたにしちゃいかん。お手伝いさんとはいえ、この子は普通の女の子なんだ。苛烈な人生を選び取った人たちとは違うよ」

「お父さんは気難しすぎるわ」

リズさんはもうひとつの箱を開いた。中から別の時計が取り出された。私はそれを見て、またしても目を見開いた。

――形が全然違う。

H－1の後続機であるH－2は、外装や支柱に真鍮が使われているところは同じだった。でも、支柱はまっすぐには立たず、交差するように組まれていた。てっぺんの球の数は六つに増え、時計全体の形は、長方形の真鍮板を四枚重ねた形に変わっていた。文字盤は簡素にまとめられ、置き時計の形に近かった。ただ、この段階でも、まだ時計の機構は外側から観察できる構造になっていたの。

「H－2は、ずいぶん違う形になったんですね」

「委員さんたちはH－1で充分と言ったのだけれど」リズさんは苦笑を浮かべた。「お父さんが、H－1にはまだ欠点のほうが多いと言って、さらなる研究期間の延長を願い出たの。そこで二年かけてこれを作った」

「じゃあ、これが完成形なんですね」

「違うわ」

「えっ」

「お父さんはまだ満足できなくてH－3の開発に入った。かれこれ十五年は続けているわ」

「十五年……？」

私はハリソンさんに目をやった。

ハリソンさんは平然とした様子で腹の上で両手を組んでいた。「ロンドンの時計職人に部品を作らせているんだが、これが時間ばかり食ってどうしようもない。私の頭の中には、とっくの昔に完成形が見えているのだがね」

「お父さんの要求は難し過ぎるのよ」リズさんは言った。「普通の職人さんでも四年はかかるような部品を、大量に作らせようとするんだもの」

「新しいものを作っているんだから手間がかかるのは当然だ。それにしたって遅い。ロンドンには一流の職人が大勢いるはずなのに」

「素材を買いそろえるだけでも時間がかかるんです。いくらロンドンが大都市でも、ないものはないんですよ」

私は訊ねた。「では、クロノメーターの完成形は、H－3ということなのですね」

「いいや」とハリソンさんは答えた。「私はまだ先を考えている」

「ええっ！」

「H‐3はテストには合格するだろう。完璧なものに仕上がるはずだから。だが形が未熟だ。置き時計（クロック）だからね。私が最終的に目指しているクロノメーターの形は――」ハリソンさんは懐に手を入れると懐中時計を取り出し、蓋をあけて私に文字盤を見せてくれた。最小化技術の極み。美麗な長針と短針の向こうにはそれがある。「私の本当の目標はこれだ。マリン・クロノメーターを、置き時計（クロック）ではなく、携帯時計（ウオッチ）にすることだよ」

私はH‐1と懐中時計を交互に見つめた。背筋を寒気が這いあがった。「これを、その大きさに？」

「そうだ」

「いくらなんでも、それは無理でしょう！」

「いずれはできるよ。十五年間の研究でそれがわかった。H‐2もH‐3も、私にとっては、それを確認するための道程に過ぎない。H‐4をこれと同じサイズにするのはちょっと無理だろうが、将来的には可能だろう。私ができなくても、別の職人が成功するに違いない」

H‐3の製作にかけてきた十五年間を、私は長過ぎるんじゃないかと思っていた。経度評議員会は、よく呑気に待ってくれているものだと。けれども、よくよく考えれば、この歳月はハリソンさんにとって絶対に必要な時間だったのよ。

　彼はH－3の完成だけを見ていたんじゃない。もっともっと先を見ていた。もしかしたら、自分が死んだ後に、別の人間によって作られる時計の姿まで見えていたのかもしれないわね。ゼンマイではなく、別の動力を使う時計を。誤差が数分以内どころか、永遠に狂わない時計を。いつまでも止まらずに時を刻み続ける時計を。誰にも見えていないものを、彼はこの時点で既に見ていたのかもしれない。

「まあ、そこに至るまでには、まだまだ試行錯誤が必要だ」ハリソンさんは懐かしそうにH－1とH－2を眺めた。「金属を使っても温度や湿度に影響されない工夫や、ねじを巻いている間も止まらずに動き続ける機構――。そういうものを成功させて、マリン・クロノメーターは初めて完璧になる。まあ、あと五、六年はかかるだろう」

　これが父との違いだったんでしょうね。

　大工としての本分は全うした父。でも、父にはこんな壮大なヴィジョンはなかった。

　静かにお茶を飲んでいたハリソン夫人が、こんこんと咳をし始めた。すぐにおさまるかと思っていたらそうでもなくて、時間がたつにつれてひどくなっていったわ。ハンカチで口元をおさえ、背を丸めて、苦しそうに咳き込み続けたの。

　リズさんが椅子から立ちあがった。夫人の側へ寄って促した。「お母さん、寝室へ行きましょう。あちらの部屋を暖めるから」

夫人は返事もできない様子で、口元をおさえたまま、うんうんとうなずきながら、椅子から腰をあげた。

皆にそっと頭を下げた後、夫人はリズさんに背をさすられながら居間から出て行った。

ハリソンさんが私の母に言った。「ときどき、ああいう調子でね。家事を全部任せられないんだよ。だから家政婦さんが欲しくて」

「胸のご病気なのですか」

「いや、こちらは空気が悪いから。ロンドンに来た直後はそうでもなかったんだが、やっぱり煤煙(ばいえん)がね……」

しばらくしてリズさんが戻ってくると、お茶の時間はおしまいになったわ。私たちは用意されていた部屋へ案内され、そこで旅の荷物をほどいた。

部屋は二台のベッドを入れたらもうきゅうきゅうだった。ハリソンさんは贅沢には興味がない人間みたいで、経度評議員会からの援助金は、父が言っていたように、すべて研究費に消えていたようだった。

私たちは、その夜からハリソン家で食事を摂るようになった。でも、野菜のシチューを口に含んだ瞬間、思わず手が止まったわ。

言葉には出せなかったけれど、ひどく不味かったの！

これは、ハリソン夫人やリズさんが料理下手という意味じゃないわよ。料理にまで石炭の匂いがしていたの。市場で並べているうちに食材が煤煙を吸ってしまうみたい……。私はとても悲しくなった。酸味とえぐみが煮汁にまで出ていたんですもの。野菜や肉の質そのものは悪くないだけに落胆したわ。これならバロー村で食べる料理のほうがずっと美味しいって。

食事のあとは明日からの仕事の手順を教えてもらって、それだけで一日は終わった。

夜中にベッドに入ったとき、私は母に言ったわ。「ハリソンさんは、きっと成功するわね。経度評議員会からお金をいっぱいもらって、世界で初めてマリン・クロノメーターを作った人になるんだわ……」

「さあ、どうかしら」と母はつぶやいた。「おまえの父さんも口だけは大きい人だったわ。いつか大金持ちに家を建ててやって、がっぽり儲けるんだって。ワインやリンゴ酒を普通に飲める生活にするんだって。全部嘘だったわよ」

「そういうのって嘘っていうの？　父さんは約束を果たそうとして、がんばってくれてたんじゃないの？」

「ものには段階っていうものがあるのよ。いきなりお金持ちになんかなれないわ。おまえはこれまでの人生で、何回ぐらい、美味しい、ちゃんとしたお肉を食べられた？　砂糖菓子って知っている？　父さんは何もくれなかったでしょう？」

「私は冷たいお肉よりも、あったかいじゃがいもやチーズのほうが好きだわ」

「そう……。まあ、せっかくここまで来たんだから、せいぜい幸せになりましょう。父さんの分までね」

私はその夜、H－1と一緒に海へ行く夢を見た。夢の中のH－1は本物の船のように巨大で、支柱の上に私が乗っても平気だったわ。スプリングの上にハリソンさんとウィリアムさんが乗っていて、望遠鏡で遠くを見つめていた。

島が見えるぞ！　とウィリアムさんが叫んだ。西インド諸島だ！　父さん、僕たちはH－4のテスト航海に成功した！

群青色の空には小さな星々が瞬いていた。

そのひとつがぐんぐんと大きくなり、太陽のように燃えてあたりを焼き尽くしそうになったとき、私はようやく目を覚ました。

そんなふうにして、私のロンドン暮らしは始まったの。


裕福な家庭にはもっとちゃんとした家政婦さんがいたそうだけど、私たちはそんな上等なものじゃなかった。ただの家事手伝いよ。ハリソンさん自身、それ以上のものは求めなかった。本当に贅沢には興味がなかったわね。つぎ込めるものなら、食費や衣服代だって研究費として使い倒したかったんでしょう。それを夫人やリズさんが窘(たしな)めて、ようやく人間らしい生活を送っていたみたい。

ハリソンさんが私たちを呼び寄せた理由はすぐにわかった。日々の生活には、呼吸器を痛めている夫人にはつらい仕事がいっぱいあったのね。

とにかく石炭。これほど悩まされたものはないわ。ロンドン中から吐き出される煤煙は、建物を汚し、窓を汚し、私たちの体に嫌な匂いを染みつかせた。煙は郊外に広がる畑にまで影響を与えていたみたい。野菜はロンドンの市場に並ぶ前から、すでに石炭の匂いが染み込んでいたのよね。ごしごし洗っても下ゆでしても、その匂いを消し去ることはできなかった。

でも、石炭にはいい面もあったわ。これを使うとベッドを温められるの。石炭を入れる金属製の器があってね、こう、火傷をしないように長い柄がついていて、これでシーツを温めるのよ。こうすれば真冬でも温かいベッドを作れた。バロー村での冷たくて固いベッドからは想像もつかないような寝床になって、これは本当に気持ちよかったわ。

美味しいじゃがいもやタマネギや蕪を食べたいなあと思いながらも、私は都会での料理を少しずつ覚えていった。鳥のローストやウサギのシチューは結構よかったわ。テムズ河があるおかげで魚料理には困らなかった。冷たい肉は塩漬けになっているので、からくてかなわなかった。私はやっぱり野菜が一番いいと思っていたけれど、村で食べていたような野菜は、どこへ行っても手に入らなかった。

もっとも、それは庶民の生活の話。裕福な人たちは、空気のいい農地で作った野菜やお肉をロンドンまで運ばせて、一流の料理人に食事を作らせていたから。そういうお料理は、とっても美味しかったみたいよ。

最近はもう違うでしょう？　ロンドンの食事は本当に変わったわね。あの機械が空気を綺麗にして、〈掃除虫〉が街中の汚物を処理してくれるおかげよ。

技術がどんどん進んでロンドンは変わった。いずれはイングランド中が変わるでしょう。船はどこまで旅をするのかしら。地球をぐるっと一周するだけじゃなくて、もう空も飛べるのではないかしら。

私は、それを見るまで生きているかしら。

たぶん、生きているでしょうね。

ハリソンさんが作っていた時計の部品は、彼ひとりではなく、ロンドンの一流時計職人さんが作成を手伝っていた。新しい工夫を思いつくたびに、ハリソンさんは彼らに部品を発注する。そのとき、材料費に加えて、職人さんに支払う人件費が発生してしまうわけよ。ハリソンさんが職人さんに要求する精度は桁外れのものだった。ものすごく時間もお金もかかった。これでは一家に金銭的な余裕がほとんどないのも当然よね。よく私たちを家政婦として入れる気になったものだと思うわ。何にも煩（わずら）わされずに時計作りに専念するには、家事を女性任せにするのが一番だったんでしょうけれど……。実際、ハリソンさんはクロノメーター作り以外の仕事をまったくしなかったから。

『収入のために他の仕事をしたら、クロノメーターを作る時間がなくなってしまう』

そう言って、自宅の工房にこもりきりだったわ。

ハリソン夫人はそのことを責めようとはしなかった。苦笑いを浮かべながら、

「早く生活を楽にして欲しいんだけどね」とつぶやくばかりだった。

ロンドンでの暮らしを三年半ばかり続けると、私の母は、ハリソン夫人と同じようにこんこんと咳き込むようになった。煤煙に呼吸器をやられてしまったの。あるいは、もっと重い別の病気だったのかもしれない。家事をするのが億劫だと私に訴えるようになった。

ハリソンさんや夫人には言おうとしなかった。夫人だけでなく自分まで医者にかかるとなったら大変だから。時計の研究でかつかつの生活をしている一家に、不要な金銭的負担をかけるわけにはいかないでしょう。

やがて母は、ひとりでバロー村に帰ると言い出した。

「おまえはもう十六歳だし、ひとりでやっていけるでしょう」

それは相談じゃなくて命令だった。既に結論を出したうえでの断定だった。

「ひとりで家事を担いなさい。私は村へ帰って、お兄ちゃんの家で世話になるわ」

私も一緒に帰ると言わなかったのは、ロンドンにすっかり馴染んでいたからじゃない。

都会の喧噪は好きになれなかったけれど、ハリソンさんのH－4を見るまでは帰れないという気持ちが強かったの。肩越しに父がじっと見ている感触が未だにあったし、世界中探したって、ハリソンさんが作るような素敵な時計は見つからないはずだから。それが、いま目の前で完成しようとしているのよ。これを見逃す手はないでしょう？

私は素直にうなずいた。「うん。わかった。ひとりでがんばるわ」

私はハリソンさんたちと一緒に馬車乗り場に行き、そこから母を見送った。

母は来たときと同じように荷馬車に乗り込んだ。いまはもう多少はお金があるのだから、一ランク上の馬車に乗れるはずだった。けれども母は、それを田舎へ持ち帰る財産にしたかったんでしょう。兄のやっかいになるなら——そして兄嫁に邪険にされないためには、最初にある程度のものは見せなきゃならないものね。居心地が悪ければひとりで暮らすことも考えただろうし、そのときに頼りになるのは自分で稼いだお金だけだから。

母を乗せた馬車が行ってしまうと、私はウィリアムさんからぽんと肩を叩かれた。「一緒に散歩しないか。ウナギのゼリー寄せでも食べて帰ろう」

ウナギなんて珍しくなかったけれど、お店で食べることには興味があったわ。ロンドンに住んでいるのに、私は飲食店に行く機会もないほど忙しかったの。本当は、殿方の溜まり場になっているというコーヒーハウスに行ってみたかったんだけれど、ウィリアムさんがウナギウナギって言うからそっちにしたわ。

ハリソンさんは知り合いの店に寄ると言って、途中で私たちと別れた。宝石屋に行くのだと言っていた。時計にしか興味がないハリソンさんにしては珍しいので、私は彼の姿が見えなくなってからウィリアムさんに訊ねた。「奥さまかお嬢さまへのプレゼントでしょうか」

「違うよ。時計の部品を頼んであるんだ。そのできを見に行くんだよ」

「時計を宝石で飾るんですか？　文字盤に埋め込んだりとか？」

「いや、そうじゃない。アンクルや軸受けに、ダイヤモンドやルビーを使うんだ」

私がきょとんとしてると、ウィリアムさんは微笑を浮かべた。「時計を豪華に見せようという計画じゃない。単に部品の強度の問題だ。アンクルの爪や軸受けは摩耗しやすいから、真鍮よりも固い素材を使えば時計の狂いを抑えられるだろう？」

「でも、それだと、ものすごく高い時計になっちゃいますよね」

「マリン・クロノメーターは個人が使うものじゃない。海軍や商船の備品になるものだから、多少は値がはっても構わないんだ。価値さえわかれば、少々高くても彼らは買うからね」

ウィリアムさんはテムズ河のそばに建つ店に入った。一般の労働者が入るような店でたいして綺麗ではなかった。でも、足を踏み入れた瞬間からいい匂いがしたわ。お客さんもたくさん入っていた。こういう店は美味しいんだって。

ゼリー寄せを注文すると、身の太ったぶつ切りのウナギがボウルに入って出てきたわ。酢をかけて食べるのよ。口へ運ぶとレモンとナツメグの匂いがふわりと香った。魚の生臭さはなかった。でも、骨がそのままなので注意しなきゃならなかったわ。酢っぱさとウナギの旨味がつるんとしたゼリーの舌触りと一緒になると、爽やかな味が口の中いっぱいに広がったわ。毎日人のために料理を作り続けていると、他の人から作ってもらう料理を食べるだけでうれしいのよね。ロンドンの高級店にはもっと美味しいものがたくさんあったでしょうけど、そのときの私はこれで大満足だったわ。

ウィリアムさんはミートパイに緑色のリカーをかけ、美味しそうに食べていた。あまりに美味しそうだったので私は、「そのソースとパイ、少し分けて頂いてもよろしいでしょうか」と訊ねた。

「どうぞ」とウィリアムさんは答えた。「家で作ってくれるの？」

「混ぜてあるものの見当がつけば、似たような味にできます」

「そりゃ楽しみだ」

リカーはウナギの煮汁に小麦粉を混ぜて作るの。パセリを入れると緑色になるわ。味つけが店や家庭によって違うってリズさんから教えてもらっていたから、ここの味にも興味津々だったわ。

その店のリカーは、リズさんが作るものよりも酸味が強く、香辛料もきつかった。家で使うなら、もうちょっと味を丸めたほうがいいかな？　と思いながら、ぱりぱりするパイの食感と、中からじゅわっと染み出す肉の味を一緒に楽しんだ。

ウィリアムさんの目には、私がとても美味しそうに食べているように見えたんでしょうね。ニコニコしながら声をかけてきた。「どう？　家でも作れそう？」

「ええ、なんとか」

「君は熱心だな。まるで料理の研究家のようだ」

「食べることが好きだから、美味しいお料理を作りたいだけですよ。それを皆さんに召し上がって頂くことが、何よりも楽しいんです」

「体の調子はどう。お母さんみたいに喉が痛くない？」

「ご心配なく。まだまだがんばれます。でもロンドンには、精密時計よりも、空気を綺麗にする機械のほうが必要な気がしますね。本当は、そちらの開発のほうが大切なのかも」

「確かになあ。でも、どんな機械を作ればロンドンの空気を綺麗にできるのか、想像もつかないよ」

「時計屋さんには作れないんですか？　機械の図面を引けるなら、何でも新しい機械を作れそうに思えますけど」

「時計屋は決められた部品を再現しているだけだからね。新しい機械を作る発想はないさ。逆に言うと、発想さえそろっていれば、どんなものでも作る技術はあると思うんだけれど」

初めてH－1を見たとき、私は時計職人を魔法使いのようだと感じた。なんでも作れる天才だと。でも、そういうわけでもなかったのね。

私はウナギのボウルをからにすると、ウィリアムさんにお願いした。「ウィルさま。私、やっぱり自分でも時計を作ってみたいんです。旦那さまのお仕事の邪魔はしません。ウィルさまに教えて頂くのはどうでしょう。ご迷惑でしょうか」

「時計職人の工房に女の子はいないんだよ」

「でも、リズさまは手伝っておられたのでしょう？」

「うちは環境が特殊だからね。……もしかしたら君は本気で時計職人になりたいのかな。家政婦さんの仕事が不満なの？」

「いえ、家事をしながら趣味で作れたらいいなあって思ってるんです。売り物にするんじゃなくて、自分のために作るんです」

「ああ、そういう意味か」

「私にそれ以上の才能があるとは思えませんし」

「時計というのは部品をそろえるだけでもお金がかかる。簡単には教えられないんだ。それはわかっている？」

「費用はお給料から少しずつ引いて下さい。何個も作るわけじゃないから、私の一生分のお給料があれば充分でしょう？」

「では形は？　どういうものが欲しいのかな」

「携帯時計（ウォッチ）が作れたらうれしいけど、それは無理なので、小さめの置き時計（クロック）がいいです。細か過ぎると私には組み立てられませんから、ある程度は大きさがあるものを」

「ふむ。じゃあ、ちょっと考えてみるか」

「よろしくお願いします」

私が頭を下げると、ウィリアムさんは椅子から立ちあがった。私もそのあとについて行き、ウナギ屋をあとにした。

テムズ河のほとりは、あたりを渡る風のおかげで石炭の匂いがましだった。もっとも、ここがましということは、他へ匂いがばらまかれているだけなんだけど。

ウィリアムさんは、このとき二十九歳になっていた。まだ結婚はしていなかったわ。毎日ハリソンさんを手伝って時計を作っているばかりだったからね。もったいないなと思ったものよ。

河面を埋め尽くす船を眺めていると、派手な塗りの屋形船がひとつ目にとまった。私はそれを指さしてウィリアムさんに訊ねた。

「綺麗な屋根のお船。あれ何でしょうか」

「あれはね、大人の男女が遊ぶ場所だよ。僕たちには——というか、君にはまだ少し早いな」

「サマセット・ハウスの向かいには、もっとにぎやかな船がいて、そこでは君ぐらいの女の子も働いているそうだ……。まあ、そういうことだよ。普通の女の子が行く場所じゃない」

「大人の遊び場？」

私と同い年の女の子たちが働いているというのに、私が行くべき場所じゃない——その言葉でウィリアムさんが言いたいことがわかったわ。恥ずかしさのあまり頬が熱くなってきた。綺麗なお屋根にはそういう意味があったのね。

ウィリアムさんは私に訊ねた。「君は、いつまでうちの家に居てくれるのかな」

「ずっとです」私は河面を見つめながら言った。「他に行くところもないし、私にできるのはお料理とお掃除だけだし。他へ行っちゃうと時計の勉強ができなくなるし」

「僕はいずれ結婚する。家事は僕の妻がやってくれるだろう。君の負担はちょっと減るよ」

「まあ！　おめでとうございます！」

初耳だったので私は驚いた。いつのまにそんなことになっていたのだろう。ウィリアムさんは仕事一本のストイックな人だと思っていたのに、やるべきことはちゃんとやっておられたのね。「お相手は、どこのお嬢さまですか」

「僕と同じく、ただの庶民だよ」

「でも、この街で結婚できるなんて素敵です」

「そうかなあ」

「そうですよ！　ここは煙たい街だけど、やっぱり大都市ですし！」

「彼女がうちに来たら、よろしく頼むよ。迷惑をかけるかもしれないが」

「迷惑だなんて。ご家族のお世話をするのが私の仕事です」

「それで名前がねぇ……。困ったことに、またエリザベスなんだ」

「えっ」

嘘みたいな話だけれどこれは事実よ。

ハリソンさんの奥さんの名はエリザベス、ふたりの間にできた娘の名もエリザベス。ウィリアムさんの新妻の名もエリザベス。

そして、みなさんのお世話をしていた私の名もエリザベス。

私はウィリアムさんに言った。「まあ、さほど困ることじゃありません。私は若奥さまとお呼びしますから。私のことは、これからもエリーと呼んで頂ければいいわけですし」

「君は本当に屈託のない子だね。この暗い街で、君の周囲だけは、いつも陽が射しているかのようだ」

私は微笑を返した。「私は頭が弱いだけです。頭が弱いから難しいことは考えられないんです」

「そんなことはない。きちんと家事ができて料理が上手な人は、頭がいいって言えると思うよ。僕は時計を作れても、リカーひとつ作れない。お料理のソースを少し舐めただけで同じ味を再現できるなんて、ひとめ見た時計を同じデザインで作れるのと同じ才能だ」

「リカーは時計ほど複雑じゃありません。ウィルさまは大袈裟過ぎますわ」

「いや、実のところ僕がこんなおじさんじゃなくて、もっと若かったら。あるいは君がすでに大人の女性だったら……。いや、こんなことは想像するだけ無駄だな。君は若くて未来があって、これからどんな人生でも選べるんだ。僕とは違って」

ウィリアムさんは少しだけ暗い顔つきをして、静かに歩き続けた。

私は何も答えなかった。

ウィリアムさんが欲しがっている言葉はわかっていたわ。でも、私がそれを口にして皆が幸せになれたと思う？　ハリソンさんやハリソン夫人が許したと思う？　だから何も言わなかったの。

ただ、大人の殿方からそんな言葉をもらえたことは――十六歳の私には、とてもうれしいことだった。誇らしかったわ。それだけで幸せな気分になれたの。美味しいものを食べたときみたいに。

何日かあと、ウィリアムさんは私に古い置き時計をくれた。時計の組み立てに使う工具も一揃いくれた。時計をひとりで分解して、ひとりで組み立ててご覧と言ったわ。

「図面もなしにですか」

「機構を知っているなら簡単だろう？　父さんは子供の頃にそれをやったんだよ」

「私が知っているのは、父から教えてもらった事柄だけです」

「大丈夫、大丈夫。君は頭がいいから、本物を見れば、すぐに何がどうなっているのか理解できるはずだ。念のために紙とペンとインクは渡しておこう。メモを取りながら分解するといい。足りなくなったら僕に言って」

「ありがとうございます！」

「家事を忘れないようにね。時計に夢中になって、窓を拭いたり料理を作ったりするのを疎かにしちゃいけないよ」

「それはもちろん！」

とはいうものの、一日の仕事が終わってから時計を調べるには灯りが必要で、家政婦である私が贅沢に蠟燭を使うわけにはいかなかったわ。

私は小皿に獣脂を入れ、灯心草を浸した。自分用の灯火よ。

保ちはあんまりよくないから、あまり長く使わないように気をつけて、時計の機構を少しずつ写生していったわ。分解するのは描き終えてからにしようと決めていた。自分ひとりの楽しみだから、なるべくウィリアムさんの手を煩わせたくなかったのよね。

黒く燃え尽きた灯心を七回ほど手折った頃、私はスケッチを終えて分解作業に移った。はずした部品は広げた布の上に置き、なくさないように気をつけた。

ちょうどその頃、ハリソンさんはクロノメーターH－3を完成させた。H－3はH－2とよく似ていたけれど、また少し形が違っていたわ。今度は大きな輪が特徴だった。H－2までにはあった球体は支柱のてっぺんから消え、歯車は板の外側へ一部がはみ出すようなデザインになっていた。より普通の置き時計（クロック）に近くなった印象だった。でも、これがクロノメーターの最終形でないことは明らかだったわ。

ハリソンさんは休むことなくH－4の製作に取りかかった。航海テストにはH－3とH－4を同時に出すのだと言って。

私は分解し終えた時計を慎重に組み立て直す作業に移っていた。時間はかかったけれど、私が元に戻した時計はちゃんと動いた。

ウィリアムさんは「やっぱり君は筋がいいね」と言って、次の時計の部品をもってきてくれた。今度は、もう少しサイズが小さい置き時計（クロック）ができあがるよと言って。

これは壊れた時計から抜いた部品だった。使えなくなった部分は新調する必要があったわ。新しい部品で新しい時計を作るにはお金がかかるけど、これぐらいならウィリアムさんの私費でなんとかなったみたい。古い部品を磨く練習にもなるし、私は喜んで受け取った。金属の磨き方を教えてもらって、あとはひとりで組み立て始めたの。

ウィリアムさんは、経度評議員会の人たちの元へよく出かけるようになっていた。親交を深めていたのではないわ。予算の追加請求のための訪問だった。

けれども、この頃から、浮かない顔つきで戻ってくることが多くなったわ。

十九年の歳月は、やはり長過ぎたのね。

最初はハリソンさんの技術に期待していた経度評議員会も、これだけ待たされると「本当は作れないいんじゃないか」と疑い始めていたみたい。ウォッチメーカーのグレアムさんも、王室天文官のハレー博士もとうに亡くなっていたから、後援者を失ったハリソンさんは、ずいぶん風当たりが強くなっていたようね。

加えて、この頃には、月距法を採用しようという勢力が盛り返しつつあったの。観測データの蓄積や月の運行表の作成が進んで、天測で経度を知るための資料が充分に整ったのね。ハレー博士の後に王室天文官になったジェームズ・ブラッドリーは、クロノメーターによる経度計算なんて、まったく認めようとはしなかった。

これは、ずっと先——そう、H－4が完成してから二年後ぐらいの話なんだけど、ハリソンさんとブラッドリー王室天文官が、ロンドンの工具屋で鉢合わせしちゃったことがあるのよ。

私とウィリアムさんは、たまたまハリソンさんのお供をしていて、この一部始終を見ることになったの。

王室天文官さまがこんなところまで来るなんて知らなかったから、私は吃驚しちゃったわ。観測機器の調整をする工具を見に来られていたご様子。仕事熱心な方だったのね。

身分の高い方をお側で見るのは初めてだったから、私は、ちょっとぼーっとしちゃった。ブラッドリーさんはハリソンさんと同い年で、でも、王室天文官に任命されるような方でしょう。ふっくらとした温厚な顔立ちで、全身から上品さが滲み出ていたわ。

いっぽうハリソンさんは、職人気質の、きりっとした厳しい雰囲気をお持ちの方でしょう。おふたりが並ぶと、人柄の違いがとてもよくわかったわ。

ブラッドリーさんと顔を合わせたとき、ハリソンさんは自分から頭を下げて挨拶した。いくら考え方が対立している相手でも、そういう礼儀はきちんと心得ている方だったから。ブラッドリーさんも鷹揚に挨拶を返した。そのまますれ違っていれば、何も起きなかったんでしょうね。でも、ブラッドリーさんから見れば、ハリソンさんは二十一年間も国家から予算をもらい続けていた方じゃない。しかも個人の仕事で。で、その成果が、まだ見えていなかったわけでしょう。前々から嫌味のひとつでも言いたかったんでしょうね。

「仕事の進み方はどうかね」と、ブラッドリーさんはハリソンさんにお訊ねになったの。

「経度評議員会は、次からはもう援助金を出さないほうがいいんじゃないかと言っているよ。お金を出せば出すほど完成が遅れるんじゃどうしようもない、とね」

「長年お待たせしていることについては、本当に心苦しく思っております」ハリソンさんは丁寧に謝ったわ。「しかし、これは完璧なクロノメーターを作るには必要な歳月なのです。天文学者の方々も、星の記録を書物の形にまとめるには大変な月日が必要でございましょう。それと同じです」

「天の星の運行は絶対に狂わない。自然現象だから、それを観測することに費やされる歳月は他の何よりも意味がある。物作りに、やたらと年月がかかるのとは質が違うよ。機械はどれほど時間をかけて作っても、動かしているうちに狂うし壊れてしまう。かけた時間が無駄にしかならん」

ハリソンさんはこの言葉にかちんと来た。誇り高い職人さんですもの。作りあげるものの悪口を言われちゃ黙っておれなかったんでしょう。やめておけばいいのに反論した。

「狂わない時計を作ることは充分に可能です。いまのイングランドには、もうそれだけの技術力がございます」

「技術があるというのなら見せてもらおうじゃないか」

「H－4の完成は、経度評議員会にもすでに報告済みです。あとはテスト航海に出すだけです。その航海予定を何かと理由をつけて先延ばしにしておられるのは、どこのどなたなのでしょうか。私の耳には、クロノメーターの性能を信じたくない方々がわざと予定を遅らせているという噂が届いておりますが」

「書類を回すのに時間がかかっているだけだろう。国の仕事とはそういうものだからな」

「二年近くも待たせているのに？　どこの辺鄙な国かと思いますな。いまどき田舎街の旅籠でも、もっとましな対応を致します。無意味に人を待たせるのがどれほど失礼なことか、一般の商売人のほうがよく知っておりますからな」

「君ごとき立場の人間が、国のやり方を批判してよいと思っているのかね」

「言わざるを得ないほどの無礼を受けているのだと申し上げているだけです。H－4は、いつになったらテスト航海に出られるのですか。三年先？　五年先？　そのあいだに他国がクロノメーターを完成させたらどうするおつもりですか。イングランドは大変な損失を被るのですよ」

「ふん。本物の時計職人でもないくせに、ただの大工が何という生意気なことだ」

「大工という職業を侮辱なさるのですか。それこそ失礼なことではないのですか。聖書を、もういっぺんよくお読みになっては如何ですか。イエスさまは大工出身ですぞ」

ブラッドリーさんのお顔に赤味がさしたわ。教養ある人間にとって、聖書を読み直せと言われることは大変な侮辱に感じられたんでしょうね。「――おまえがクロノメーターなんてものを作らなければ」と、いまにも摑みかかりそうになったわ。「とうの昔に我々の月距法が採用され、賞金も名誉も、真面目な天文学者たちに与えられていたものを……！」

工具屋のおやじさんが、「まあまあまあ」と割って入らなかったら、もっと騒ぎになっていたかもしれない。「ブラッドリーさま、もうそのあたりでおやめ下さいまし。ブラッドリーさまは、天文学で、どえらい発見をなさった方ではありませんか。ええと、ほら、あれ、年周光行差――といいましたかな。わしらの住んでいるこの世界が、でっかいリンゴみたいに丸い形をしていて、しかも自分でぐるぐる回ってるって説を、空の星を観測して証明なさったんでしょう？　そんな偉い学問をやっておられる方が、庶民の愚痴なんぞまともに聴いちゃいけません。右から左へ受け流せばよろしいんでございますよ。だいたい、ハリソンさんのお仕事の書類を回すのはブラッドリーさまの担当ではないのでしょう。担当の者を叱りつけておけばよいだけではありませんか。あなたさまが気になさることではありません。ええと、ハリソンさん。あなたは、いまやロンドン中の時計職人が尊敬している方なのですから、元が大工さんであろうと関係ございませんよ。それに、わたしゃ大工さんも大好きですよ。工具屋とは縁の深い職種ですからな。大工さんがいなけりゃ家も建たない、うちの仕事も回らない。りっぱなお仕事です。わたしゃ尊敬しておりますよ」

おやじさんはブラッドリーさんをヨイショしてなだめ、ハリソンさんのことも適度に誉めて、なんとかその場を収めたわ。

ハリソンさんは帰宅途中、憤懣やるかたなしといった面持ちだった。こういうときに、ぽんぽんと罵詈雑言が口を突いて出る人ではなかったのよね。怒りが頂点に達すると、かえって言葉が出てこなくなる人だった。腹の底は煮えくりかえっていたでしょうけどね。

でも私は思うんだけれど、このとき、より大きな衝撃を受けていたのは、育ちのいいブラッドリーさんのほうだったんじゃないかしら。自分よりもはるかに下の身分の者が、少しも臆することなく、誇りをもって逆らったのよ。人生で初めての体験だったでしょうね。そう考えると、ちょっとお気の毒だったわ。

ようするに、このおふたりの衝突は——理学と工学の対決だったの。

天文学は理学よ。だから当時の天文学者さんは、応用科学である工学を科学として認めようとしなかった。工学の技術で作り出される望遠鏡で天体観測をしていたにもかかわらず、工学の価値を認めようとしない人が、偉い学者さんの中にはまだまだいたの。ハレー博士やニュートン卿のように、工学の価値をしっかりと認めて下さる学者さんもいた一方で、抵抗を持つ人も少なくなかったのよね。いまの時代では平等であることが当たり前の考え方も、当時は価値観がまだ過渡期にあって、ぐらぐらと揺れていたの。時代が大きく変わるときには、よくあることだわ。

天測で経度を計算するのは、とても手間のかかることだった。初期には何時間もかかっていたそうよ。だから航海の現場では、クロノメーターへの期待がとても大きかったの。

それでもハリソンさん個人に対しては、

「本当に完成するかどうかわからない時計のために、もうこれ以上お金は出せない」というのが、経度評議員会の本音だったみたい。

無理もない話よね。

完璧な時計の姿はハリソンさんの頭の中にしかなくて、形にしない限り、他人に認めさせることは不可能だったから。


ちょっと、話が横道へそれちゃったわね。

H－4の完成前夜まで話を戻しましょう。

H－3が完成したあと、ハリソンさんはすぐにH－4の製作へ移った。十九年の研究期間が嘘みたいに、H－4の製作進行は早かったわ。

「これは、とりわけ貴重なものだから」と言いながら、ハリソンさんが、小さな包みを持ち帰ってきた日――。

それが、すべての運命が変わり始めた日だった。

私は上着を受け取りながら、「お帰りなさい、旦那さま。荷物はどこへお運びしましょう。工房ですか」と訊ねた。

「そうしてくれ」

私は工房へは入れなかったけれど、荷物を部屋の前まで運ぶのはよく手伝っていた。工具や材料や書類やいろんなものが、ハリソン家にはよく届いていたからね。

その日も、何の気なしにハリソンさんから荷物を受け取って廊下を歩き始めたわ。包みはとても軽かった。何が入っているんだろう、新機構の歯車かしらって私は好奇心ではち切れそうだった。

H－4は、それまでのクロノメーターとは全然違う形になる予定だった。桁外れに小さく、だから部品も信じられないほど小さいはずだった。それがこの中に納まっているのかしらと思うと、どきどきしたわよ。

そのとき、私は包みを持った感触がちょっと変だと気づいたの。指が包みの中へ入っちゃうのよね。

遅まきながらその理由に気づいた。

「旦那さま！　この包み、袋の底が破れています！」

「何だって？」

「中の部品は大丈夫でしょうか。どこかで中身を落としているんじゃ……」

「貸しなさい！　すぐに調べるから！」

ハリソンさんは工房の扉を乱暴に開くと、室内へ飛び込んだ。

私はどうしようかと思いつつも、ここは家政婦としての分別を守るべきだと考えて、廊下でハリソンさんの様子を見るだけにしたわ。

ハリソンさんは慎重に包みを開け、中に納められていたものを、ひとつずつテーブルに並べていった。ひとつ、ふたつ……と数えていった後、「ああっ」と悲鳴をあげて頭を抱えた。「やっぱりない。部品が一個足りない！」

「私、外を探してきます！」

落ちたのが玄関前ならばしめたものよ。まだ見つかるかもしれない。私は玄関前の階段を駆けおりて、道路のあちこちを見て回ったわ。近くにないとわかってからは、五軒先ぐらいまで、汚れた道端を目を皿のようにして探した。見慣れない部品や道具が落ちていないか。それっぽい包みが落ちていないかどうか。

でも、残念ながら何も見つからなかった。

拾った人がいたとしても、すぐに自分のものにして持ち去ったでしょうね。それが都会というものだから。

肩を落とし、手ぶらで家に戻ると、ハリソンさんは、ものすごく残念そうな顔つきで私に言った。「すまなかったね。もういいよ。あれはあきらめよう」

私は深く頭を下げた。「お役に立てなくて申し訳ありません」

「いや、いいんだ。どこか遠くで落としてきたなら、もう見つかるまい」

「再注文なさいますか。私が時計工房の職人さんにお知らせしておきましょうか」

「いや、いいんだ。あれは特別珍しい素材で作ってもらったもので、もう同じものは手に入らないだろう。だが、もともと使う予定じゃなかった素材だ。これまで通りの素材で作ってもH‐4の完成には差し支えない」

「どんな素材だったんですか」

「それが宝石屋の主人も『わからない』と言うんだ」

「え？」

「これまで仕入れたことも見たこともない石なんだそうだ。真っ黒で艶々していて、一見オニキスに見えるがもっと固くて……。アンクルをひとつ作ってもらったんだが、無駄手間になってしまったな」

宝石屋さんは、旅する商人からその石を買い取ったんですって。ハリソンさんが摩耗しない石が欲しいと宝石屋さんに相談したところ、「旦那、それなら、こういうものがあるんですがね」と出してきたそうよ。

ハリソンさんは一目見てそれを気に入った。硬度も確かにオニキスより上で、これは使えるのではないかと考えた。そこで大金を払ってその場で買い、馴染みの時計職人のところへ持っていったそうよ。これでアンクルの爪の部分を作れないかと。

職人さんは「珍しい石だねえ」と、ハリソンさんと同じように興味を持ったそうよ。オニキスなみの硬度があるなら真鍮よりも少し強い。アンクルの爪に使うのはいいかもしれないねと賛成してくれたんですって。

完成したアンクルは、結局、爪だけじゃなくて全体がその石で作られていたらしいの。職人さんが言うには、硬度のわりには加工しやすかったからアンクル全体をこれで作ったらどうかなと、ふと思ったんだって。真鍮に石を嵌め込む形だと、硬度の違いから爪の接合部が折れてしまうかもしれない。でも、アンクル全体をこの石で作ってしまえば、折れる心配はないと考えたのね。

艶やかに輝く漆黒のアンクルを見て、ハリソンさんは大満足したそうよ。こんな美しい部品は見たことがないとすら思った。「素敵だ。ありがとう」と、お礼を言って他の部品と一緒に持ち帰った。ところが家に帰ってみると、包みに穴があいていて、漆黒のアンクルだけが見当たらず――。

残念だけど、なくてもH-4が作れるなら――と、ハリソンさんは現実を受け入れた。切り替えの早い、職人さんらしい考え方よね。

私は自分の仕事に戻った。家の中を片づけて夕食を作り、皆のベッドを温めて、手と顔をようやく洗ったあと、部屋へ引っ込んだ。

机の上では作りかけの置き時計(クロック)が私を待っていた。灯火をともし、いつものように時計を少し組み立てようとしたとき、私は衝撃を受けた。

時計が――いつのまにか完成していたの。

外装はまだ組み立てられず、内部機構が剝き出しのままだった。だから、たくさんの部品が残っていたはずなのに、それがすべてあるべき場所に納まっていた。歯車がカチカチと規則正しく動いて、静かに時を刻んでいたの。

誰かが悪戯したのだと思ったわ。私をからかうために、せっかく作業中だった時計を先に組み上げたんだと。

でも、そんなことあるわけがないのよね。

ハリソン家にそんな意地悪をする人はいない。ハリソンさんの友人がしたとも思えない。来客があれば、その人物を玄関でまっさきに迎えるのは私の仕事だもの。知らない人が来たら覚えている。その日に外から来たものといえば、ハリソンさんが持って帰った荷物だけ。

そのとき、私はぎょっとした。

剝き出しの機構の中に、見覚えのない部品がはまっていることに気づいたの。

それは真っ黒で艶々と輝く平べったい塊で、時計の心臓部にあたる位置におさまり、二番車に動きを伝えていた。

私は机の上をもう一度よく見た。

端から端まで。

やがて「あっ！」と声をあげた。時計の部品がひとつだけ残っていたの。時計を動かすために最も重要な部分——ゼンマイが目の前にあった。これがなければ時計は絶対に動かない。動力部分なんですもの。

なのに、この時計は動いている。

なぜ……。

夜中だったからね。背筋がぞーっと冷えたわよ。この時計を作り上げて動かしているのは幽霊だと思ったの。ロンドンって怪談が多い街だから。父の幽霊が、私が時計を作り始めたことを喜んで動かしているのだと思えば怖くなかったはずなのに——その瞬間私の頭に広がったのは、邪悪な見ず知らずの幽霊の姿だったの。

私はゼンマイを机に置くと、かわりに灯火の皿を手に取った。

自分の部屋から飛び出したわ。

息を切らして、ウィリアムさんの部屋まで駆けていったの。

扉をどんどん叩いて声をかけた。「お休み中のところ申し訳ありません。ウィルさま、まだ起きておられますか。少しお話を聞いて頂けますか」

繰り返し扉を叩いていると、やがてウィリアムさんは扉をあけてくれた。夜中に叩き起こしたというのに、ちっとも不機嫌な様子ではなかった。とても心配そうに私を見つめた。

「どうしたの？　泥棒でも入って来た？」

「いえ、私の時計のことで——」

「なんだ……」途端にウィリアムさんはぐにゃりと脱力した。「明日じゃだめなの？　待てないの？」

「待てません！」私はなるべく声を押し殺したつもりだったけれど、叫びに近い訴え方をしてしまったの。あまりに怖かったから。「あんな怖い時計がある部屋では眠れません！あれは幽霊が動かしているんだと思います！」

「幽霊？」

「ゼンマイを組み込んでないのに時計が動いているんです」

「そんな馬鹿な」

「本当なんです！　見に来て下さい！」

私が普段からいい加減な家政婦だったら、ウィリアムさんは失笑を洩らして、すぐにでも追い返したでしょうね。でも、日々地道に働いている十六歳の小娘が、『幽霊が時計を動かしている』と訴えて泣き出しそうになっているのを見て放っておけるほどウィリアムさんは冷酷じゃなかった。村生まれの熱い血が騒いだのかもしれないわね。

灯火を私から受け取ると、ウィリアムさんは先に立って私の部屋へ向かった。私は震えながらあとをついていった。あれほど殿方を頼もしく感じたことはなかったわ。

ウィリアムさんは私の部屋に着くと、灯火で部屋の中のあちこちを照らしてから、机に近づいていった。問題の時計の機構をのぞき込んだ。

「本当だ。動いてる」ウィリアムさんは強ばった声で私に訊ねた。「この黒い塊は何？」

「わかりません」私はウィリアムさんの背中にはりついたまま、脇から覗くようにしてあらためて時計を見つめた。「いつのまにか部品と組み合わさっていたんです」

「この部屋、誰も入れてないよね」

「はい。今日は、ひとりのお客さまもありませんでした」

「僕も入ってないし、入るとしたら父さんと母さんだが……。母さんは時計を作る技術なんて知らないし、父さんが君の時計を触るはずはない」

専門家だけあって、ウィリアムさんは恐怖よりも好奇心が勝っていたみたい。父さんも起こそうと言って、ハリソンさんの寝室へ向かった。ひとりで残るなんて怖過ぎるから、私はまたあとからついて行き、ハリソンさんが目を覚ますまで、ウィリアムさんと一緒に寝室の扉を叩き続けることになったの。

ようやく起きてきたハリソンさんは、夫人をベッドに残し、ひとりで私の部屋へ来てくれた。

黒い塊を見た途端、ハリソンさんは目を丸くしたわ。「エリー！　これをどこで見つけたんだ！」

「見つけたんじゃなくて、いつのまにか私の時計の中にあったんです」

「私が昼間探していたのはこれだよ！　宝石屋に加工してもらった部品だ。でも形が違う。なぜだろう」

「形が？」

「あのとき話しただろう。私はこの石でアンクルを作ってもらったんだ。それなのに、なぜ、こいつは石の塊に戻っているんだ？」

アンクルはゼンマイから伝わってきた力を調整するための部品よ。特殊な形状だから他の部品とは間違えようがない。

誰かが削り直して別の形にしたのだとしても、なぜ、そんな手間をかけてまで私の時計に押し込んだのか、さっぱりわからなかった。

時計の動きを見ているうちに、ハリソンさんも職人としての好奇心のほうが勝ってきたみたい。私の時計を工房へ運ぼうと言い出した。分解して黒い塊の正体を調べたいと言って。

私は大喜びで、この奇妙な時計を差し出したわ。だって、自分で持ってるのは気持ち悪かったんだもの。

ふたりは一晩がかりで黒い塊について調べたみたい。作業は明け方まで続いたようね。朝に顔を合わせたとき、おふたりとも疲れ果てた表情で「これから少し寝る」と言ったから。

ハリソンさんもウィリアムさんも朝食を摂らなかったわ。夫人のためだけに食事の準備をするのは、この家に来てから初めてのことだった。

私はいつも通りに家事を片づけながら、昼食と夕食のメニューのことを考えていた。あの奇妙な時計のことを時々思い出しながら。私が考えたって、何かわかるわけじゃなかったけれど。

昼過ぎにウィリアムさんが起きてきたから、私は訊ねたわ。「いかがでしたか。何か新しい発見がありましたか」

「あの石の正体は全然わからない」黒い塊のことを、ウィリアムさんは〈石〉と呼んだ。宝石屋で手に入れたから、そう呼ぶのが一番相応しかったんでしょうね。実際、とても固いものだったし。

「ただ、機能はわかったよ」

「機能?」

「どういう働きをしているのかということだ。あれは内部に動力源を持っているようだ」

「え?」

「香箱の中にゼンマイがあるように、あの石の中には〈力を出す元になる何か〉があるようだ。その力が外部へ伝わって二番車を動かしている。しかも一定の間隔で力を出しているから、歯車はゼンマイの力で回転するのと同じように回って、最終的に文字盤の針を動かすんだ。奇妙なのは、その間隔が時計の機構とぴったり一致していることだ。つまりあの石は単に歯車を回転させているだけでなく、装置全体を『時計だとわかったうえで』動かしているとしか思えない」

「どういうことでしょう?」

「わからん。単に等間隔で力を出しているだけなら、時計としての動きはめちゃめちゃになるはずだ。実際よりも早くなるか、遅くなるかして。だが、別の時計と一緒に動きを比較してみると、一分をきっちり測っていることがわかる」

「じゃあ、時計の部品であることに間違いはないんですね。旦那さまが石の加工をお願いした職人さんって、もしかしたら、ものすごい天才だったのかも。私たちが知らない知識や技術を持っているんじゃないでしょうか」

「そんな馬鹿なことはない!」ウィリアムさんは両手で頭を掻きむしった。「あの石で作ってくれと父さんが依頼したのは、あくまでもただの部品だ。動力装置を頼んだ覚えなんてないんだ。だいたい、あの石は中を開けることができない。最初は石じゃなくてよく出来た箱なのかと思ったが、どこにも継ぎ目がない。つるんとした、ただの塊なんだ」

石の機能の話は私には難し過ぎた。アンクルとして加工された石が、なぜ元の姿に戻っているのか。それを私の作りかけの時計に埋め込んだのは、いったい誰なのか。ウィリアムさんの話を聞いても、私には想像もつかなかった。

奇妙なことに、ハリソンさんとウィリアムさんにとっては、私の疑問のほうがどうでもよかったみたい。ふたりが知りたがっていたのは、あの石が、どうやって時計を動かしているのかというその一点だけだった。時計職人の鑑のような人たちよね。

ウィリアムさんは黒い石を時計の内部に残したまま、外装を整え、私の時計を仕上げた。

そして、これを持って、しばらく航海に出ると言ったわ。

商船に乗せてもらって、この時計の精度を測るというの。

「これは普通の置き時計だから、洋上に出れば時刻に狂いが生じるはずだ。どれぐらい狂うかを確認したい。陸地では正確に動いているようだが波に揺られたらどうなるか。そこから、この石の機構を推察できるかもしれない」

「どれぐらい航海なさるんですか」

「六十日間」

「そんなに！」

「マリン・クロノメーターのテスト航海と同じ期間だ。もしかしたらという予感があるんだよ……」

本物のテストは海軍の船に乗って厳しい条件下で観察するの。けれども今回は試しに海へ出てみる程度だったから、ウィリアムさんは馴染みの商人に相談して、すぐに乗船させてもらえる船を見つけてきた。

グリニッジ天文台の時計と時刻を合わせた後、ウィリアムさんは出発したわ。六十日間もの航海よ。よく、そんなものに行く気になったと思うわ。石の機構を知りたいという気持ちだけで。

ハリソンさんは不安そうにウィリアムさんの帰宅を待ち続けた。あの石に興奮していたウィリアムさんと違って、ハリソンさんには何か思うところがあったみたい。


六十日間は長かった。

ウィリアムさんのいない家は、ハリソンさんと夫人だけでしょう。とても寂しかったわ。人がひとりいないだけで、家の中ってずいぶん隙間ができたような気分になるのね。私の母さんは故郷でどんな暮らしをしているのかなって初めて気になったわ。兄さん夫婦と仲よくやっているのかしら、それともうまくいかなくて、結局ひとりで住んでいるのかしら。ひとりで暮らすのって寂しくないのかしら……って。

ウィリアムさんが留守の間、ハリソンさんは、こつこつとひとりでH‐4を作り続けていた。H‐3までにかかった時間が嘘みたいに、ものすごい勢いで完成に向けて走っていた。H‐4は二年あればできあがると言ってたもの。十九年間で、クロノメーターの最終形が、ばっちり頭の中にできていたようね。

やがて、ウィリアムさんは意気揚々として帰ってきた。家へ戻る前に、あの時計とグリニッジ天文台の時計を比べて、誤差を確認してきたと言ったわ。

ウィリアムさんは、にやにやしながら言った。「どれぐらいの誤差だったと思う?」

「まさか二分以内とか……」

「そんな程度じゃないよ。信じられないことだが――ゼロだ」

「えっ！」

「嘘じゃない。本当だ。この時計は六十日間の航海で、ただの一秒も狂っていない！」

ウィリアムさんの笑い声が私には狂気を含んだものに聞こえた。あるいは、人智を超えたものに出遭ったときの恐怖が引き起こす笑いね。少なくとも、私が感じたのは感動ではなくて恐怖だった。だって、ハリソンさんは十九年間もかけてH‐3を作ったのよ。それに加えて、H‐4まで完成させようとしている。どちらもまだ世界中のどこにもない、最先端の技術で作られた時計よ。それでも航海に出せば何秒かは狂うはずなの。経度評議員会が定めている二分以内という基準はクリアするでしょうけれど、全然狂わないなんてことは時計の構造上ありえない。

なのに、謎の石を一個使っただけで、誤差がゼロになる時計ができるなんて――。

ウィリアムさんは興奮しきっていた。「父さん、この石をH‐4の動力部に使えば、どんなテスト航海でもクリアできる。やっと念願の賞金が手に入るよ！」

「だめだ」ハリソンさんは厳しく言い放った。「いくら正確に動いても、機構を理解できないものは材料に使えない。それにクロノメーターは量産が前提になっている。この時計がどんなに正確でも、石は一個しかないんだ。同じものを作れなければ経度評議員会は認めない」

「そんなの適当にごまかせばいいんだよ」

「ごまかす？　どうやって？」

「父さんだって、僕が援助金の追加申請にどれだけ苦労しているかわかってるだろう！経度評議員会は僕たちの仕事を疑っている。年々お金が下りなくなってるんだよ！」

「彼らは、ものを作ることの意味を理解していないんだ。それをわからせるのがおまえの仕事だろう」

「本来は父さんの仕事じゃないか！　僕だって、これがなければ自分のやりたいことをやってるんだ！」

ハリソンさんは表情を凍りつかせた。私が見たことのないような怖い顔をした。「おまえは、この仕事を嫌々やってるのか」

「そういう意味じゃない。クロノメーター作りは素晴らしい課題だよ。父さんは時計の開発史に名前を残すだろう。でも、これだけのために二十年もかける必要が本当にあったのかな。H－1の時点で賞金をもらっていたら、残りの時間で、もっといろんな仕事ができたんじゃないかと思うんだよ」

話は平行線を辿ったわ。

ハリソンさんは謎の石を使うことに、どこまでも反対し続けた。

ウィリアムさんは謎の石を使っていますぐにH－4を完成させ、賞金をもらうべきだと力説した。

結局、妥協点はどこにも見出せず——その日の夕食を、ふたりは別々に摂ったわ。一緒に食べてもらったほうが私は洗い物が助かるんだけれど、とても「ご一緒になさったら」とは言い出せない雰囲気だったわよ。

私は自分が組み立てるはずだった時計がなくなってしまって、六十日間とてもつまらなかった。だから食事が終わったあと、ウィリアムさんにお願いしたの。例の時計から謎の石を外すか、それとも新しい時計の部品を私に下さいって。

すると、ウィリアムさんは言った。「わかった。そっちは何とかしよう。僕はひとりでも、この石を研究するからね」

「新しい時計を作るんですか？　でも、お父さまはお許しにならないでしょう」

「家の外に工房を持つんだ。新しい作業場を作ろう」

「まあ。新しいお家をもう一軒なんて、お家賃が大変ですわよ」

「結婚したら独立するつもりだったから、ちょうどいい部屋探しだ」

「私もお手伝いさせて頂けませんか」

「どうして？」

「この石、とても面白いんですもの。ウィルさまがこれで新しい時計を作るところを、私もぜひ見たいんです」

これは耳に心地よいだけの嘘だった。私は、ただウィリアムさんが心配だったの。こんな怪しげなものに心を奪われて、H－4の開発が遅れたらどうする気なのか。ハリソンさんはもう六十四歳で、時計作りのような細かい作業が難しくなっているのに、息子が手伝わなかったらどうなるのだろうと思ったわ。

だから、協力すると申し出たのは、ウィリアムさんを監視するためだった。おかしな行動を取ったら、すぐにハリソンさんに知らせるつもりでいたの。

ウィリアムさんはロンドン中の物件をあたり始めた。条件はそんなに厳しくしなかった。とにかく、大急ぎで新しい工房がひとつ欲しかったんでしょうね。

手頃な空き家をひとつ見つけると、ウィリアムさんは、私が使っていた時計の製作道具をそこへ持ち込ませた。余分に買うお金がなかったからよ。つまり、この計画のために私は道具を取りあげられちゃったんだけど、その代わり、新工房にはいつ出入りしてもいいことになった。鍵のスペアをもらってね。新しい置き時計(クロック)の部品もそろえてあげると言われたわ。でも、こちらは、ちょっと手間取っていた。石をひとりで研究するにはお金がかかるものね。少しでも出費を減らしたかったんでしょう。

ふたつの家を行き来するのは大変だったわよ。ハリソンさんちの家事を手抜きするわけにはいかないから、私が外出できるのは食材を買いに出るときぐらいでしょう。そのときにウィリアムさんの新工房にちょっと寄って、研究の進み具合を確認して、大急ぎでハリソンさんのところへ戻らなきゃならない。

自分で時計を作る時間はなくなったわ。

そもそも道具がなくなったし、ウィリアムさんは、なかなか部品をそろえてくれなかったし。

まあ、時期を待てばいいだけだと思って、私は黙っていた。私はただの家政婦さんだもの。人に頼って時計作りができるはずはないのよね。

自分は学問とは縁がないからとか、職人の道なんて考えていないからとか、趣味で一個だけ作れたらそれでいいんだとか、それは全部、自分に対する言い訳だったことに気づいたわ。

本当に時計を作りたいなら、自分自身で道を探さなきゃならない――と、私はこのときに初めてわかったの。ハリソンさんが大工の仕事を捨ててクロノメーター作りに生涯を捧げたように、私も自力で道を切り開かなきゃならないんだと。

ハリソンさんが、まず女の子としての勉強をしなさいと言った理由が、ようやくわかったわ。

家事さえできればどこでだって生活できる。どんな環境でも働けるし、たとえば、職人さんの身の回りの世話をするという名目で、時計職人の工房に採用してもらう道だってあったのよね。そうやって現場に入って、じわじわと職人としての道に食い込む手段だってある。ハリソンさんは、私が家事を完璧に覚えることはそのための武器になると、暗に教えてくれていたのね。

だからこのとき以来、私はウィリアムさんに対して、時計作りを助けて下さいとは一度もお願いしなくなった。

H‐4が完成したらハリソン家の生活も変わるでしょう。それから自分の人生について考えようと思ったわ。

ウィリアムさんは工房で自分の時計の設計図を引き始めた。その作りはH‐4によく似ていたけれど、サイズがもう少し大きかった。

ウィリアムさんは言った。「父さんはH‐4をこれまでとはまったく違う時計にするつもりだ。まず小型化。H‐4からクロノメーターは携帯時計（ウオッチ）になる。直径は五インチほどだ。湿度や温度差で時計が狂わないように、伸び縮みの性質が異なる二枚の金属を貼り合わせた部品を使う予定だ。部品が摩耗しないように、ここぞという部分にはダイヤモンドやルビーが使われる。内部機構はすべて金属だ。だから、H‐4からは油差しが必要になる。木材を使う時計から、とうとう普通の時計になったわけさ。そして、懐中時計のように、内部機構がすべて外装で覆われるデザインに変わる。これまでみたいに、歯車が動くところを外から見られる形ではなくなるんだ」

　油差しと分解掃除の手間が加わった代わりに、精度は格段に上がるはず――とウィリアムさんは言った。

「ウィルさまの時計は？　それと同じにするんですか」

「外見的には同じく携帯時計（ウォッチ）にする。でも機構はもっと簡単に作る。あの石が時計全体の動きを制御してくれるから、難しい仕組みは考えなくていいんだ。試作品としては一台目だから無理はしないよ」

　ウィリアムさんは自分が設計した時計をW‐1と名づけた。H‐1のHはハリソンさんのHだったから、W‐1のWはウィリアムさんのWね。

　H‐3とH‐4は同時にテスト航海に出す予定になっていた。この船に乗るのもウィリアムさんの仕事だった。ハリソンさんはH‐1のテスト航海のときに酷い船酔いをして、以後、絶対にテスト船には乗らないと決めたみたい。全部ウィリアムさんの担当になったのよ。

　ウィリアムさんは今度のテスト航海に、こっそりW‐1を持ち込むつもりだった。H‐3、H‐4、W‐1。この三つの精度を比較するためにね。同じ条件下でテストして、もう一度、ハリソンさんに石の価値を認めて貰いたかったのよ。

　H‐4の作成も手伝っていたから、ウィリアムさんは、いつも新工房にいたわけじゃなかった。だから私には、ひとりで新工房を覗く機会が何度もあった。設計図しかない状態から部品がそろい、組み立てが始まる――。そのわくわくするような過程を、ゆっくりと観察できたの。

あれは、そう、W-1の部品がほとんどそろった頃だったかしら。私は買い物の帰りに新工房へ寄った。ウィリアムさんはいなかった。作業台に置かれた組み立て途中のW-1を、私はひとりでじっと眺めていた。

置き時計（クロック）と携帯時計（ウォッチ）は内部の機構が違う。当時の置き時計（クロック）は振り子式だった。ゼンマイを巻くと振り子が揺れて、その力が脱進機を動かして針が回るの。一方、携帯時計（ウォッチ）は、ゼンマイがほどける力を直接歯車に伝えて、アンクルという部品を経由して脱進機を動かすの。

ウィリアムさんのW-1は、二番車以降の部品が先に組み立てられていた。例の黒い石を最後に時計の外側から嵌め込んで二番カナに噛ませて、それ以降の歯車を回す設計にしてあった。なぜこんな仕組みにしたかというと、黒い石は、時計の部品と接続させた瞬間から歯車を回し始める性質を持っていたからなの。組み立て途中で二番カナに噛ませると、それだけで、もう二番車が動いてしまう。これでは三番車以降の部品を組み立てられないでしょう。だから他の部分を先に全部組み立てて、時計の部品でいえば香箱にあたる部分だけを嵌め込み式にしたわけ。ゼンマイを巻く代わりにここへ黒い石を嵌め込むと、その瞬間から時計が動き出す仕組みよ。

　こんなヘンテコな時計は世界中探したってないわ。いまだってないでしょう。その設計図を書けたウィリアムさんは、やっぱりハリソンさんの血をひいていたんだと思うわ。常識に囚われない構造を頭に描ける才能があったのよ。

　その頃の私は、時計を分解したり、もらった部品を組み立てることしかできなかった。でも勉強すれば、ハリソンさんやウィリアムさんのように設計図を引けるようになるはずと思っていた。

　いつになったら、それができるようになるんだろう。

　できるようになる日は来るんだろうか——ってね。

　そんなふうに考えながら、しばらく、ぼーっとしていたわ。でも、買い物の帰りだから、あんまり長くはいられない。適当なところで切り上げて部屋を出た。

　通りに出たところで、荷物をひとつ新工房に忘れてきたことに気づいたの。タマネギを詰めた袋。うっかり置いてきちゃったのよね。

　あわてて新工房へ戻ったわ。

　作業台がある部屋へ入ろうとして——そのとき私は、何とも奇妙なものを目にしたの。

　最初は見間違いだと思ったわ。角度を変えると物の形が違って見えることってよくあるじゃない。それだと思ったの。

でも、違った。

作業台の上を何かが歩いていた。ぐにゃぐにゃした黒い塊が。炙られて溶けたチーズみたいに、とろりとした質感だったわ。それが短い足を四本ほど出して、机の上をゆっくりと移動しているところだった。

私は息を呑んだまま、ドアの陰からそっと観察していた。

黒い塊は、カタツムリが周囲をうかがうときみたいに、ゆらゆらと体を揺らしながら、突然、とても綺麗な音を出した。ぴゅるるるるってコマドリの囀(さえず)りみたいな音を。音というよりも本当に小鳥の鳴き声みたいだった。私は全身が耳に変わったみたいに、その音をじっと聴いていた。いえ、聴き惚れていたと言ってもいいわ。

黒い塊は美しい声で鳴きながら、柔らかな本体からタコみたいにすーっと何本も腕を伸ばした。そして、机の上に置かれた時計の部品を手に取り、時々首を傾げるような仕草をしながら、カナや歯車やホゾを器用に組み合わせ始めた。

その頃には、私も、その黒いものが何なのか気づいたわ。

あの謎の石よ。

内部に動力源を持っているという石。

それは、その程度のものではなかったのね。生き物みたいに自分で動き、時計の部品を組み立てることができる頭脳を持っている何か――。本来はとても柔らかくて、だから、どんなものにも姿を変えられる。アンクルにも、ただの塊にも。

私は思いきって部屋の中へ飛び込んだ。とても怖かったけれど、好奇心のほうが勝ったの。その黒い塊をぎゅっと掴んだ。正体を知りたくて。

私の掌（てのひら）の中で、石はびっくりしたみたいに大きく震えたわ。

暖かかった。

生き物みたいに。

子猫の体を摑んだような感触があった。

瞬間、何かが石の中から私の中へ流れ込み、私の中から石のほうへも何かが吸い込まれていった。

石は掌の中でふるふるっと身を揺すり、金属を擦り合わせたように、キュイッ、キュイッと甲高い音をたてたわ。

生き物じゃなくて機械の一種なのかしら――と私は思った。生き物だとしたら何かを食べなきゃならないものね。でも、この石がハリソン家に居たとき、お台所から野菜やお肉が減ったことはなかったし。

私が知らない技術で作られた精密な機械なのかしら、この鳴き声も、ものが触れ合うときの摩擦音に似ているし……。

まあ、いくら考えても、私に判断がつくものじゃなかったわ。

不思議なことに、石に対する恐怖はいつのまにか消えていた。むしろ愛着が生まれたわ。いつまでも観察していたいような気分になった。

そのとき背後から、「やあ」と声をかけられた。

ウィリアムさんだった。

彼は私の手を見ると、「ああ、君もそれを見たんだね」と、うれしそうに言った。

「気づいておられたんですか」私はウィリアムさんに訊ねた。「あの黒い石は本当は柔らかくて、自由に姿を変えたり、勝手に動き回るんだって」

「気づいたのは、ここへ持ってきてからだよ。自分が組み立てた覚えがないところまで機構ができあがったりしていたから。最初は君が作ってるのかなと思ったんだが、次の日になったら、またバラバラになっていることもあったし」

「遊んでるんでしょうか、この石は」私は手の中の石を作業台へ戻した。黒い石はもう普通の塊に戻り、突いても何の反応もしなかった。固さも元に戻っていた。「何のために時計を組み立てたり動かしたり」

「調べているのかもしれないね」

「調べる？」

「そう。『時計』という装置そのものを。自分をその機構に噛ませることで」

ウィリアムさんは微笑を浮かべた。「こういうのを見てしまうと、ますます、この石を手放せなくなるだろう？」

「はい」

「いずれ、とんでもない真実を発見できるような気がするね。これを使えば、クロノメーターどころじゃなくて、もっとすごいものに応用できるかもしれない。この国の工業技術史を塗り替えられるかもしれないぞ」


一七五九年。ハリソンさんのクロノメーター・H-4は完成した。ハリソンさんは六十六歳、ウィリアムさんは三十一歳、私は十八歳になっていた。

ウィリアムさんは経度評議員会に、H-3とH-4のテスト航海を申請した。ところが、なかなか乗せてくれる船が決まらなくて、予定は一向に進まなかった。少し前に話した、ブラッドリー王室天文官とハリソンさんが工具屋で衝突したのは、この頃の話よ。

それでも二年後の十一月には、ようやく船出が決まった。イングランドから西インド諸島を目指す旅。

ハリソンさんは「H-3はもういい。H-4だけを航海に出そう」と言った。待機しているうちに、いろいろ考えていたみたい。H-4に大きな自信があったんでしょうね。

テスト航海に出るのは、いつも通りウィリアムさんの仕事だった。彼はH-4と共に、W-1をこっそりと荷物の底へ忍ばせた。

私はウィリアムさんに言った。「ウィルさま、お願いがあります」

「なんだい」

「私も、テスト航海にご一緒させて頂いてよろしいでしょうか」

「君が？　どうして？」

「W－1が気になるんです。完成するまで、ずっと見てきましたから……」

「戦時下に看護婦として乗り込むのでもない限り、君のような若い女の子を男だらけの船に乗せるわけにはいかないよ」

「だったら男装します。助手として、ウィルさまのお側にずっといますから」

この頃には、ウィリアムさんはもう結婚していたから、私が留守にしても、ハリソン家のお世話を心配する必要はなかったの。若奥さまはしっかりした方だったしね。私は八年間働き詰めだったから、一度休暇を頂いてもいい頃だった。もっとも、何十日間にも及ぶ航海は、休暇と呼ぶには贅沢過ぎたけれど。

ハリソンさんは私が船に乗りたがっている話を知ると、ものすごく驚いた。でも、しばらく考えたあと、「それもいいかもしれないな」とつぶやいた。「クロノメーター反対派が、こっそり船に乗り込んでくるかもしれない。そういう奴から時計を守るには、ウィリアムひとりでは不充分だ。もうひとりいれば安心できる」

「父さん、被害妄想が過ぎないか？」ウィリアムさんは心配そうに言った。「いくら王室天文官があんな人でも、そこまではしないと思うよ。自ら評判を地に落とすようなことは」

「いいや、わからんぞ」ハリソンさんは工具屋での一件を、未だに根に持っているようだった。「貴族ってのは何を考えてるかわからんし、自分がやりたいようにできる権力を持っているからな。用心するに越したことはない。エリー、ウィリアムと一緒に船に乗りなさい。ウィリアムを手助けしてやってくれ。怪しい出来事が起きたら、他人の証言と一緒に記録に取っておくんだ。ちょっとでもH－4に害を与える奴がいたら、テスト航海の終了後に必ず訴えてやる。街の裁判所じゃなくて、ジョージ三世陛下に直訴してやるぞ！」

真面目な方が怒ると怖いと思ったわぁ。

それはともかく、ウィリアムさんと一緒に行けることになった私は、さっそく出発の準備を始めた。私は小柄でおっぱいも小さかったから、胸のあたりに布を巻いてきりきりとしめつけると、本当に男の子みたいな体つきになったわ。家事の邪魔にならないように元々髪を短くしていたし、ちょっと髪型をいじってズボンをはくと、本当に見習い時計職人の男の子みたいになったの。

鏡に映った自分を見て、私は自分でも驚いた。私であって私ではない人物がそこにはいた。女の子が男の子に変身するのって、なんて素敵なんでしょうって思ったわ。

ウィリアムさんもちょっと驚いていた。口ごもるように、「なんだか、いつもとは違う色気があるね……」と言ってくれた。私はずいぶんうれしかったわ。

W－1は、結局、私の手荷物のほうへ移した。これを持ち込むのは秘密だったし、船長さんに見せるつもりもなかった。荷物を調べられたら、私の勉強用の時計だと言うことに決めていた。そのため、時刻をわざと一時間遅らせておいた。精度の悪い時計に見せかけるためにね。

私たちは、港で、デットフォード号という船に乗り込むことになっていた。

大型の帆船に乗るのは生まれて初めてだったわ。港で船を見あげたとき、あんな巨大な構造物が海に浮いて動くなんて信じられなかった。人間は、なんてものを作ってしまうんでしょうね。小さな時計から帆船まで、とても同じ種類の生き物が作っているとは思えない。蜂は蜂の巣しか作れないし、アナグマは自分の住み処を作るためにトンネルを掘るだけ。

でも人間は違う。

人間だけが異常なぐらいに次々と新しいものを作り、作ったものに執着する。

何が普通の動物と違うのかしらね。

これが人間の一番の特性なのかしら？

航海中、H－4は四ヶ所も鍵をかける箱に収められていたわ。全部違う鍵がないと開かない錠前がついていたの。鍵のひとつはウィリアムさんが持ち、残り三つは船長さんと副官とジャマイカ総督が保管した。ウィリアムさんが不正を働かないように、無断で時計に触れられないようにしたのね。そして、逆に船の乗組員がテストを妨害しないように、ウィリアムさんにも鍵を渡したわけ。

でも、そんな心配は不要だった。

船は、H－4が告げる時刻と天測結果を利用しながら経度を測定し、予定よりもずっと早く――六十二日目に西インド諸島のジャマイカに到着した。経度を正しく測れたから、最短距離を進めたのね。

到着と同時に、ウィリアムさんは船員と一緒に天測をした。時計の誤差を確認するために。

その結果得られた誤差は――たったの五秒だったの！

信じられる？

H－4は、経度評議員会が定めた条件――六十日間の航海で誤差二分以下という条件をはるかに上回る数値で、目標を達成してしまったのよ。

最初はクロノメーターのことを半信半疑だった船長さんも、航海日数が短縮されたことと、時計の精度が尋常ならざるものだと知って、ハリソンさんの才能を賞賛したわ。ハリソンさんへのお祝いだと言って、ウィリアムさんに八分儀をプレゼントした。あなたはこれを超えました、という意味だったんでしょうね。

ウィリアムさんは皆の賛辞に丁寧に応じると同時に、どこか浮かない顔をしていた。旅の疲れが出たと思ってもらえたのでしょう。その様子を不審に感じる人は誰もいなかった。

でも、私にはわかっていた。

たぶん、ぽかんとしていたのよ。H-4のあまりの精度に。

自分が開発に関わった機械だから、それなりに自信はあったでしょう。ハリソンさんの才能を一番よく知っていたのは、身近で働いているウィリアムさんだったものね。でも、まさか、ここまでとは思っていなかったんでしょう。

ちなみに、あの黒い石で作ったW-1は、狂うはずがなかったからもちろん誤差はゼロだったわ。

けれども、ハリソンさんが自分の才能と努力だけで作ったH-4の誤差は五秒。

まともな人間なら、どちらの結果に価値があるか一瞬で判断するでしょう。

W-1と違ってH-4は量産がきく。一部に高価な素材を使ってはいるものの、特殊な素材は何も使っていない。材料さえあれば誰にでも好きなだけ作れる。W-1はどれほど正確でも、肝心要(かなめ)の石の仕組みが解明されていない。だから量産は無理。どう考えてもH-4の勝利よね。

その夜、港の小さな宿のベッドの上で、ウィリアムさんはぽつりと言ったわ。「僕は父さんに負けたんだな……」

　あまりにもしょぼくれていらしたので、私は美味しい果物を買ってきて、ウィリアムさんのために切って差しあげたわ。パイナップルっていう現地の果物。とっても甘くて素敵な香りがするの。「そんな言い方をなさっちゃいけません。H－4の製作には、ウィルさまも関わっていたじゃありませんか。この成果はウィルさまの努力の証しでもあるんですよ」

「誤差がまったく出ないのはW－1のほうなのになあ。全然勝った気がしない……」

「時計がだめなら、別のものを作ればよろしいんじゃありませんか」

「え？」

「あの石は自由に変形するから、いろんな使い方があるんでしょう。前に、そう仰っていたじゃありませんか」

「うん……」

「ロンドンの空気を綺麗にする装置を作れないんですか。石炭の臭いには、みなさん辟易していますし」

「おお！　それはいい！　庶民にはクロノメーターよりもずっと必要だろう。高い値段で売れるだろうな！」

　発想の切り替えが早いのは、ウィリアムさんの美点だったわ。ロンドンへ帰ればH－4

はすぐに合格の証明をもらい、賞金が出るでしょう。そうなったらクロノメーター作りの仕事は終了。ウィリアムさんは次の生き甲斐を見つけなきゃならない。ハリソンさんはもう引退でもいいけれど、ウィリアムさんは三十代になったばかりだったものね。

空気を綺麗にする機械ってどんな機構が必要なのかしら……って、その晩、私たちは遅くまで語り合ったわ。帰りの航海でも、ずっとその話をしていた。

その旅路で——船は大きな嵐に遭遇したの。

船室にこもっていた私たちは、急激に悪化し始めた天候を船の揺れで知った。行きの揺れ方とは違う、激しい動きが徐々に程度を増していたわ。

ウィリアムさんは難しい顔をしていた。嵐の揺れはクロノメーターに大きな影響を与えるから。H-4は振動による狂いを極力排除する仕組みになっていたけれど、それでも海の荒れ方によっては大きく誤差が出るのではないかと心配していたみたい。

やがて、船員さんが私たちの部屋を訪れて言った。「しばらく外には出ないで下さい。特に甲板には。かなり荒れますから」

「ここまで水が入ってきますか」

「こんなところまで水が来たら船はもう沈んでいますよ。船長は『H-4をどうすればいいのか訊ねてきてくれ』と仰いました。キャビンは構造的に水が入りやすいし、揺れで時計が床に落ちたら大変なことになりそうだと」

「ならば、僕が毛布にくるんで抱いておきます。それを船長がお許し下さるなら」

Ｈ－４には変な仕掛けもなく、ウィリアムさんにも不正を働く気がないことは、行きの航海で船長さんによく理解されていた。だから、もう監視の必要はないと判断してくれたのね。時計に詳しい人間が、一番安全な方法で保管してくれるのがいいと考えたみたい。

ウィリアムさんはすぐに船長さんのところへ行き、Ｈ－４を抱えて戻ってきたわ。

外はこのとき、もうすごい天気になっていた。いまにも落ちてきそうな黒い雲が空一面に広がり、大粒の雨が甲板を叩いていた。風は帆を引き裂かんばかりに吹き荒れ、マストと横静索（シュラウド）はギシギシと悲鳴をあげていた。波のうねりは船全体を呑み込みかねないほど大きく、実際、こうなってくると船員といえども外を歩けなくなるわ。甲板が二フィートも水をかぶったりするんですもの。甲板を越えてきた波は魔物のように人の足を摑み、ものすごい力で海面へ向かって引きずっていく。海へ落ちたらもう助からないわ。嵐の海では、どんな泳ぎの達人でも死んでしまう。

船室の中で私たちは、持ち上げられたり突き落とされたりするような揺れだけでなく、左右や斜めにも振り回されてへとへとになっていた。摑まるものなど何もない場所で、壁ぎわに身を寄せ、毛布にくるまり、自分たちの荷物を重しがわりに、なんとか床を転がり回らずに済むようにしていたの。

ウィリアムさんは、H－4を自分の子供みたいにしっかりと抱きかかえていた。絶対に衝撃を与えないように。行きの航海で出した好成績を、帰りの航海で出る誤差で帳消しにしたくはなかったのよね。

何時間も揺られていると、頭がふらふらして眩暈に襲われた。時計もこんな気持ちなのかしらと思ったら、ふとW－1のことが気になったわ。

私はウィリアムさんに訊ねた。「W－1は、この揺れでも狂わないんでしょうか……」

「たぶんね」とウィリアムさんは答えた。「でなければ、行きの航海で見せた精度は保てないだろう」

「確認してみましょうよ」

「いいけど、いま出せるのはW－1だけだよ。H－4の箱は開けられない。だから誤差はわからないよ」

「動き方が変じゃないかどうかを見るだけです」

私は荷物を引き寄せ、W－1を収めた箱を取り出した。蓋を開け、文字盤の様子を観察してから時計に耳を押し当てた。内部機構の音を聞くために。

時計は静けさを保っていた。まるで死んでいるみたいに。

最初は、嵐の唸りや船の軋みが邪魔をして、音が聞こえないのだと思ったわ。

でも、違った。

針の動き方を見つめ続ければ、それはわかること。

「ウィルさま、W－1が止まっています」

「なんだって？」

「故障でしょうか」

「そんな馬鹿な！」

ウィリアムさんは反射的にW－1に手を伸ばそうとして――すぐにやめた。この揺れの中でH－4から手を離すことがいかに危険か、思い出したようだった。代わりに、私によく観察するように言ったわ。少し振ってみてくれとも言った。

W－1が止まった理由はすぐにわかったわ。

嵌め込み式の動力部――あの黒い石の部分が、すっぽり抜け落ちていたの。石はW－1の中から完全に姿を消していた。

前と同じだと私は思った。

ハリソンさんが初めてあの石を持ち帰ったとき――包みの底が破れて、アンクルに加工された石だけが姿を消していた。それがいつのまにか私の部屋に来て、作りかけの時計の中に収まっていたわけよね。

あれが自由に動けることはわかっていたから、この現象は不思議でも何でもなかった。

あの石は何らかの意思によって自分の力で動く。たぶん、私たちが乗っている船に興味を持ったのでしょう。嵐での激しい動き方に探求心をくすぐられたのかもしれない。W－1から抜け出して、あちこちを探索し始めていたんでしょうね。

「なんてことだ」ウィリアムさんは苦々しい表情を浮かべた。「あの石、勝手に動き出したら、ここへ戻ってくるかどうかわからないぞ。船員に見つかったら大変だ。一度なくしたらもう手に入らないのに！」

「探してきます」私はW－1を収納箱に戻しながら言った。「いつ抜け出したのかわからないから見当もつきませんが、探すなら早いほうがいいでしょう。いまなら部屋に閉じこもっている船員さんのほうが多いでしょうし」

「船は馬鹿みたいに広いんだよ。船倉は何層からできていると思う？」

「でも、じっとしていられません」

そのとき私たちの耳に、よりいっそう強い木材の軋みが響いてきた。船全体がへし折れるのではないかと思えるような凄まじい音だった。嵐はとてつもない力で船を痛めつけていた。もしかしたら沈没するのではないかと思えるほどに。

私はその合間に、ほんの少しだけ、別の音が混じっていることに気づいた。

あの囀り。

コマドリの鳴き声のような音。

この物音の中では聞こえるはずがないのに、それは私の耳にまっすぐに飛び込んできた。

まるで耳の奥で何かと何かがつながり、リズムや音を送り込んでくるかのように。
「甲板です！」私は思わず叫んでいた。「あの石は甲板まで出ている！」
「そんなことってあるかい？　これだけ外が荒れているのに」
「でも確かに聞こえました。あの石の音です」
私はウィリアムさんをその場に残して船室から飛び出した。外へ出ちゃいけないのはわかっていた。でも、船倉から甲板へ登ったわ。

扉をあけた瞬間、おそろしい勢いで雨風が叩きつけてきた。全身が一瞬でずぶ濡れになり、満足に目も開けていられない状態になった。そこを無理して、なんとか甲板まで這いあがった。

荒れ狂う風に体をもっていかれそうになった。横静索（シュラウド）は強風のせいでいまにもちぎれそうで、荒波が舳先や船縁を何度も越えてきた。甲板には海水が溜まり、渦巻く浅瀬が生まれていたわ。ほんの少しもまっすぐに立てないほどに船は繰り返し傾き、進行方向には、異世界への入り口にも見える暗雲の中で閃光が走り、海が激しく逆巻いていたの。

三本あるマストは、どれも悲鳴のような軋みをあげていた。船は正面や真横から襲いかかる荒波に打たれるたびに、ドーン！　ドーン！　と太鼓を叩くような腹に響く音を発していた。冗談抜きで、この船、もう沈んじゃうんじゃないかと私は思ったわ。

そのとき、またあの囀りが聞こえたの。

たの。

小さく――しかし鮮明に。

私はあたりを見回した。どこ？　あの石はどこにいるの？危険なのはわかっていたけれど、私は浸水した甲板を少しずつ前へ進み始めた。ちょっと進んだ先でマストにしがみついた。とてもではないけれど、これ以上は進めないと悟った。

でも、そのとき、石の囀りが急に近くなった。

私はふいにあることに気づき、自分がしがみついていたマストを振り仰いだ。激しい雨は視界を遮り、すべての景色は暗い灰色に滲んでいた。ものの輪郭などはっきり見えなかった。

でも、私はそこにあの石がいることに、はっきりと気づいた。

「なんてこと……」私は言葉を失った。

あの石は、いまや布のように薄くなり、船の帆に貼りついていた。嵐に引き裂かれた帆布に布をあてたみたいに――黒い部分が大きく広がっていた。

そのとき私は、この石の機能を一瞬で悟ったの。

いいえ、それは私が自分で気づいたというよりも――石から送られてきた何かが、私の頭に入り込み、私に一瞬で物事を理解させたという印象に近かった。

――この石は、ものの欠けた部分を補う機能を備えているのだわ……。

嵐で裂けた帆を修復するために、石は薄く広く変形し、帆布にはりついていたの。私の時計に取りついたのと同じ理由よ。組み立て途中だった私の時計を「壊れているもの」と判断したあの石は、自分が動力部に入り込むことで、対象物の時計としての機能を回復させたわけね。

この石は自分の判断でそれをやる。

それは石に心があるからなのか、ただ、そうするように誰かが命じたことを忠実に実行しているだけなのか——そのときの私にはわからなかったわ。ただ、石は船の壊れた部分にまっさきに気づき、変形してその穴をふさいだ。おかげで、この船は嵐を乗り切ろうとしている……。

そのとき、ひときわ大きな波が私に襲いかかった。私はあっというまにマストから引き剝がされ、海水と共に船縁に叩きつけられた。

体中の骨が折れたかと思うような衝撃だったわ。悲鳴の代わりに少し血を吐いたような気がする。船が傾いて水が退いても私は立ち上がれなかった。うつ伏せの状態で甲板に倒れていたわ。そこへ波が繰り返し来るものだから、窒息して溺れそうになった。それでも体を動かせなかったの。

背中がずきずきと痛んだ。痛みの中心が熱く燃えていた。でも、もう声も出せない。

頭がぼんやりして、耳が聞こえにくくなっていった。暴風雨の騒音が、遠くで草地を叩く静かな雨音程度にしか聞こえなくなった。

ああ、もしかして——と思ったわ。

私、死ぬのね。いまここで。

不思議と恐怖はなかった。そんなことを考えられる明晰な思考は、すでにできなくなっていたみたい。

ただ、ちょっと残念な気持ちがしていた。

ロンドンに帰りたかったな、と思ったわ。

本物の時計職人になりたかったな。

でも、もうおしまいなのね……。

そのとき、暖かい何かが、私の体をそっと包み込んだ。

それは私の背中をさするようにしばらく探ったあと、ふいに、背中から私の中へ、ぐいっと入り込んできた。

あまりの気持ち悪さに私は悲鳴をあげたわ。でも、同時に意識が遠くなって——何もかもわからなくなった。

気がついたら私はベッドにいて、ウィリアムさんが泣きそうな顔でこちらを見下ろしていた。あまりに真剣な顔つきだったから、私は不思議に思って訊ねたわ。「どうしたんですか、ウィルさま……」

「気がついたんだね！　よかった！」

「ここどこです？　まだ船の中？」

「そうだよ」

「でも、ベッドが前よりも気持ちいい」

「たくさん毛布をもらってきたからね！　みんな君を助けるために必死だったんだよ！」

「どうして？」

「女の子だってことがバレたんだ」

バレたというよりも、船長さんは、最初に私がご挨拶したときから気づいていたみたい。航海長もね。でも、何か事情があるんだろうと思って、わざと黙っていたんですって。怪しいとは考えていたから、何かしでかしたら正体を暴くつもりだったらしいけど。

どうも私は、甲板から船倉へは自力で降りたらしいの。自分ではまったく覚えがないけれど、ずぶ濡れの状態で階段を転がり落ちたところを、船員さんが見つけてくれたそうよ。

大騒ぎになったらしいわ。

この嵐の中に私を出したのは誰か、出ないように言ってなかったのかと。

背中に傷を負っていたんですって。船縁にぶつけたときの裂傷。治療室で手当てのために服を脱がせたとき、女の子だってことがバレちゃった。

ウィリアムさんは連絡を受けると治療室まで飛んできた。船はまだ揺れていたからH−4を抱えたまま。それで「これはどういうことだ」と、お医者さんや船長さんから詰問されたそうよ。

ウィリアムさんは、「この子が船に酔って、気分が悪いと言って部屋を出たのです」「まさか甲板へ出るとは思いませんでした」「僕の監督不行き届です。申し訳ありません」と丁寧に謝ったんですって。

これまでの真面目な生活態度が幸いして、その言葉は信じてもらえたみたい。

私が女の子だったことについては、「優秀な助手なので、どうしても船に乗せたかったのです」「でも、皆の迷惑になるといけないから、男装しろと命じたのは僕です」「これもすべて僕の責任です」と、少しも泣き言をいうことなく、頭を下げたらしいわ。

私の怪我は外見上は大きくなかったけれど、体の中が妙な具合に傷ついていたみたい。そのまま寝かせていれば大丈夫と思ったのに、治療室からウィリアムさんの船室へ移した途端、急に容態が悪化したんだって。

いっときは、心臓の音が、まったく聞こえなくなったそうよ。

でも、しばらくするとまた脈打つようになって——そのあとは、もう一山越えたように安定したんですって。

「甲板で荒波に飛ばされて、そのとき背中を打ったんです」私は思い出せるところまでを話した。「大怪我なんでしょうか」

「僕が見たときには、傷の大きさはたいしたことなかった。でも、もしかしたら、背中側の骨が折れているのかもしれないね」

「奥までずきずきします。何か入り込んでるみたいに」

「我慢できないほど痛い？」

「それほどではありませんが、違和感があるというか」

それでも私はすぐにベッドから起きられるようになったわ。食欲は普通にあったし、熱もなかったし。頭はふらふらしたけれど、歩いても倒れることはなかった。それよりも船長さんや船員さんたちが、私をこれまでとは違う目で見るようになったのが、ちょっと恥ずかしかったわ。

容態が落ち着いた頃、私はウィリアムさんに頼んで、一度、甲板にあげてもらった。帆布はもう修繕が済んだあとだった。縫い目の大きさから、かなりの規模で裂けていたのがわかったわ。

あの石は、もちろん、もうそこにはいなかった。船のあちこちを注意深く探してみた。でも、それらしき姿はなかった。

誰かが不思議な石を手にしたという噂も聞かなかった。

ウィリアムさんは石を失ったことをとても残念がった。けれども大っぴらに探してもらうわけにはいかないし、ロンドンに着く直前には、もうすっかりあきらめていたわ。

H‐4のテストが成功した以上、W‐1はもういらない。あの石をもっと研究できれば——経度評議員会には提出できなかったとしても、同じものを複製できれば、絶対に誤差が出ない最高のクロノメーターを作れただろうけれども、すべては夢に終わった。

でも、W‐1は〈幻のクロノメーター〉として、時計の開発史から消え去ったの。

W‐1は最初から存在していなかったとも言えるかしらね。

それがあったことを知っているのは、ウィリアムさんと私だけだから。ふたりだけの秘密だったから。


私には、あの石がどこへ行ったのか、よくわかっていたわ。

ここよ。

あの石は、怪我のせいで一旦止まった私の心臓の代わりに私の体内——胸のあたりにいるの。本物の心臓のように働き続けて、いまでも私を生かしているのよ。

あの日から、私は不思議な夢を見るようになったわ。石が語りかけてくる夢よ。石たちが住んでいる場所の光景。どこにあるのかは、わからないけれど。

夢に出てくる人たちは、私たちとよく似た姿をしている。でも、これは仮の姿で、本当は似ていないんじゃないかという気もするわ。

彼らはあまりにも異様な姿をしているために、私を驚かさないように、私の記憶の断片を使って、こういう光景を〈人工的に作って見せている〉んじゃないかしら。

というのも、夢に出てくる人物は、私が知っている人たちと瓜二つなの。バロー村にいた頃の知り合い。ロンドンの街で働いている人々。ハリソンさんやウィリアムさんやブラッドリーさんまで登場する。どう考えてもこれは変でしょう。

どこかにある不思議な世界の様子を、あの石は、私が理解しやすいように、私の日常的なあれこれを当てはめて表現しているんじゃないかしら。石が自分の故郷のことを丸々記憶していたり、遠くからデータを引っぱってきたりするのは、とても大変な作業でしょう。だから私の記憶の断片を組み合わせて、なんとか意味が通るように〈物語〉を作って見せている——とても合理的なやり方だと思うわ。

夢の中では、いつも、学者さんのような人たちが何かを話し合っているの。見知らぬ土地を探索しようと相談している。そのためにいろんな装置を作っている。

石は一種の探索装置で、遠い距離を旅しても壊れないし、たくさんの記録を保存できるみたい。そして、環境に適応して変形する性質を備えている。

学者さんたちはたくさんの石を容器に詰め、火を噴く機械に載せて空へ向かって打ち上げた。

石が詰まった機械は真っ暗な空間を長いあいだ飛び続け、ある日、ひとつの青い星に辿り着いた。それは私たちが住んでいる場所だった。イングランドはその一角にあるの。機械は容器を吐き出し、容器は炎に包まれて燃えながら、上空から黒い石を地上にばらまいた。

流れ星のように天から降り注いだ石たちは、やがて、イングランドのあちこちを調査し始めた。この星にはどんな生物がいて、その知性はどんな感じか。道具や機械はどれぐらい発達しているのか。

調査は、この地上にある壊れたもの、壊れかけているものに取りつく方法で行われた。石自身がその壊れた部分の機能を埋めることで、対象物全体の働きを調べるの。

壊れた部分を自分の機能で補ってみれば、その調査対象が何に使われているものなのか、どんな役目を果たしているのか、石にはだいたいの見当がつくわ。

死にかけている生物に取りつく場合も同じ。機能不全を起こしている臓器の代わりになって、対象となる生物の仕組み、生命システムを知ることができる。

補整型調査機械。

石を作った人たちは、あれのことをそう呼んでいたみたい。

アンクルの形で私たちの目の前に出現した補整型調査機械は、たまたま時計の機構を補整することで、私たちと巡り合うことになった。アンクルに加工されるまでは、きっと、あちこちで、いろんなものに変形していたのでしょうね。

ハリソンさんとウィリアムさんが、もし、補整型調査機械の仕組みを解き明かしていたら、マリン・クロノメーターの歴史は、そこで大きく変わっていたでしょう。六十日間の航海で二分以下の誤差なんて目じゃない。絶対に狂わないマリン・クロノメーターが出現して、あっというまに世界中に広がり、海は十八世紀の時点で隅々まで観測され、開発され尽くしたことでしょう。あの石を量産できるところまで分析が可能だったら。

でも、それは当時のイングランドの科学力では不可能だった。

私たちは、あれを魔法の石みたいに思うだけだった。知性ある者が作り上げた道具だとは想像もしなかった。大空を旅する方法があるなど、誰も考えなかった時代ですもの。しかたないわよね。

話を元に戻すわね。

嵐を乗り切った私たちは、無事にイングランドに戻った。H－4の誤差は往復で二分。規定の倍の航海日数で、たった二分の誤差だったのよ。必要条件は充分に満たしていた。にもかかわらず、経度評議員会は合格と認めなかった。現地での天測方法に間違いがあると指摘し、誤差の値は信憑性がないと言い捨てた。

H－4は二度目のテスト航海に出たわ。このときは往復で規定の三分の一——たったそれだけの誤差しか出さなかった！

新たな時代の経度測定法として、マリン・クロノメーターが採用される時代が来るかと思われたわ。

けれども現実には違った。

ブラッドリー王室天文官のあとに同じ地位に就いたナサニエル・ブリス、そのあとを引き継いだネビル・マスケリンは、どちらも月距法の推進者だった。ハリソンさんのクロノメーターを絶対に認めようとしなかった。王室天文官は経度評議員会とも深くかかわっていたから、圧力をかけて賞金を支払わせなかった。それどころか、もっと厳しい検査が必要だとか、設計図がなくても作れなければとか言い出して、普通なら時計が壊れてしまうような振動や温度差を与えて大きな誤差を出させ、「やっぱり狂うじゃないか！」と欠陥製品のように言い立てた。

そんなことが、二度目のテスト航海から数えて八年後――一七七二年まで続いたの。

でも、彼らは決して、単なる意地悪だけでそんなことをしていたわけじゃないわ。

マリン・クロノメーターは機械よ。

機械である以上、必ず壊れる。故障する。狂いが出る。

そういうものを航海途上で使うということは、それに船長以下全員の命と、積荷の損益がかかっているということなの。経度評議員会にしてみれば、機械を使う以上、それは絶対に完璧なものでなければならなかった。人間が作ったという事実を超えるほど――そう、絶対に狂わない星の運行と同じぐらいの精度がなければ使うのは危険だ、危険であれば採用はできない、と真剣に考えていたの。

それぐらい、あらゆることに真面目で、正確さを求めていたのね。

でも、その真剣さが、当時の工学の基準からすれば、度外れて厳し過ぎるのもまた事実だった。

そこに基準を置いてしまうと、物作りの未来は一切開けないのではないか、試行錯誤を繰り返しながら発展していくという方法が、一切使えなくなるのではないかと思えるほどに——。

それでもハリソンさんは、経度評議員会からの要求に、ひとつひとつ根気よく応じていったわ。H-4はハリソンさん以外の人間にも作れなければならないと言われれば、他の職人にまかせ、複製H-4、後にK-1と名付けられた時計を作らせた。もう七十七歳になっていて目がとても悪かったのに、さらに二台の複製を要求されたハリソンさんは、H-5という改良機まで作りあげた。

なのに、経度評議員会はまだ認めなかった。H-1からH-3までの試作機は、「国費で作ったのだから、これは政府が保管すべきものだ」という理由でハリソン家から取り上げられた。

H-1は運び出す途中で過失によって床に落とされ、壊れてしまったわ。

そのときのハリソンさんの表情を、私は、一生、忘れることはないでしょう。

　お役人さんが時計を持っていったあと、ハリソンさんは静かに私に訊ねた。「……エリーは、いくつになったのかね」

「二十九歳です」

「長く居てもらい過ぎたな。そろそろバロー村へ戻るか、好きなところへ行くといい。私の仕事はもう終わった――」

　ハリソンさんは居間の椅子にゆっくりと腰をおろした。「あとはもう忘れられていくだけの老人だ。大急ぎで何かをする必要もなければ、家の中が汚れていても、どうということはないよ」

「――私、ウィルさまから時計の作り方を習っているんです。H－4が二度目のテスト航海を終えたあとから、ちょっとずつですけど」

「そうか。あいつもすることがないからな。人に教えるような余裕ができたんだな」

「私が本気で時計職人になると言ったら、遊びではなくて、厳しく教えてくれるようになりました。どこの工房でもやっていけるようにと。かれこれ六年になります」

「……時計作りは楽しいか」

「はい」

「それはいい。楽しいことが一番だ。何をするにしても」

「ええ。ですから、充分に学び終えたら自分の意思でおいとまさせて頂きます。あと少しだけ、お側に居させて下さい。私には旦那さまの努力がこのまま埋もれてしまうとは、どうしても思えないんです。自分で時計を作るようになって、それが尚のこと、はっきりとわかりました。H－4は空前絶後のマリン・クロノメーターです。そういうものが歴史の表から消えるはずはありません。私はあれが正しく評価されるときを、どうしても自分の目で見たいのです。その喜びを、この家の方々と共に分かち合いたいのです」

ハリソンさんの目にうっすらと涙が浮かんだ。

どれほどの困難があっても、決して泣くことのなかった頑固な職人が、皺だらけの手でゆっくりと目元をこすった。

「ありがとう、エリー。そういうことなら、いくらでも居てくれていいんだ。ウィリアムからすべてを学びなさい。おまえの行く手には、きっと女性時計職人が生き甲斐を見つけられる世界が広がっているだろう。そういう時代が、もうそこまで来ているのだろう……。私もそれを信じるよ」

一七七二年。

ハリソンさんは七十九歳になっていた。

ウィリアムさんは四十四歳になっていた。

もう一台の複製がふたりの課題として残されていた。二台目のH－5を作らねばならなかったの。前と同じ手順でね。

ハリソンさんは長年の仕事ですっかり視力が落ちて、それが限界に達していた。痛風もお持ちだったから、長時間机の前に座って細かい作業をすることは、体にとても負担をかけるようになっていたわ。

それなのに経度評議員会は、他の職人ではなく、ハリソンさん本人が手がけた複製でなければならないと命じたの。ウィリアムさんが補佐するのは構わないけれど、あくまでも本人の主導で仕上げなければ課題に応じたとは認めないと。

実際、H‐4の機構は複雑過ぎて、ハリソンさん自身でなければ組み立てられない部分が多かったわ。仕上げたあとの調整も難しかったし。あの驚くべき精度は、他の人には真似しにくいものだったから。K‐1が成功したのは、それを担ったケンドールさんが、ハリソンさんも一目置くような熟練時計職人で、なおかつ、H‐4の開発にも協力していた人だったおかげなの。ケンドールさんは部分的にせよH‐4の機構を知っていたから、大きな間違いをせずに済んだのね。それでも完全な複製には二年半もかかったわ。

H‐4はそれぐらい複雑な時計だった。

その複雑さが、他の時計では追いつけないほどの精度を生んでいたの。

ウィリアムさんは、「もう無理だ、これ以上作るのは」と頭を抱えていた。「H‐5を作るだけでも、父さんには大きな負担だった。それをもう一台なんて不可能だよ。いまの父さんの目では、細かい部品なんて何ひとつ見えやしない」

ハリソンさんはそれを聞いても、しばらくのあいだ沈黙を守っていた。やがて、ふと何かを思い出したように椅子から立ちあがると――腰と膝の痛みに顔をゆがめながら、私たちに言ったわ。

「工房へ行きたい。歩くのを手伝ってくれないか」

「父さん、もうやめようよ」ウィリアムさんは泣き出しそうな声を出した。「複製は僕がひとりで何とかする。必ず成功させて、父さんのために賞金をもらってくるから！」

「おまえひとりでは無理だ。H-4はとても気難しい時計なんだ。そして、気難しいがゆえにとても美しい。その本質を知っているのは私だけだよ」

私はこの頃には、ハリソンさんの工房にも入れてもらえるようになっていた。本格的に時計作りを学んでいたからね。ウィリアムさんと一緒にハリソンさんを支えて、工房へ続く廊下を歩いたわ。

机の前に座ると、ハリソンさんは複製品用の部品を全部持ってくるようにウィリアムさんに命じた。二台作れと言われたときに、部品はすべて準備されていたから。

ウィリアムさんが机の上に部品を並べていく様子を、ハリソンさんはじっと見つめていた。やがて作業用の手袋をおもむろに装着すると、支持台を自分の前へ引っぱってきて、その上に地板を載せた。

携帯時計(ウォッチ)の部品は、地板という金属板の上に組まれていくの。芯に油を差しながら、車を初めとするパーツを次々と配置していく。部品を押さえる板を何枚も重ねていくから、そのつどネジも締めなきゃならない。ものすごく小さなネジよ。ピンセットがないとつまめないほどに。

車は置いただけではうまく嚙み合わないから、尖った工具の先端で、少しずつ押して位置を調整するの。時計見ルーペを使っても、とても肩が凝る細かい作業よ。

ハリソンさんは最初のうち、地板や部品を交互に眺めているだけで何もしようとしなかった。

やはり無理なんじゃないかしら――。

私がそう考えていたとき、突然、ハリソンさんはピンセットで香箱をつまんだ。地板の上にすっと置いたわ。

地板にはくぼみが作られているから、これは一番簡単な作業だった。でも、この先はたくさんの歯車を順々に嚙み合わせて輪列を作らなきゃならない。時計の車はホゾが支点になるだけだから、ほんの少し傾いても、隣り合う歯車との嚙み合わせがずれてしまうのよ。

ハリソンさんはアンクルと嚙み合う車をピンセットで持ちあげ、地板の上へ持っていった。途中まではじっと見つめていたけれど、ふいに、何かに気づいたような表情になり、時計見ルーペを目から外したわ。

そして、両目を閉じたまま、車を芯の上に載せたの。

車は一瞬で、少しもずれることなく定位置に収まった。

私たちは思わず「えっ？」と声を洩らした。

ハリソンさんは目をあけると、再び別の車をピンセットでつまんだ。地板の上まで移動させると、また目を閉じて、定位置にぴたりと置いた。

「……いけそうだな」とハリソンさんはつぶやいた。「ウィリアム。私が間違った部品を取ろうとしたら、すぐに教えてくれないか。正しいときには何も言わなくていいぞ」

「見えてるの？」とウィリアムさんは訊ねた。「ルーペがないほうが見やすいの？」

「いいや。見るのをやめてみた。なまじ見ようとするから『できない』と感じてしまうんじゃないか――と思ってね」

「えっ」

「これはH－4の再複製だ。私たちはこれをすでに一度、H－5という形で組み立て終えている。だから私の頭の中には、そのときの手順が全部残っている。時計全体のスケールと部品の位置もだ。目を閉じれば、暗闇の中にそれがくっきりと浮かぶんだ。現物を見る必要なんてないんだよ。自分の体の感覚を、ただ、そこへ合わせていけばいい」

ウィリアムさんは絞り出すような声で言った。「無理だ。無茶苦茶だよ。この先どれほど細かい作業が待っているか、父さんもよく知っているだろう。それを、ピンセットの先から伝わる感覚だけでクリアできるわけがない！」

「できない部分はおまえが調整してくれ。何のための助手なんだ」

「でも……」

「私がこの仕事を何年続けているると思う。子供の頃に作った木製の時計から数えたら五十年近くだ。何をどう組み合わせれば時計が動くのか、それを覚えているのは目だけじゃない。この全身が覚えているんだよ。私自身がもはや時計を作るための工具であって、その精度に狂いはないはずだ。油をくれないか、ウィリアム。芯に差さなくては」

「しかし」

「早く。私たちには時間がないんだろう」

躊躇（ちゅうちょ）するウィリアムさんの代わりに、私は机の上から油瓶とオイラーを手に取った。ハリソンさんの傍らに立って囁いた。「旦那さま。オイラーの先を油につけるのもご自分でなさいますか、それとも私が塗りましょうか」

「適量がわかるのかね」

「はい。ウィルさまから、しっかり教えて頂いていますから」

「よろしい。では、オイラーだけを私におくれ」

オイラーの先端は平たい金属で作られているの。とても細い工具よ。先端を油に浸して適量を取り、芯や部品の要所に、なでるようにして油を塗りつける。これが金属時計における油差しと呼ばれる作業なの。油の量が多過ぎると他の部品までべとべとになるし、少な過ぎると潤滑油としての効果が出ない。油差しは単純だけどデリケートな仕事よ。私がオイラーを渡すと、ハリソンさんは今度も目を閉じたまま、芯の上にすっと油をひいた。何のためらいもない早業だった。

それを見たウィリアムさんは、ご自身でも覚悟を決めたのか、布の上に置かれていた部品の向きを整え始めたわ。

車は円形だから、裏表さえ間違えなければ、どう組んでも問題はない。けれども時計の部品には、非対称の形をしているものもたくさんあるの。ウィリアムさんは、ネジ穴やでっぱりが左右どちらを向いた状態で置かれているかをハリソンさんに伝え、組み方を間違えないようになさったのね。

緊張しっぱなしの一時間が過ぎた。もし、ハリソンさんの手元が狂ったら、せっかく組みあげたものが、みんなバラバラになってしまう。それを考えると生きた心地がしなかったわ。そのとき大きなショックを受けるのは、私たちではなく、ハリソンさん自身だとわかっていたから。彼が受けるであろう傷の痛みを考えると、背中に汗が滲んでくるほど、すべてのお手伝いが怖くなった。

ところがハリソンさん自身は、すっかり機嫌がよかったの。作業中に特有のピンと張り詰めた雰囲気はあったけれど、その頬には、ずっと微笑が浮かんでいたわ。

それを見て私は気づいたの。

ああこの人は、いま、ものすごく楽しいんだと。

新しい課題を得たことで、それに挑戦する喜びに心が震えているのだと。

設計上、H－4にはもう改良の必要はなかったわ。少なくともその時点では、世界で最高のマリン・クロノメーターだった。

ならば、その複製を作るときの新たな課題とは、自分の技量をレベルアップさせること以外に何もない。

視力の衰えというハンディキャップを、ハリソンさんは、自分の技術をさらに押しあげるための要素と考えた。それは筋肉を鍛錬するときに、懸垂の回数やダンベルの重量を上げていくようなもので、挑戦者はそれを克服することによって、さらに大きな喜びを得られるのよ。

私はこのとき——生まれて初めて神様の存在を実感したわ。

本当の意味での神様というものを。

いつもは聖書や牧師さまの言葉の中にしかいない存在が、いまハリソンさんの背後に立ち、老いた職人の手を力強く支えて下さっている——そんな幻影を確かに見たような気がしたの……。

やがてハリソンさんは、「少し休みたい」と言い出した。このまま椅子に座って、少し頭と体を休めたいと。

　私たちは邪魔をしてはいけないと思ったので、いったん工房の外へ出て居間で休むことにしたわ。

　ウィリアムさんは居間に行くと、長椅子にどさりと身を投げた。片手で両目の間を揉みながら、低い呻き声を洩らした。

「お疲れになったでしょう。いま、お茶を淹れますわね」と私は声をかけ、キッチンで準備を始めたわ。

　しばらくすると若奥さまが来られて、「お母さまと私の分もお願いできるかしら」と仰ったから、

「はい、ようございますよ。少々お待ち下さいまし」と答え、お盆に載せるカップの数を増やした。

　ポットにたくさんの紅茶を作り、茶器と一緒に居間へ持っていくと、皆さんは身を乗り出して、工房でのハリソンさんの様子について話していた。

「父さんは二個目の複製に入った。やる気満々だ」

「まあ、よかったじゃない」

「何がいいものか。あんなやり方をしていたら、完成なんていつになることか」

　私はカップにお茶を注ぎながら、遠慮がちに口を挟んだ。「時間はかかっても旦那さま

は必ずやり遂げますよ。これまでも、そうだったではありませんか」

「……確かに、あの熟練の技には驚かされたが」ウィリアムさんは溜息を洩らして言った。「でも、あの方法で時計ができあがったとしても、最終調整とテスト航海には、また何年もかかるんだ。経度評議員会は、さらに新しい課題を要求してくるかもしれない。これでは、父さんは生きているうちに自分の成功を見られない……」

「まさか。いくらなんでも、そんなことは」

「いや、マスケリン王室天文官は、先々代のブラッドリー王室天文官よりも、ずっと面倒な人なんだ。徹底的にクロノメーターを嫌っているし、これまでの天文官と違って桁外れの苛烈さを持っている。彼がやっていることは、もはや検査や試験の域を超えている。月距法を正式採用したい一心から、クロノメーター派を潰そうとしているだけだ」

「味方になってくれる学者さんはおられないのですか」

「かつてのハレー博士のように応援してくれる人たちもいる。だが、いまはマスケリン博士の発言力のほうが強過ぎるんだ……」

ウィリアムさんは紅茶を飲み干すと、叩きつけるようにカップをお皿に置いた。「――決めた。もう腹をくくったぞ。父さんの仕事を、これ以上無駄にさせたくない。僕は複製の完成を待たずに、これまでの事の次第をジョージ三世陛下に直訴しよう」

若奥さまが目を丸くした。「直訴？　なんてことを仰るの。無茶なことはおやめになって」

「いや、やめない。やめるもんか。あっちがその気なら、こっちはそれ以上の行動に出てやる」

「話がこじれたら大変よ。こちらは、ただの庶民なのに……」

そのとき、じっと話を聞いていただけのハリソン夫人が、おもむろに口を開いた。「止めなくていいのよ、エリザベス。ウィリアムの好きなようにさせてやりなさい」

「でも」

「いいのよ」ハリソンさんと共に長い歳月を歩んできた老婦人は、言葉をゆっくりと嚙み締めるように続けた。「一生を懸けたあの人の努力が何ひとつ認められないなんて、そんなことがあってはならないんだよ。私はあの人と一緒になったせいで、ほとんど贅沢もできずに過ごした。国から頂いたお金は、大半が時計の研究費に消えてしまったからね。けれども生き生きと時計を作り続けるあの人は、とても素敵だったよ。この人生を通して、いいものを見せてもらったと思っている。でも、それはあの人の夢がきちんと叶ったうえでなければ、本当の価値を持ち得ない」

若奥さまは困惑した表情で口をつぐんだ。ハリソン夫人がこんな言い方をするのは、とても珍しいことだったから。

夫人は念押しするように言った。「ウィリアム。やるなら徹底的にやってしまいなさい。

悔いを残さぬようにね」

「ありがとう、母さん」

ウィリアムさんは工房へ戻ると、一連の話をハリソンさんに伝えた。ハリソンさんは、自分はまだまだ時計を作れると言い張ったが、完成した後の諸々について言及されると、黙らざるを得なくなった。

作りあげる時計は完璧でも、このままでは、それが認められる瞬間をハリソンさん自身は見られないかもしれない——。その客観的な事実は、何よりもハリソンさんに堪えたようだった。

陛下への手紙は自分が書くからと告げたウィリアムさんに、ハリソンさんは「いや、それは私が書こう」と言った。「大事なことだ。私がやる。おまえは私の下書きを見て、文章の悪い部分を手直ししてくれ」

「それでは時間がかかるよ」

「いいんだ。こういうことも本来は私の仕事だったんだ」

ハリソンさんは、ゆったりと笑みを浮かべた。「……すまなかったな、ウィリアム。おまえには、そういう仕事をいつも任せきりだった。さぞ大変だったろう。おまえがいなかったら、私は、とっくの昔に経度評議員会から出入り禁止を申し渡されていたかもしれない。おまえの文章の力が、私の立場をここまで保たせてくれたのだろう。だから、最後の文書ぐらいは私が書くよ」

　それは直訴によって問題が起きたとき、ハリソンさんが全責任を負うという覚悟の表明だった。いくらこちらが難題をふっかけられている側とはいえ、経度評議員会と王室天文官の行動に抗議するんですもの。比喩ではなくて文字通り首が飛ぶ覚悟を、ハリソンさんは固めたのでしょうね。

　ふたりの訴えは――幸いなことに、すんなりとジョージ三世に受け入れられた。陛下はH－4のことは以前から熟知しておられたそうだけど、ハリソン家と経度評議員会の間のごたごたについてはご存知なかったのね。訴えの内容に驚愕したジョージ三世は、経度評議員会に対して「ハリソン親子に、ただちに賞金を支払うように！」と強く命じられた。

　翌年、ようやくH－4は合格基準に達したクロノメーターとして認められ、賞金の全額がふたりに支払われたわ。

　H－1の完成から数えると三十八年目。ハリソンさんたちの努力が、ようやく実った瞬間だった。

　数年後、キャプテン・クックことジェームズ・クック船長は、複製H－4――つまりK－1を持って航海に出た。その時計の性能に感激し、大絶賛したわ。本当の意味でマリン・クロノメーターが評価される時代が、とうとう訪れたのね。

私はハリソンさんが八十三歳で亡くなる直前まで、家政婦としてお家に居続けた。計算上は、もう三十五歳のおばさんになっていたはずなのに、どういうわけか私はちっとも老けなかったの。あの石が心臓になってくれた日から。

補整型調査機械は、私の心臓として働くだけでなく、全身の臓器や細胞の修復もしているみたい。私の外見はあのテスト航海に出た時期――二十歳頃の容姿で、ぴたりと止まってしまったの。

私が〈不老のエリー〉と呼ばれるようになったのは、これが原因よ。

亡くなる直前まで、ハリソンさんとはよく話をしたわ。ハリソンさんは視力の衰えもあってほとんど動こうとせず、亡くなる前はよく居間でうたた寝をしていた。

暖炉の前で、ふたりきりで話したのが最後になったわ。

その日――暖炉の中では石炭が勢いよく燃えていた。とても寒い日でね。いつもより多めに火を入れたの。

その酸っぱくて胸にもたれる匂いも、私にはもう慣れっこになっていた。ロンドンへ来た頃みたいな嫌悪感はなく、むしろ、とても懐かしい匂いに感じられるようになっていた。いまでも時々、バロー村の匂いを思い出すと感傷的になってしまうみたいに。

私は新しい就職先が決まったことを、ハリソンさんにご報告した。家政婦ではなく、本当に時計職人として雇ってくれるところがあって、そこで本格的に仕事をすることになったの。ほら、リズさまの旦那さまは時計職人だったでしょう。その関係で、私みたいな人間でも快く受け入れてくれる工房があったのよね。私は外見だけは若かったから、事情を完全に伏せれば、〈年少の見習い〉と思ってもらえたみたい。

ハリソンさんは口元をもごもごさせながら、「時計作りはいい。一生をかけるだけの値うちがある……」と楽しそうに仰ったわ。「エリーには才能がある。行きなさい。自分が信じる道を」

「ありがとうございます」

「おまえはきっと、私には手が届かなかったものを作るだろう……」ほとんど見えていないはずのハリソンさんの目が、遠くを見つめるような眼差しになった。「私には想像もつかないような機構、とうてい考えつかないような動力。そういうもので動く時計が、これからもどんどん作られるだろう。想像していると、美しい幻を眺めているような気分になってくる。私にとって、それはすべて〈幻のクロノメーター〉だ。もはや自分の目で見ることもなく、この手で触ることもないだろう。けれどもそれが必ず実現できると、私にはいま確かに信じられる。ウィリアムやエリーを見ていると、勇気が湧いてくるんだよ」

「必ず作ります。新しい時計を」と私は言った。「旦那さまの熱意や創意工夫にはとても及ばぬかもしれません。しかし、それが私たちの世代の仕事ですから」

「楽しむのだよ、いつも時計作りを。それは苦しいだけではなく、とても喜びに満ちた仕事なのだから」

「ええ。楽しいからこそ、私もこの仕事を選んだのです。きっかけを作って下さったことを——感謝します」

最後に、私はハリソンさんの手を撫でさせて頂いたわ。皺だらけで骨張ったその手は、人生を懸けて闘い抜いた人の手だった。私は決して忘れることはないでしょう。

ハリソンさんの死後たった三年で、H－４型マリン・クロノメーターは懐中時計サイズにまで小型化された。ジョン・アーノルドという時計職人さんがそれに成功したの。

以後、マリン・クロノメーターは量産体制に入った。改良が重ねられ、三十六年後の一八一五年には、何千個もの時計が、外洋航海の現場で使われるようになっていたわ。

私はもちろん、この時代のクロノメーター作りに大いに貢献した。ロンドンの時計職人の一人としてね。私には独創性はなかったけれど、完璧に設計されたものを、図面に忠実に幾らでもコピー生産する才能はあったの。

これはたぶん、あの心臓代わりの石のおかげではないかしら。

あの石の機能を考えれば、私の技術をそんなふうにアシストすることも、充分に可能な気がするのよね。


ほら、窓の外を見て。

ロンドンは変わったでしょう。この百年の間に。

いまは十九世紀。

この状態を、機械文明が進み過ぎている――とあなたは判断しているようね。

由々しきことだ。

本来の歴史がねじ曲がっていると。

でも、これは、あの補整型調査機械のせいなの。先にも話した通り、あれはハリソン家に一個あっただけじゃない。この土地の上空で大量にばらまかれ、あちこちで生物や機械を調べていた。

それらはやがて、ロンドンに集中的に集まってくるようになったわ。別の補整型調査機械を手に入れた人が、それまでにない動力機関を作り出し――新しい工業が起きた。それをきっかけに、街中のあちこちで、あの黒い石が使われるようになった。見つけた人は、使わずにはおれない感情を抱いたの。ウィリアムさんがそうだったように。

あれを使えば蒸気機関なんて目じゃないものね。

イングランドの工業は、蒸気機関による産業革命という時代をすっ飛ばして、十九世紀の時点で新しい工業革命を起こしてしまった。

人々が血眼になってあの石を探し始めたと同時に、石のほうでも積極的に私たち人間に接触してきた。私たちが技術開発ということに極めて執着する生物だということが彼らにも理解され、その結果、実験を次の段階へ進めるべきだと判断されたようね。

補整型調査機械たちは、ひそかにこの星を調べることをやめ、積極的に自分たちを使わせ、私たち人間の知性や技術力を測るようになった。人間たちはそんな思惑などお構いなしに、便利なもの、新しいもの、より優れたものを作るために、際限なく彼らを使い始めたわ。

石炭を使っても煙を出さないで済む装置が開発された。おかげで、この街の空気はとても綺麗になった。野菜もおいしく食べられるようになったわ。いずれは石炭そのものが不要になるでしょう。あの黒い石を特別な溶液に浸した状態で日光にあてておくと、何かすごい力が得られるらしいわよ。ほら、川岸のあそこでもくもくと白い煙を出している巨大な円筒が見えるでしょう。あそこでは、そうやってエネルギーを取り出す作業が毎日行われているの。

街を隅々まで掃除してくれる自動機械もあるわ。〈掃除虫〉って呼ばれているの。あの大きなコガネムシみたいなものがそれよ。最近じゃ窓ガラスまで拭いてくれるの。圧力センサーの性能が上がったから、ガラスを壊さずに清掃できるようになったのね。

上水道が整備され、毎日でもお湯で体を洗えるようになった。百年前が嘘みたい。いまじゃ誰もが清潔ね。清潔なうえに香水をつけるから、香水本来のとてもいい匂いが楽しめるわ。

たった百年で、ロンドンは魔法のように夢がかなう街になった。

補整型調査機械を装置の心臓部や部品や動力として使う方法がどんどん編み出されたことで、外国からも次々と技術者が勉強しに来た。でも、補整型調査機械を持ち帰れない限り、自分の国で同じものは作れないのよね。そして、イングランドは補整型調査機械の国外持ち出しを法律で厳しく禁じている。まあ、いずれは海外に流出するでしょうけれどね。世界中で技術発展の競争が始まるでしょう。

そのとき訪れるのは、いまよりも、もっと素晴らしい社会なのかしら。

あるいは、お互いの国の安全を脅かしかねない危険な社会なのかしら。

私には見当もつかないわ。

まあ、命が続く限り、その行く末を見守るつもりではいるけれど。

この技術革命が、私たちをより高度に発展させるのか、あるいは自滅させるのか。補整型調査機械をここへ送り込んできた異星の人たちは、いま、固唾を呑んですべての報告が届くのを待っているんでしょうね。

もし、この土地に、補整型調査機械が来ていなかったとしたら？

それは愚問よ。

あれがあってもなくても、私たちは技術を発展させずにはいられなかったでしょう。もっと緩やかなスピードではあったでしょうが、いずれはここに辿り着いていたはずよ。短縮されたのは、ただ時間だけ。

自分たちが作りあげたものが、まるで命を持った生き物のように動き出す――あの瞬間の感動を知る生物である限り、私たちはいろんなものを作り続けることをやめないでしょう。安全なものも危険なものも、見境なしに作り続ける。それは人間の罪であり、同時に素晴らしさでもあると思うわ。

いつの時代だって技術自体に罪はない。悪い使い方しかできないのだとすれば、それは人間が愚かだというだけのことよ。圧倒的な技術力を誇りながら、それを社会の幸せのために使えず、自分たちが滅びる方向にしか使えないのなら――大勢の人間を苦しめ、不幸にし、ただのひとつも解決法を見出せないならば――それは、ただただ、人間がそれまでの存在だというだけのことでしょう。

私はそんな未来は見たくない。

でも、それしかできないなら、それもまたひとつの在り方かもしれないわね。

私の中にいる石は、いずれ自分の意思で私の体から出ていくでしょう。私という存在をすべて調べ終え、人間という生物の仕組みを理解し終えたのちに、なんの前触れもなく突然この体を捨てるでしょう。私はそのときに自分の人生を終える。

それはいつ来るかわからない。

予測することもできない。

でも、構わないの。
いつか訪れるその日まで、私は人と技術のかかわりの中に身を置き続けるつもりよ。
私たちは技術と共に生き、技術と共に滅びる。
その結末を、最期の瞬間まで見届けようと思うの。
あなたはどうする？　何を見て、何を選ぶ？
人間という生き物である限り、何を選んでも構わないんじゃないかしら——。

ハリソンが作ったマリン・クロノメーターは、下記サイトの“Collections”のコーナーで画像と解説を見ることができます。
■National Maritime Museum
http://www.nmm.ac.uk/
Top ページから“Collections”ページへ移動し、“Search”検索窓に“John Harrison's marine timekeepers”と入力すると、H－1からH－4までが出てきます。各画像をクリックし、詳細ページをご覧下さい。

解説

SF書評家
香月祥宏

上田早夕里が二〇一〇年に発表した千三百枚の大作『華竜の宮』(ハヤカワSFシリーズ Jコレクション)は、リアリティのある設定と豊かなイマジネーションに彩られた未来を舞台にした、海洋/冒険/終末SF巨編だった。

ホットプルームの活性化により海面が二六〇メートル上昇し、世界の大部分が海に沈んだ二十五世紀の地球。人類は、社会の枠組はもちろん、遺伝子操作によって自らの身体をも改変することで、環境の激変を耐え抜いた。その過程で、人々は大きく分けて二つのグループ——わずかに残された陸地に残る陸上民と、巨大な生物船〝魚舟〟に乗って海で暮らす海上民——に分裂する。限られた資源の奪い合いや気風の違いなどから双方の対立が深まるなか、調整に奔走する日本政府の外交官。しかしその頃、地球には新たな大変動が迫りつつあった……。

この壮大なスケールの作品は、『SFが読みたい! 2011年版』ベストSF国内篇でダントツの一位に輝いたのをはじめ第三十二回日本SF大賞候補（現在ノミネート中、本書の刊行後に結果が発表される予定）、第六十四回日本推理作家協会賞（長編および連作短編集部門）候補、AXNミステリー「闘うベストテン」ノミネート、ツイッター文学賞国内部門第四位など、ジャンル内外で高い評価を得た。

そしてたぶん本書を手に取った読者の多くが『華竜の宮』を読んで上田SFに魅せられたか、またはその評判を聞いてぜひ読んでみたいと思っている人、そのどちらかなのではないかと思う。

本書は、そんな『華竜の宮』の作者・上田早夕里が、近年発表した短篇SF四篇（書き下ろし一篇を含む）から成る第二短篇集である。

ホラー・アンソロジー《異形コレクション》への寄稿作を中心とした第一短篇集『魚舟・獣舟』（光文社文庫）と比べると、SFを冠した媒体の掲載作が集まっているため、当然SF色は濃い。『華竜の宮』で上田SFの虜となった人にとっては待望の一冊だ。

また、論理的な展開に比重を置き、飛躍した奇想や幻想が抑えめになっている分、ミステリ方面からの読者や初めて上田作品に触れる人にも比較的読みやすい作品が並んでいると思う。まず本書を足がかりに『華竜の宮』に挑むというのもひとつの方法だろう。

本書は言わば、上田SFという海に浮かぶ、結節点的な海上都市。大作にどっぷり浸かった余韻に浸るにせよ、ここから新たな旅に出るにせよ、いずれにしてもその期待に応えてくれるはずだ。

それでは、『華竜の宮』およびその他の上田作品との関連などを意識しながら、本書の収録作を順に紹介していこう。


「リリエンタールの末裔」

高台の村に住む少年チャムは、植物の茎を利用して作った翼で空を飛ぶ遊びが大好きだった。チャムの一族は背中に鉤腕と呼ばれる第二の腕が生えており、これを使って翼を制御する。ただこの遊びができるのは、体重が軽い少年時代まで。だがどうしても飛ぶことをあきらめきれないチャムは、成人して海上都市へ出ると給料をすべて注ぎ込んで、一部富裕層の趣味としてたしなまれているハンググライダーの購入を決意する。しかしそこには、金銭的なものだけでは解決できない、複雑な問題が存在していた……。

初出は〈SFマガジン〉二〇一一年四月号。『SFが読みたい！　2011年版』ランキングの上位作家競作企画として掲載されたもの。『華竜の宮』と同じ世界を背景にした作品だが、独立した短篇としても問題なく楽しめる。『華竜の宮』をはじめ、「ブルーグラス」（『魚舟・獣舟』所収）、本書収録の「ナイト・ブルーの記録」など海洋SFを得意とする作者が、空を飛ぶことについて初めて本格的に描いた一篇だ。

自由に空を飛び回りたいチャムの前には、費用の工面から差別の問題までさまざまな困難が立ちはだかるが、それが特定の人物や理不尽な規則などのわかりやすい形を取らないのが上田作品らしいところ。

そう言えば「小鳥の墓」（『魚舟・獣舟』所収）もまた〝鳥のように飛びたい〟と願う少年の物語だった。背景となる世界はもちろん、少年たちがたどる道のりはそれぞれ大きく異なるが、本篇からは『華竜の宮』、「小鳥の墓」からは『火星ダーク・バラード』（とくに改訂後のハルキ文庫版）と、ともに上田ＳＦを代表する長篇への道が伸びている。読み比べてみるのもおもしろい。

また、本篇と同じく『華竜の宮』と世界を共有する作品としては、前述の「魚舟・獣舟」のほかに、《異形コレクション》の一冊『Ｆの肖像　フランケンシュタインの幻想たち』（光文社文庫）に掲載後、二〇一〇年版の年刊ＳＦ傑作選『結晶銀河』（大森望・日下三蔵編、創元ＳＦ文庫）に収録された「完全なる脳髄」がある。

「マグネフィオ」

社員旅行中のバスを落石事故が襲い、同期入社の和也と修介はそれぞれに重い後遺症を負った。和也は図形や顔の認識に関わる脳機能を損傷し、修介は意識不明の寝たきりになってしまう。事故から一年後、やっと症状と折り合いをつけ始めた和也のもとへ、修介の妻・菜月から連絡が入る。磁性流体を利用して、昏睡状態の修介の内面を「見る」装置を作りたいというのだが……。

〈ＳＦマガジン〉二〇一〇年二月号初出。作者の〈ＳＦマガジン〉初登場作だが、この号は創刊五十周年記念特大号。山田正紀、神林長平、谷甲州など、錚々たる顔ぶれが並ぶなかに、作者も名を連ねている。

人の心の動きを磁性流体の花〈マグネフィオ〉として視覚化するというアイデアを、脳の認識機能や人工神経と絡めてさらに一歩先へと進めた作品で、内容の面では記念号の他の掲載作にも劣らない力作。脳への介入による感覚や感情の制御については、のちに『華竜の宮』のアシスタント知性体たちがより高度な形で行なっている。

また、友人の妻となった想い人を〝見る〟ことで満たされようとする和也の姿は、失踪した妻の香りを〝嗅ぐ〟ことに慰めを求める『美月の残香』（光文社文庫）の真也とも重なって見える。視覚と嗅覚の違いはあるが、『美月の残香』のＳＦ的な変奏という趣もある作品だ。

なお、本篇中に登場する磁性流体アートの作品は、ウェブでも見ることができる(http://www.kodama.hc.uec.ac.jp/protrudeflow/index.html)。

「ナイト・ブルーの記録」

海洋無人探査機のオペレータ・霧島恭吾の役目は、さまざまな海洋調査をしながら、無人機の人工知能にベテランパイロットの判断や行動を学習させること。精力的に仕事をこなしていた霧島だったが、あるとき彼の身に異変が起こる。無人機が接触事故を起こした際、遠隔操作中で本来衝撃を受けるはずがない霧島までが、なぜか脳震盪を起こして昏倒してしまったのだ。

初出は、大森望責任編集の書き下ろしSFアンソロジー『NOVA5』（河出文庫、二〇一一年八月刊）。この巻には八人が寄稿しているが、本作はそのトップバッターを務めている。

得意の海を舞台に人間の身体感覚の変容を描く、作者の真骨頂とも言える作品。『華竜の宮』刊行直後「プロローグだけで一本長篇が書ける」とよく言われたが、深海調査と感覚の変容がセットで描かれる本篇などは、まさにその中の一エピソードのような作品ではないだろうか。作中では、同じく感覚の変容を扱った作品である「マグネフィオ」との関係もほのめかされている。

変容を体験した霧島本人の視点ではなく、研究班の同僚に記者がインタビューする、という形式が採られているのも特徴的。二重のフィルターを通すことで客観的な視線を確保し、変容そのものだけでなく、変容がもたらす周囲やその後への影響まで含めて描き出している。

「幻のクロノメーター」

もともと大工だったジョン・ハリソンは、時計職人としての腕を認められ、ロンドンで航海用時計マリン・クロノメーターの製作に携わっていた。そんなハリソンのもとへ、亡き父のつてを頼ってやってきた少女エリー。彼女はハリソンの時計の美しさに魅せられ、家事を手伝いながら自分も時計作りを学びたいと申し出る。古い時計を譲ってもらったエリーは、練習として分解・組み立てを行なっていたのだが……。

本書のために書き下ろされた作品。十八世紀ロンドンを舞台に、実在の人物も多く登場するという、これまでの作風からすると異色と言える一作。細密で精緻な機構を扱う時計職人たちが、国家というさらに大きく複雑な組織や構造の中でもがきながらも、自分の技術や仕事に誇りを持って生きる姿が描かれる。そこに絡んでくる語り手エリーの存在については、SF的な仕掛けに関わる部分でもあるので、余計なことは言わないでおこう。

以上、『華竜の宮』世界に連なる大きな背景を持つものから、作者の重要なテーマである身体の変容を扱ったもの、新たなスタイルに挑戦したものまで。決して分厚くはないが、上田SFの世界を堪能し、さらなる旅立ちを後押ししてくれる作品がそろっている。

最後に、作者についてはすでに多くのインタビューや紹介記事があちこちに出ているが、ハヤカワ文庫には今回が初登場となるので、経歴と著作を簡単にまとめて紹介しておこう。

作者の上田早夕里は一九六四年、兵庫県生まれ。デビュー前の創作・投稿活動については、『美月の残香』の堀晃氏による解説が詳しい。二〇〇三年に『火星ダーク・バラード』（角川春樹事務所）で第四回小松左京賞を受賞してデビュー。この作品は、のちに文庫版（ハルキ文庫）で大きく改稿されている。その後、木星を舞台にジェンダーとセクシャリティの問題を扱ったSF長篇『ゼウスの檻』（角川春樹事務所）、パティシエ小説連作『ラ・パティスリー』『ショコラティエの勲章』（以上ハルキ文庫）、特別な香水をめぐる一種のサスペンス『美月の残香』など幅広いジャンルの作品を発表。《異形コレクション》にもコンスタントに短篇を執筆し、二〇〇九年に刊行した短篇集『魚舟・獣舟』がSFファンを中心に注目を集め、冒頭で紹介した『華竜の宮』へとつながってゆく。

そして今や、上田早夕里が日本SFの最前線に並ぶ作家の一人になったことは、本書をお読みいただけばわかる通り。本書に続く短篇集や長篇もすでに準備されているようなので、楽しみに刊行を待ちたい。

野尻抱介作品

太陽の簒奪者（さんだつしゃ）

太陽をとりまくリングは人類滅亡の予兆か？
星雲賞を受賞した新世紀ハードSFの金字塔

沈黙のフライバイ

名作『太陽の簒奪者』の原点ともいえる表題
作ほか、野尻宇宙SFの真髄五篇を収録する

南極点のピアピア動画

「ニコニコ動画」と「初音ミク」と宇宙開発
の清く正しい未来を描く星雲賞受賞の傑作。

ヴェイスの盲点

ロイド、マージ、メイ――宇宙の運び屋ミリ
ガン運送の活躍を描く、〈クレギオン〉開幕

フェイダーリンクの鯨

太陽化計画が進行するガス惑星。ロイドらは
そのリング上で定住者のコロニーに遭遇する

野尻抱介作品

アンクスの海賊
無数の彗星が飛び交うアンクス星系を訪れたミリガン運送の三人に、宇宙海賊の罠が迫る

サリバン家のお引越し
メイの現場責任者としての初仕事は、とある三人家族のコロニーへの引越しだったが……

タリファの子守歌
ミリガン運送が向かった辺境の惑星タリファには、マージの追憶を揺らす人物がいた……

アフナスの貴石
ロイドが失踪した！　途方に暮れるマージとメイに残された手がかりは〝生きた宝石〟？

ベクフットの虜
危険な業務が続くメイを両親が訪ねてくる!?しかも次の目的地は戒厳令下の惑星だった!!

ハヤカワ文庫

珠玉の短篇集

五人姉妹
菅 浩江
クローン姉妹の複雑な心模様を描いた表題作ほか〝やさしさ〟と〝せつなさ〟の9篇収録

レフト・アローン
藤崎慎吾
五感を制御された火星の兵士の運命を描く表題作他、科学の言葉がつむぐ宇宙の神話5篇

西城秀樹のおかげです
森奈津子
人類に福音を授ける愛と笑いとエロスの8篇日本SF大賞候補の代表作、待望の文庫化！

からくりアンモラル
森奈津子
ペットロボットを介した少女の性と生の目覚めを描く表題作ほか、愛と性のSF短篇9作

シュレディンガーのチョコパフェ
山本 弘
時空の混淆とアキバ系恋愛の行方を描く表題作、SFマガジン読者賞受賞作など7篇収録

小川一水作品

第六大陸1

二〇二五年、御鳥羽総建が受注したのは、工期十年、予算千五百億での月基地建設だった

第六大陸2

国際条約の障壁、衛星軌道上の大事故により危機に瀕した計画の命運は……。二部作完結

復活の地Ⅰ

惑星帝国レンカを襲った巨大災害。絶望の中帝都復興を目指す青年官僚と王女だったが…

復活の地Ⅱ

復興院総裁セイオと摂政スミルの前に、植民地の叛乱と列強諸国の干渉がたちふさがる。

復活の地Ⅲ

迫りくる二次災害と国家転覆の大難に、セイオとスミルが下した決断とは？　全三巻完結

小川一水作品

老ヴォールの惑星

SFマガジン読者賞受賞の表題作、星雲賞受賞の「漂った男」など、全四篇収録の作品集

時砂の王

時間線を遡行し人類の殲滅を狙う謎の存在。撤退戦の末、男は三世紀の倭国に辿りつく。

フリーランチの時代

あっけなさすぎるファーストコンタクトから宇宙開発時代ニートの日常まで、全五篇収録

天涯の砦

大事故により真空を漂流するステーション。気密区画の生存者を待つ苛酷な運命とは？

青い星まで飛んでいけ

閉塞感を抱く少年少女の冒険から、人類の希望を受け継ぐ宇宙船の旅路まで、全六篇収録

著者略歴　兵庫県生，作家　著書『華竜の宮』（早川書房刊）『火星ダーク・バラード』『ゼウスの檻』『ラ・パティスリー』『ショコラティエの勲章』『美月の残香』『魚舟・獣舟』他

HM=Hayakawa Mystery
SF=Science Fiction
JA=Japanese Author
NV=Novel
NF=Nonfiction
FT=Fantasy

リリエンタールの末裔

〈JA1053〉

二〇一一年十二月十五日　発行
二〇一三年　九　月十五日　二刷

（定価はカバーに表示してあります）

著　者　上田早夕里
発行者　早川　浩
印刷者　大柴正明
発行所　株式会社　早川書房

郵便番号　一〇一 - 〇〇四六
東京都千代田区神田多町二ノ二
電話　〇三 - 三二五二 - 三一一一（大代表）
振替　〇〇一六〇 - 三 - 四七七九九
http://www.hayakawa-online.co.jp

乱丁・落丁本は小社制作部宛お送り下さい。
送料小社負担にてお取りかえいたします。

印刷・株式会社亨有堂印刷所　製本・株式会社明光社

ISBN978-4-15-031053-0 C0193

本書は活字が大きく読みやすい〈トールサイズ〉です。